Charlotte MacLeod

Ein schlichter alter Mann

DUMONT

Das ganze Personal in diesem Buch ist erfunden, und Pleasaunce ist so wirklich wie Gilbert & Sullivans Ploverleigh. Ein unerwartetes Element aus der Wirklichkeit ist dennoch aufgetaucht ... Es gibt wirklich Leute, die Kelling heißen. Die Autorin, die sich natürlich alle Mühe gibt, Namen realer Personen zu vermeiden, war einige Jahre des Glaubens, diesen Namen selbst erfunden zu haben. Da erfährt sie, daß es zwei Brüder gibt, die an einem Stammbaum der wenigen wirklichen Kellings in diesem Lande arbeiten. Im Gegenzug zur Ernennung zum Ehren-Kelling hat die Autorin versprochen, alle Angaben, die Leser zu Kellings machen können, weiterzuleiten. Briefe mit dem Vermerk »Kelling« auf dem Umschlag können über den Verlag an sie geschickt werden.

Für Alice,
Priscilla und Sackville

Die Deutsche Bibliothek - CIP-Einheitsaufnahme

MacLeod, Charlotte:
Ein schlichter alter Mann / Charlotte MacLeod.
[Aus dem Amerikan. von Beate Felten]. - Köln: DuMont, 1995
(DuMont's Kriminal-Bibliothek; Bd. 1052)
ISBN 3-7701-3174-6
NE: GT

Umschlagmotiv von Pellegrino Ritter
Aus dem Amerikanischen von Beate Felten

Die der Übersetzung zugrundeliegende englische Originalausgabe erschien 1985 unter dem Titel »The Plain Old Man« bei Doubleday & Company, Inc., New York, N. Y.
Satz: Boss-Druck, Kleve
Druck und buchbinderische Verarbeitung: Clausen & Bosse GmbH, Leck

Printed in Germany ISBN 3-7701-3174-6

Der Zauberer

Komische Oper

Text von W. S. Gilbert, Musik von Sir Arthur Sullivan
Aufgeführt von den Piraten von Pleasaunce
Regie: Mrs. Beddoes Kelling

Darsteller

Sir Marmaduke Pointdextre (ein Baronet in den besten Jahren)	John Tippleton
Alexis, sein Sohn (von den Grenadier Guards)	Parker Pence
Dr. Daley (Pfarrer von Ploverleigh)	Sebastian Frostedd
Notar	Charles Daventer
John Wellington Wells (aus der Zaubererfamilie J. W. Wells & Co.)	Ridpath Wale
Lady Sangazure (eine Dame aus altem Adelsgeschlecht)	Emma Kelling
Aline, ihre Tochter (die Verlobte von Alexis)	Jenicot Tippleton
Mrs. Partlet (Kirchenbeschließerin)	Martha Tippleton
Constance, ihre Tochter	Gillian Bruges

Es spielt das Beddoes Kelling Memorial Orchester
Bühnenbild: Sarah Kelling Bittersohn und Guy Mannering

Brief von Miss Mabel Kelling
an Mrs. Appolonia Kelling

Liebe Appie,

ich nehme an, Du erwartest, daß ich mich für Dein Geschenk bedanke, auch wenn ich es immer noch nicht genau identifizieren kann, aber ich möchte mir auf keinen Fall nachsagen lassen, daß ich meine gesellschaftlichen Pflichten vernachlässige. Wo wir einmal beim Thema sind: Bitte rechne nicht damit, daß Du bei mir übernachten kannst, wenn Du herkommst, um Emmas jüngstem Versuch als Operettendiva beizuwohnen. Du weißt ja, daß sie immer zu Tode beleidigt ist, wenn sie nicht auch außerhalb des Theaters die großzügige Gastgeberin spielen darf, obwohl ich ehrlich gesagt nicht weiß, wo sie Dich unterbringen will, falls Sarah noch da sein sollte, wenn Du kommst. Ich vermute nämlich, daß sie beabsichtigt, sehr viel länger zu bleiben, als Emma denkt. Sarah behauptet zwar, daß ihr frischgebackener Ehemann sich mal wieder auf einer seiner sogenannten Dienstreisen befindet, aber ich nehme an, selbst Du wirst wohl in der Lage sein, zwischen den Zeilen zu lesen!

Wie dem auch sei, alle stecken bis über beide Ohren in den Vorbereitungen für das Stück beziehungsweise die Komische Oper, wie diese Machwerke von Gilbert & Sullivan, glaube ich, richtig heißen. Soweit ich verstanden habe, handelt das Ganze von einem jungen Burschen und einem Mädchen, die töricht genug sind, sich miteinander zu verloben, und deren Eltern (beide verwitwet) selbst gern miteinander verlobt wären, es aber aus unerklärlichen Gründen nicht sind.

Außerdem kommt darin eine dumme kleine Pute vor, die hinter einem Pfarrer her ist, der doppelt so alt ist wie sie selbst. Ihre Mutter ist im Programm als Kirchenbeschließerin aufgeführt, wahrscheinlich eine Anspielung auf die Zeiten, als der Adel noch eigene Kirchenstühle besaß und sich hinter hohen Wänden einschließen ließ, damit das niedere Volk nicht sehen konnte, was man während des Gottesdienstes alles trieb. Da Du es erfahrugnsgemäß nie schaffst, der Handlung richtig zu folgen, halte ich es für besser, Dir diesmal schon vorher zu erklären, worum es in dem Stück überhaupt geht, damit Du mir nicht wieder während der Vorstellung dauernd ins Ohr zischst, weil Du nicht weißt, was gerade passiert.

Nach der wie üblich ermüdenden Ouvertüre tritt ein Chor aus Dorfjungfern (!!!) und jungen Burschen auf, und alle singen irgendeinen Unsinn darüber, wie glücklich sie doch sind, weil Aline (das Mädchen) sich mit Alexis (dem Burschen) verlobt. Dann erscheint die Kirchenbeschließerin mit ihrer Tochter, die genauso mißmutig dreinschaut, wie wir uns zu diesem Zeitpunkt zweifellos alle fühlen. Die Tochter (Constance) beichtet ihrer Mutter (Mrs. Partlet), daß sie in den Pfarrer verliebt sei, er sich aber leider aus ihr nichts mache. Woraufhin natürlich der Pfarrer auftritt und darüber jammert, daß die jungen Mädel nicht mehr hinter ihm her seien, jetzt, wo er alt und fett und nicht länger jung und fesch sei. Die Mutter versucht, die beiden miteinander zu verkuppeln, was ihr natürlich mißlingt - schließlich fängt das Stück ja gerade erst an.

Sie gehen also wieder, zweifellos zu unser aller Erleichterung. Der Junge (Alexis) und sein Vater (Sir Marmaduke) treten auf, und ihnen wird ziemlich lange und ausgiebig vom Pfarrer (Dr. Daley) gratuliert. Du weißt ja, wie Geistliche sind, sie können einfach nicht aufhören zu reden. Auch diese drei verschwinden wieder, und Aline tritt mit den übrigen Mädchen auf. Sie singt ein Lied über die Ehe, daß sie außer den angeblichen Vorteilen auch Nachteile berge, als ob die Leute das nicht sowieso schon längst wüßten. Dann erscheinen die Mutter (Lady Sangazure) und der zukünftige Schwiegervater (Sir Marmaduke) auf der Bühne, und alle singen einen Haufen Unsinn über alles mögliche.

Schließlich kommt der Notar mit dem Brautvertrag. Statt die Bedingungen mit klarem Kopf und gesundem Menschenverstand laut vorzulesen, gehen die jungen Leute einfach hin und unterschreiben das Dokument, das sie sich nicht einmal richtig angeschaut haben, während der Chor um sie herumsteht und ihnen für diese völlig unüberlegte und törichte Handlung auch noch lautstark Beifall spendet.

Schließlich verlassen alle bis auf Alexis und Aline die Bühne. Alexis läßt sich über die lächerliche Theorie aus, daß jeder ohne Rücksicht auf Rang und Namen ruhig heiraten soll, wen immer er will. Aline stimmt ihm wie eine dumme kleine Pute auch noch zu. Dann eröffnet er ihr, daß er den Beschluß gefaßt habe, sich einen Zaubertrank zu verschaffen, der alle Dorfbewohner, die sich bis jetzt noch nicht aufraffen konnten, den Bund fürs Leben einzugehen (aber zweifellos auf anderen Gebieten genügend Aktivität bewiesen haben!) dazu bringen wird, sich ineinander zu verlieben.

Aline protestiert, doch natürlich hört er nicht auf sie - das tun Männer ja bekanntlich nie -, und sie begeben sich zu einem gewissen J. Wellington Wells, einem Zauberer (dem das Werk wohl auch seinen Titel verdankt), um von ihm den Zaubertrank zu erhalten. Er veranstaltet einen Riesenhokuspokus mit ihnen, zweifellos nur, um damit den Preis ordentlich in die Höhe zu treiben. Dann verkauft er ihnen den Trank und füllt ihn in die große Teekanne, die Alexis mitgebracht hat. Alexis ist immerhin der Sohn des Baronets (Sir Marmaduke), wie Du Dich vielleicht erinnerst. Man stelle sich vor: Der Sohn eines Baronets trägt eine riesige Teekanne völlig unverhüllt durch die Straßen von London! Möglicherweise wollte man damit die ganze Geschichte ein wenig humorvoller gestalten.

Wie dem auch sei, sie tragen schließlich die Kanne zu einer Teegesellschaft, die Sir Marmaduke gibt, um die Verlobung zu feiern. Zu geizig oder zu verschuldet, um Champagner zu kaufen, wenn Du mich fragst - es ist doch immer dasselbe Lied, nicht wahr? Alexis, der anscheinend keinerlei moralische Prinzipien besitzt (und dabei ist *er* der Held des Stücks, wie du hoffentlich nicht vergessen hast), läßt den Pfarrer in der besagten Teekanne Tee aufschütten und bringt dann alle dazu, von dem Zeug zu trinken - er selbst, Aline und der Zauberer, der sich irgendwie auch eine Einladung zu der Feier erschlichen hat, natürlich ausgenommen. Gott sei Dank werden wir genau an dieser Stelle durch eine Pause erlöst. Ich nehme an, daß wie gewöhnlich Pfadfinderinnen herumgehen und rosa Limonade und Kekse verkaufen werden.

Nachdem wir uns alle, für welchen guten Zweck auch immer, den Emma gerade unterstützt - nach der Geschichte mit dem Feuerwehrwagen habe ich es endgültig aufgegeben, weiter auf dem Laufenden bleiben zu wollen -, den Magen verdorben haben, gehen wir alle wieder zurück zu unseren Plätzen, falls wir sie denn überhaupt finden können, und schauen uns an, wie alle aufwachen und sich ineinander verlieben. Zuerst führen die Chormitglieder eine Art Massenbalz auf, dann kommt Constance (die Tochter der Beschließerin, was Dir inzwischen bestimmt wieder entfallen ist) Arm in Arm mit dem Notar herein und klagt, daß sie plötzlich rein gar nichts mehr für ihren Pfarrer empfinde (was sie ohnehin auf keinen grünen Zweig gebracht hätte), sondern sich statt dessen unsterblich in diesen schlichten alten Mann verliebt habe - so beschreibt sie ihn und hat damit zweifelsohne auch vollkommen recht, denn wie ich gehört habe, soll Emmas alte Flamme Charlie Daventer diese Rolle übernommen haben. Man kann nur hoffen, daß er seine Säufer-Gicht noch rechtzeitig in den Griff bekommt, damit er überhaupt auftreten kann.

Alles zieht sich sehr viel länger hin, als man es sich wünschen würde, weil Constance (s. o.) ihre mißliche Lage in allen Einzelheiten beklagt und Alexis, Aline und der Chor sie dabei auch noch unterstützen. Schließlich bleiben nur noch Alexis und Aline auf der Bühne zurück. Alexis fängt an, Aline zu bearbeiten, sie solle doch ebenfalls von dem Tee trinken, damit sie für den Rest ihres Lebens seine willige Sklavin sein kann (Du hast vielleicht bemerkt, daß *er* niemals auf die Idee kommt, selbst davon zu trinken, um *ihr* williger Sklave zu werden!!!). Während des darauffolgenden Disputs kommt auch Sir Marmaduke dazu, der sich übrigens inzwischen mit der Beschließerin (Mrs. Partlet) verlobt hat. Lady Sangazure, die selbstverständlich von Emma weit über die Grenzen des guten Geschmacks ausgespielt wird, verliebt sich in Mr. Wells (den Zauberer), der sie jedoch abblitzen läßt, womit er trotz seines merkwürdigen Berufs der einzige ist, der in diesem Stück wenigstens einen Funken Verstand zeigt.

Daraufhin trinkt auch Aline von dem Tee, aber nicht in Alexis' Beisein, was immerhin noch einleuchtend gewesen wäre, sondern gerade rechtzeitig, um Dr. Daley (den Pfarrer) zu treffen, der herumstolziert, auf einem Flageolett spielt (klingt vornehm, ist aber nur eine Kinderflöte) und darüber klagt, daß sich inzwischen alle verlobt haben und niemand mehr übrig ist, um ihn zu heiraten. Just in diesem Augenblick trifft er auf Aline, und die beiden verlieben sich ineinander.

Natürlich ist Alexis außer sich, daß Aline ihm den Laufpaß gegeben hat, obwohl er daran nun wirklich selbst schuld hat, und läuft jammernd zu Mr. Wells, damit der den Zauber wieder aufhebe. Jetzt stellt sich heraus, daß dies nur möglich ist, wenn entweder Alexis oder Wells dafür mit dem Leben bezahlen. Wenn Du diesen ganzen Unsinn verstehen solltest, verfügst Du über mehr Verstand, als ich Dir je zugetraut hätte. Jedenfalls entscheiden sich die Anwesenden gegen Wells, und er verschwindet durch eine Falltür, vorausgesetzt, das Ding funktioniert diesmal tatsächlich.

Zu guter Letzt tauschen alle ihre Partner und finden den Richtigen oder die Richtige, was wohl auch wieder komisch sein soll, und singen irgend etwas über Erdbeerkonfitüre und übermütige Brötchen, was anscheinend die Krönung dieses ach so unterhaltsamen Abends darstellen soll. Ich für mein Teil werde jedenfalls mein Strickzeug mitbringen.

Herzl. Gr.
Mabel

Kapitel 1

Er ist schlecht gekleidet, häßlich und fast siebzig Jahre alt. Solche Männer find ich gräßlich, und sie lassen mich sonst kalt. Ja, ich finde sie abscheulich, aber ihn lieb' ich getreulich, ja, ich liebe, liebe ihn.«

Sarah Kelling, die inzwischen zwar Sarah Bittersohn hieß, aber hatte feststellen müssen, daß man auch nach einer Heirat noch lange nicht aufhörte, eine Kelling zu sein, sang diese Zeilen vor sich hin, weil sie glücklich war. Es machte einen Heidenspaß, eimerweise Farbe auf meterlange Stücke Leinwand zu klatschen. Sie arbeitete gerade an einem der Büsche, vor dem der Pfarrer später seinem »überaus kräftigen Tee« zusprechen sollte. Sarah beschloß, sich an einem *Prunus glandulosa* zu versuchen, sobald sie die *Lagerstroemia indica* vollendet hatte. Sie benutzte einen von Tante Emmas Gartenkatalogen als Vorlage, was die übliche berauschende Wirkung auf sie hatte. Im Gegensatz zu sonst bestand der gewaltige Unterschied jedoch darin, daß sie als Kulissenmalerin den Busch in voller Blütenpracht darstellen konnte, so daß er genau wie auf dem Bild aussah, ein Erfolg, der einem Gärtner höchst selten vergönnt war.

»Du schlichter alter Mann, wie lieb' ich dich.«

Wäre ihr Ehemann Max hier gewesen, hätte er an dieser Zeile sofort erkannt, daß die Piraten von Pleasaunce in diesem Jahr den Zauberer aufführten. Doch leider war Max gerade nach Belgien geflogen, um die Spur eines gestohlenen Picassos zu verfolgen, als Emma Kelling ihren Notruf getätigt hatte. Emma spielte diesmal die Lady Sangazure. Im letzten Jahr war sie die Katisha in *Der Mikado* gewesen, im Jahr davor die Feenkönigin in *Jolanthe*. Und sie war einfach großartig gewesen. Wie immer.

Emma Kellings Altstimme war genau wie sie selbst: opulent und voluminös. Als sie vor vielen Jahren den inzwischen verstorbenen Beddoes Kelling geheiratet hatte, war sie eine bildhübsche junge

Frau gewesen. Sie sah immer noch sehr gut aus und hatte auch nicht vor, diesen Zustand zu ändern.

»Ich sage mir immer«, erklärte sie Sarah, »man wird nicht älter, sondern blonder. Sitzt meine Turnüre auch richtig?«

Emma hielt viel von innovativen Kostümen. Sie hatte die Little Buttercup in einer Matrosenbluse und einer schwarzen Gymnastikhose aus Satin gespielt, die Lady Jane in einem Ballettröckchen aus Batikstoff und die Herzogin von Plaza Toro in einem Hofkleid mit meterlanger Schleppe, die im Chor für ständiges Chaos gesorgt hatte, doch nie zuvor hatte sie die Lady Sangazure mit einer Turnüre gesungen und war der Auffassung, daß es dafür höchste Zeit sei. Sarah war völlig ihrer Meinung.

»Einfach hervorragend. Das riesige lila Polster über deinem Hinterteil wird das perfekte Gegenstück zu Sir Marmadukes Bauch sein.«

Emma hatte nie aufgehört, wie ein Schulmädchen zu kichern. »Jack Tippleton hat diesen Winter ordentlich zugelegt, findest du nicht? Aber laß dir um Himmels willen nichts anmerken, sonst rauscht er noch wutentbrannt von dannen und läßt uns sitzen. Und was sollten wir ohne ihn anfangen?«

»Das wird er schon nicht tun. Du glaubst doch nicht im Ernst, daß er sich die Gelegenheit entgehen läßt, in einem violetten Mantel über die Bühne zu stolzieren und sein Profil zur Schau zu stellen?«

Soweit Sarah wußte, hatte John Armitage Tippleton sein ganzes Leben, also mehr als sechzig Jahre, ausschließlich damit verbracht, herumzustehen und gut auszusehen. Wenn er nicht mit einem Vermögen und einer guten Position geschlagen gewesen wäre, hätte er es inzwischen durchaus zum Filmstar bringen können. Doch bei den relativ seltenen Gelegenheiten, bei denen Sarah ihm begegnet war, hatte sie stets den Eindruck gehabt, daß er vollkommen damit zufrieden war, nur John Armitage Tippleton zu sein.

Bei Martha Tippleton war sich Sarah da nicht so sicher. Diesmal hatte sie es mit Tante Emmas erlesenem Freundeskreis zum erstenmal auf einer Ebene zu tun, die es ihr erlaubte, alle als Individuen und nicht wie sonst als Statisten wahrzunehmen, die bei Tante Emmas unzähligen Partys mit einem Glas in der Hand herumstanden. Jacks Gattin hatte diesmal die Rolle der Dame Partlet übernommen. Sarah fragte sich, wie lange Martha wohl genau diese Rolle schon für Jack gespielt hatte.

»Wird ihn hegen, wird ihn pflegen, ihn verwöhnen und das Leben ihm verschönen.«

Und während Martha sich all diesen nützlichen Aufgaben widmete, trieb sich Jack in irgendeiner Ecke mit dem süßen kleinen Ding herum, das Dame Partlets Tochter Constance spielte, und benahm sich wie ein ausgewachsener Schafskopf. Max hätte sicher ein noch derberes Wort benutzt. Sarah begann, statt der Blüten kleine rosa Herzen auf den Busch zu malen.

»Was für ein reizender Einfall, Liebes«, sagte Emma. »Genau das Richtige für die Verlobungsszene. Du könntest sie allerdings ein klitzekleines bißchen größer malen, damit auch die Zuschauer in den hinteren Reihen sehen können, daß es Herzen sind. Normalerweise spielen wir ja immer vor einem vollen Haus.«

Das brauchte sie Sarah nicht zu erzählen. Zu diesem Anlaß stellte sich nämlich fast der gesamte Kelling-Clan ein. Wenn man nur die Schwestern, Cousinen und Cousins zählte, von denen es Unmengen gab, ganz zu schweigen von den Brüdern, Onkeln und Tanten, hatte man es bereits mit einer beträchtlichen Menschenmenge zu tun. Auch Sarah war seit ihrer frühesten Kindheit zu allen Aufführungen der Piraten erschienen. Damals war sie mit ihren Eltern zur North Station gegangen, sie hatten den Zug nach Pleasaunce genommen und waren dann am Zielbahnhof von irgendeinem Verwandten abgeholt oder in Großonkel Fredericks Marmon herkutschiert worden - die Kellings trennten sich von ihren Fahrzeugen nur dann, wenn dies unvermeidlich war, und selbst dann nicht immer -, wobei Cousin Dolph schwitzend am Lenkrad gesessen und Großtante Mathilda vom Rücksitz aus dirigiert hatte. Später war Sarah im Studebaker hergekommen, allein auf dem Rücksitz, während Tante Caroline vorn neben Alexander gethront hatte. Vorletztes Jahr war sie ganz allein hier gewesen, als Witwe mit einem gebrochenen Arm. Aber am schönsten war es letztes Jahr gewesen. Max hatte sie in seinem eleganten Wagen hergebracht und während der ganzen Fahrt Auszüge aus *Der Mikado* gesungen. Als Yum-Yum hatte er nicht überzeugen können, doch sein Titwillow war einfach hinreißend gewesen.

Sarah hoffte inständig, daß Max es schaffte, schon vor der Vorstellung mit dem Picasso zurückzukommen. Es blieben ihr nur drei Tage, und das Bühnenbild war immer noch nicht fertig. Eine noch nie dagewesene Situation. Normalerweise sorgte Tante Emma immer dafür, daß um diese Zeit schon alles startklar war, doch diesmal waren die Vorbereitungen von diversen Katastrophen überschattet gewesen. Vor einer Woche war die Scheune, in der die Piraten seit Ewigkeiten ihre Bühnenbilder aufbewahrten, vom Blitz getroffen worden und vollständig abgebrannt. Dann hatte Henry Holst, der bisher immer die Kulissen für sie angefertigt hatte, zu klagen begonnen, er sei zu alt, um noch auf Leitern zu steigen, und dies auf drastische Weise unter Beweis gestellt, indem er von der Leiter fiel und sich den Daumen verstauchte. Dabei hatte er zu diesem Zeitpunkt erst die Hälfte der Fenster an Sir Marmadukes Herrenhaus fertiggestellt. Tante Emma hatte Max' Abreise nach Belgien als einen Akt der Vorsehung gedeutet und darauf bestanden, daß Sarah auf der Stelle herkam, um das Haus fertigzumalen und die Landschaftskulissen zu gestalten.

Sarah hatte eigentlich ihre Zeit damit verbringen wollen, ihr eigenes Haus zu verschönern oder wenigstens ein bißchen darüber nachzudenken, was sie mit dem nutzlosen Besitz, den sie in Irenson's Landing geerbt hatte, anzufangen gedachte – wenn man denn überhaupt etwas damit anfangen konnte. Doch da sie ihrer Tante Emma sehr zugetan war, hatte sie sich von Cousin Brooks einen Overall geborgt und war sofort hergeeilt. Diesmal war sie selbst gefahren, um schnellstens nach Boston zurückkehren zu können, falls Max nach Hause kommen und ihre Gesellschaft wünschen sollte oder ihr die Luft bei Tante Emma zu dick wurde, was bei Proben durchaus vorkommen konnte.

Die richtigen Vorstellungen der Piraten fanden stets in einem gemieteten Theater statt, aber die Vorbereitungen wurden in Emma Kellings riesigem Herrenhaus aus der Zeit der Räuberbarone getroffen, das ein zwanzig Meter langes Wohnzimmer besaß, und zogen sich manchmal über Monate hin, bis endlich alle Kostüme paßten, die richtigen Requisiten gefunden waren und die Darsteller ihre Rollen beherrschten.

An ein Orchester kam Mrs. Kelling ohne Probleme. Vor vielen Jahren, als Beddoes Kelling nach seinem College-Abschluß die Harvard Band verlassen mußte, hatte er nämlich sein eigenes gegründet – als Vorwand, um weiter Tuba spielen zu können. Nach seinem allzu frühen und immer noch betrauerten Hinscheiden hatte Emma dafür gesorgt, daß die Gruppe zusammenblieb, wie es sich ihr geliebter Bed sicher gewünscht hätte.

Die Musiker waren nicht sehr anspruchsvoll, an Brahms und Debussy lag ihnen nicht sonderlich viel. Am liebsten veranstalteten sie Walzerabende, spielten Strauß und Lehar oder dudelten sämtliche Melodien aus dem herrlichen Schwachsinn von Gilbert & Sullivan, etwa *HMS Pinafore, Ruddigore, The Yeoman of the Guard* oder, was wohl kaum der Erwähnung bedurfte, den *Zauberer.* Momentan war Emmas Bechstein-Flügel halb unter Flöten und Klarinetten vergraben, und man konnte die Tastatur nicht erreichen, ohne zuerst über einen Kontrabaß, eine Konzertflöte oder Bedddoes Kellings ureigene Tuba zu stolpern, die inzwischen von seinem Sohn und Namensvetter Beddoes junior aus Pflichtgefühl dem verstorbenen Vater gegenüber gespielt wurde, jedoch aus Rücksicht auf Frau und Kinder weiterhin in Emmas Haus verblieb.

Im Laufe der Jahre hatte Emma ihre eigenen Methoden entwickelt, um mit den unzähligen Schwierigkeiten einer Gilbert & Sullivan-Inszenierung fertigzuwerden. So wurden in dem Schlafzimmer, das Sarah immer benutzte, wenn sie zu Besuch kam, alle möglichen Kostüme aufbewahrt, nachdem man sie aus ihren diversen Schachteln genommen und gebügelt hatte. Da es undenkbar war, etwas an Tante Emmas Ablagesystem zu ändern, tauchte Sarah jeden Abend brav unter einer Wäscheleine durch, die vollgehängt war mit phosphoreszierendem Musselin, in das sich die Höllen- und Feuerwesen hüllten, wenn der Zauberer sie heraufbeschwor. Sarah störte sich nicht weiter daran, sie hoffte nur, daß die Falltür nicht klemmte, wenn der Zauberer in der letzten Szene vom Erdboden verschluckt wurde.

Genau dies war nämlich passiert, als sie etwa sieben Jahre alt gewesen war. Der Zauberer war damals auf halbem Wege steckengeblieben, und sie hatte zum Entzücken des ganzen Publikums gebrüllt: »Quetscht ihn doch runter!«, was ihr immer noch peinlich war. Die Kellings zogen sie bis heute damit auf, da sie offenbar glaubten, sie müßten an ihren Witzen genauso lange festhalten wie an ihren Kleidern und Wagen. Sarah fragte sich, wie viele ihrer Verwandten sich wohl diesmal erkundigen würden, ob sie den Zauberer immer noch runterquetschen wollte. Cousin Dolph hatte es bereits getan, und zwar zweimal.

Nun ja, wahrscheinlich dienten diese Heimsuchungen nur dem Zweck, den Menschen zu prüfen, wie Cousine Mabel immer zu sagen pflegte. Der Rest der Familie neigte allerdings eher zu der Annahme, daß ihnen Cousine Mabel als Heimsuchung auferlegt war.

Auch Mabel würde der Vorstellung sicher beiwohnen. Bisher hatte sie noch nie ein Stück versäumt, aber anschließend auch noch nie ein gutes Haar daran gelassen. Jammerschade, daß man Cousine Mabel nicht ein Schlückchen von dem von J. W. Wells gemixten Universal-Liebestrank verabreichen konnte.

»Die Liebe wünsch' ich, die der Liebe willen liebt«, trällerte Sarah, während sie nach einem weiteren Eimer Farbe griff.

»Wieso der Liebe willen?« erkundigte sich ihre Tante.

»Ich dachte gerade an Cousine Mabel«, erklärte Sarah.

»Wie edel von dir, Liebes. Genau das versuche ich immer tunlichst zu vermeiden. Oh, Gott sei's gedankt, da kommt Charlie. Aber Gillian ist noch nirgends zu sehen, obwohl sie mir in die Hand versprochen hat, Punkt vier hier zu sein. Ich kann wirklich nicht verstehen, wieso die Leute sich zuerst wegen einer Rolle fast ein Bein ausreißen und sich dann nicht die Mühe machen, pünktlich zur Probe zu erscheinen. Sei doch bitte so nett und ruf sie an, Sarah, und stell fest, ob sie schon unterwegs ist, ja? Ich kümmere mich in der Zwischenzeit ein wenig um Charlie, damit er sich nicht vernachlässigt oder ausgenutzt fühlt.«

Charlie - genauer Charles Daventer - hatte in seiner Rolle als Notar nicht allzu viel zu tun, er mußte lediglich dafür sorgen, daß Alexis und Aline ihren Vertrag ordnungsgemäß unterschrieben, und sich vorübergehend Constance Partlet als Liebesobjekt zur Verfügung stellen. Charlie hätte es zwar vorgezogen, diese Rolle für Emma Kelling zu spielen, für die er seit dem Frühjahr 1937 eine zwar unerwiderte, aber im großen und ganzen beglückende Leidenschaft hegte, war aber durchaus gewillt, sich Constances wenig schmeichelhafte Liebenswürdigkeiten gefallen zu lassen, solange er Emma damit eine Freude machen konnte.

Als Notar brauchte er nicht einmal gut singen zu können, ein Krächzen genügte bereits. Allerdings mußte er genau an der richtigen Stelle krächzen, was wiederum nicht ganz so einfach war. Kurz nach Beginn der Proben hatte Charles Daventer wegen eines schweren Gichtschubs in seinem linken dicken Zeh das Bett hüten müssen. Heatherstone, Emmas Mädchen für alles, wurde zwangsweise verpflichtet, bis zu Charlies Rückkehr dessen Rolle zu übernehmen, und hatte mit ebenso monotoner Stimme wie das Original seinen Text aus dem Buch abgelesen. Die übrigen Darsteller wären auch mit einem anderen Notar zufrieden gewesen, doch davon wollte Charlie nichts hören. Er beteuerte, daß er bis zur Vorstellung wieder bei Kräften sein werde, so daß Emma nicht wagte, ihn durch einen der Chorsänger zu ersetzen. Zudem gab es auch niemanden, der trist und trocken, blaß und fad, langweilig und nichtssagend genug gewesen wäre, um die Rolle überzeugend spielen zu können. Aber jetzt war Charlie wieder da, regeneriert und spielbereit, und konnte kaum erwarten, daß es endlich losging. Aber wo steckte Constance? Es war wirklich nicht nett von Gillian, sie einfach zu versetzen.

Sarah ließ das Telefon eine Weile läuten, doch Gillian/Constance rührte sich nicht, woraus man schließen durfte, daß sie sich bereits auf den Weg gemacht hatte. Emma gab Charlie einen schwesterlichen Kuß und einen Whiskey mit viel Wasser und fing an, gemeinsam mit ihm die Zeilen für die Verlobungsszene durchzugehen – vier, um genau zu sein. Sarah, die immer noch auf der riesigen verglasten Veranda, die Emma als ihr Sonnenzimmer bezeichnete, ihre Büsche malte, konnte hören, wie die beiden sich abmühten. Jetzt waren sie bei dem Refrain angekommen, der auf Charlies Text folgte, und Emma sang die meisten Partien, während ihr Partner Froschgeräusche von sich gab, die einen halben Takt nachhinkten. Als sich ihre Stimme allmählich wieder von der Strapaze erholt hatte – denn schließlich hatte sie mehr oder weniger gleichzeitig die Sopran-, Alt-, Tenor- und Baßparts gesungen –, rief Emma: »Sarah, kannst du mal eben kommen?«

Sarah steckte die Pinsel, die sie benutzt hatte, in eine Dose mit Wasser, damit die Acrylfarbe nicht eintrocknete und Henry Holst womöglich einen Anfall bekam, und gehorchte. »Was ist denn, Tante Emma?«

»Charlie möchte ›Ihr lieben Freunde, bitter ist mein Leid‹ üben. Ich bin das Orchester, und du singst den Part von Constance.«

»Ich? Ich kann doch überhaupt nicht singen.«

»Unsinn. Du hast es den ganzen Nachmittag vor dich hingeträllert. Du beherrschst den Text besser als Gillian. Hier.« Emma drückte die Noten in Sarahs widerstrebende Hände und kämpfte sich zwischen Harfe und Tuba zu ihrem Flügel durch. »Und eins, und zwei.«

Das Duett von Constance und dem Notar gehörte zu den Stellen, die Sarah besonders mochte. Die Melodie verlangte ihrer bescheidenen Gesangsstimme keine unzumutbaren Torturen ab, und die Worte entsprachen ihrem Sinn für das Absurde. Sie gab ihr Bestes.

Charlie fiel mit angemessener Trauermiene an der richtigen Stelle ein. Emma war beeindruckt.

»Fabelhaft, alle beide. Das habt ihr ausgezeichnet gemacht. Sollen wir es gleich noch mal probieren?«

»Warum nicht?« meinte Charlie. »Ich war wirklich ziemlich gut, nicht?«

Sarah mußte an Tartarin von Tarascon denken, der die Rolle von Robert le Diable sang. Aber warum nicht. Ihre Arme waren von dem vielen Malen sowieso schon ganz müde.

»Ihr lieben Freunde, bitter ist mein Leid. Mein Herz ich lange schon verlor, wie sicher jede weit und breit, an unsern lieben Herrn Pastor.«

»Na so was, Sarah, das ist ja eine richtige Überraschung«, erklang plötzlich ein wohltönender Bariton. »Ich hatte keine Ahnung, daß Ihnen so viel an mir liegt.«

Emma schlug einen harten C-Dur-Akkord an. »Sebastian setz dich hin und halt den Mund. Bis du hereingeplatzt bist, ist alles wie am Schnürchen gelaufen. Am besten, wir fangen noch mal von vorne an, Sarah.«

Sarah war nicht gerade begeistert darüber, ausgerechnet vor Sebastian Frostedd singen zu müssen. Es fiel ihr so gut wie gar nichts ein, das ihr an ihm gefiel, auch wenn er mit Abstand die beste Stimme von allen hatte. Möglicherweise war er sogar der talentierteste Schauspieler der Truppe. Doch wenn nur einige der seltsamen Dinge, die Dolph und Onkel Jem ihr über ihn erzählt hatten, der Wahrheit entsprachen, war Sebastian allerdings als Pfarrer eine absolute Fehlbesetzung. Doch er meisterte seine Rolle so überzeugend, als habe er sein Leben lang im Dienst der Kirche gestanden.

Außer seiner Rolle hatte er anscheinend schon eine ganze Menge anderer Schwierigkeiten überwunden. Wenn man Dolph glauben konnte, hätten ihn einige seiner sogenannten Geschäfte schon vor Jahren ins Gefängnis bringen müssen, aber seine Familie hatte immer wieder die nötige Kaution gestellt, denn schließlich durfte der Name Frostedd auf keinen Fall befleckt werden. Doch ganz gleich, was Sebastian auch auf dem Kerbholz haben mochte, man konnte sich immer felsenfest darauf verlassen, daß er die Republikaner wählte. Darauf hatte Dolph eigens hingewiesen.

Vielleicht war es Sebastian Frostedds großes Glück, daß er eher wie ein Geistlicher denn wie ein Schurke aussah. Er war ein relativ kleiner, rundlicher Mann mit schütterem gräulichem Haar, das eine glänzende rosa Glatze und ein nichtssagendes, aber nicht unsympathisches Gesicht umfaßte. Bei den Proben trug er stets eine dünne beigefarbene oder graue Kaschmirweste unter seinem diskreten Sportsakko, und man hätte ihn, wenn schon nicht für einen Vertreter der Geistlichkeit, so doch gut für den stellvertretenden Rektor eines Mädchenpensionats halten können. Vielleicht war er das sogar früher einmal gewesen. Sarah konnte es sich jedenfalls durchaus vorstellen. Sie persönlich hätte allerdings unter keinen Umständen eine ihrer Töchter - gesetzt den Fall, sie bekäme einmal welche - einem Mann wie Sebastian Frostedd anvertraut. Sie drehte ihm wieder den Rücken zu, achtete sorgsam darauf, daß die Konzertharfe zwischen ihnen stand und kehrte zum Anfang ihres Vortrags zurück.

Als sie und Charlie Daventer endlich ihre Szene beendet hatten, hatte sich ein recht zahlreiches Publikum um sie versammelt. Der kühne Alexis und die schöne Aline - im täglichen Leben besser bekannt unter dem Namen Parker Pence, Sohn der zweiten Flöte und der Pauke, beziehungsweise Jenicot Trippleton, Tochter von Sir Marmaduke und Dame Partlet - waren inzwischen ebenfalls eingetroffen. Was für ein netter Junge Parker doch war, dachte Sarah. Er spielte das Glockenspiel in der Harvard Band und war damit in die väterlichen wie auch in die großväterlichen Fußstapfen getreten. Außerdem sang er als Tenor beim Glee Club und überlegte gerade ernsthaft, ob er nicht vielleicht eine Karriere bei der *Händel and Haydn Society* anstreben und nebenher ein wenig als Finanzberater arbeiten sollte. Höchstwahrscheinlich um sicherzugehen, daß er auch genügend zu essen hatte, denn im allgemeinen war der Erfolg eines Chorsängers meist eher ästhetischer als finanzieller Natur.

Sarah hielt Jenicot für ein verwöhntes Gör, aber vielleicht war sie ja nur eifersüchtig, weil sie selbst nie die Möglichkeit gehabt hatte, sich verwöhnen zu lassen. Jenicot hatte eigentlich rotes Haar, auch wenn sie als Aline eine prächtige blonde Perücke trug, die gerade oben in einem der Schlafzimmer auf einem Perückenkopf thronte, diesmal allerdings nicht in Sarahs Zimmer. Auch Alines Kostüm befand sich dort: eine Art kitschige Geburtstagstorte mit malvenfarbenen Rüschen, rosa Rosenknospen und babyblauen Satinbändern. Doch da Jenicot großgewachsen und gertenschlank war, sah sie darin trotzdem ganz hübsch aus. Sie besaß zwar nicht die für ihre Rolle erforderliche Bonbonschönheit, doch wenn Emma

Kelling erst einmal mit ihr fertig war, würde sie sicher keiner mehr wiedererkennen. Sie hatte inzwischen sogar schon genug Schliff, um ganz still auf dem Sofa zu sitzen und nur mit den Fingerspitzen zu applaudieren, als Emma, Sarah und Charlie mit der Szene fertig waren und den Flügel verließen.

»Ich wußte gar nicht, daß Sie die Constance singen, Sarah. Was ist denn mit Gillian passiert?«

»Hoffentlich gar nichts. Sie müßte eigentlich schon auf dem Weg hierher sein. Ich bin nur für sie eingesprungen.«

»Für den ersten Versuch waren Sie wirklich nicht übel«, ließ sich der junge Alexis herab. »Wer ist Ihr Gesangslehrer?«

»Ich hatte nie einen. Aber mein Vater hat früher immer in Cousin Percys Madrigalchor mitgesungen, und ich mußte manchmal einspringen, wenn eine der Oberstimmen ausfiel.«

»Sie meinen Heidudeldei und den ganzen Quatsch?« fragte Jenicot, wieder ganz verzogenes Gör.

»Ich mag Madrigale«, wies ihr Gespons sie nicht ohne Strenge zurecht. »Sie sind lustig. Wie kommen Sie mit den Kulissen weiter, Sarah?«

»Ich bin immer noch nicht fertig.« Sie hielt ihre farbverschmierten Hände hoch, denn sie hatte natürlich keine Zeit gefunden, sie zu waschen. Emma verstand den Wink sofort.

»Geh dich ruhig frisch machen, Sarah. Es ist sowieso gleich Zeit für den Tee. Charlie, du bleibst natürlich hier.«

»Liebend gern, wo ich schon mal hier bin.«

Er ist wirklich ein schlichter alter Mann, dachte Sarah. Cousin Brooks besaß ein paar Fotos, die er von einem kalifornischen Kondor in der Mauser gemacht hatte. Wenn Charlie Daventer erst einmal in Maske war und seinen Frack trug, würde er diesem wirklich sehr ähnlich sehen. Sie fragte sich, ob die Tatsache, daß Gillian ihre Probe verpaßt hatte, in die Kategorie der Freudschen Fehlleistungen fiel, über die Cousin Lionel und seine grauenhafte Frau Vare immer so gern sprachen: Dinge, die man vergaß, weil man sie sowieso nicht tun wollte.

Sarah hielt Gillian für eine bessere Sopranistin als Jenicot. Vielleicht war sie verärgert, daß man ihr den häßlichen alten Charlie und nicht den attraktiven, wenn auch etwas einfältigen jungen Helden als Partner zugewiesen hatte. Aber das hatte allein Emma entschieden, sie hatte die Rollen verteilt, und für sie hatte außer Frage gestanden, wer die Hauptrolle bekam. Immerhin war Jenicot eine

Tippleton und noch dazu auf dem besten Weg, bald eine Pence zu werden. Und Gillian Bruges war ohnehin schon ein Problem.

Emma Kelling mußte gewußt haben, welche Schwierigkeiten sie heraufbeschwor, als sie einer attraktiven Unbekannten, die eines Tages mit einer vagen Referenz von irgendeinem Nachbarn bei den Proben erschienen war, eine Rolle gegeben hatte. Jack Tippleton hatte bisher noch nie eine Aufführung hinter sich gebracht, ohne sich an eine der Schauspielerinnen heranzumachen. Diesmal war ihm nichts anderes übriggeblieben, als sein Glück mit Gillian zu versuchen, denn die einzigen anderen weiblichen Wesen unter den Hauptdarstellern waren seine Tochter, seine Gattin und Emma Kelling höchstpersönlich. Jack hatte wenig Lust, sich mit einer der Chorsängerinnen einzulassen, auch wenn er durchaus gewillt war, sich mit Nebenpersonen, etwa einer Pitti-Sing oder einer Fleeta, zu begnügen, was bisher schon oft genug der Fall gewesen war.

Vielleicht hatte dieser Aspekt bei Emmas Wahl ebenfalls eine Rolle gespielt. Wenn die Romanze erst soweit gediehen war, daß es zu wilden Szenen kam und die betreffende Dame wutentbrannt davonstürzte, wollte Emma wenigstens sichergehen, daß die Davonstürzende nicht zu den Hauptdarstellerinnen gehörte. Immerhin hatte sie auf diese Weise schon einmal ihre Angelina verloren, als sie *Trial by Jury* mit Jack als Richter spielten. Es war bei der Generalprobe passiert, wie Sarah sich zu erinnern glaubte. Tante Emma, wirklich mit Leib und Seele Schauspielerin, hatte daraufhin kurzentschlossen ihr Korsett enger geschnallt, sich in das Hochzeitskleid gezwängt und die Angelina bis an die Grenze des Zumutbaren karikiert. Das Publikum hatte vor Begeisterung gerast, doch für Emma Kelling war es eine Tortur gewesen. Nicht einmal ihr war daran gelegen, diese Strapazen noch einmal durchzustehen. Sarah hoffte inständig, daß ihr diesmal kein ähnliches Schicksal drohte.

Kapitel 2

Momentan deutete jedoch nichts auf eine Krise hin. Gillian erschien auf der Bildfläche, kurz nachdem Heatherstone den Tee hereingebracht hatte, entschuldigte sich bei allen und rechtfertigte ihr Zuspätkommen mit einer haarsträubenden Geschichte von einem gerissenen Gaszug in ihrem Wagen. Sie war ganz auf Proben eingestellt und nur ein klein wenig verärgert, als sie erfuhr, daß man es auch ohne sie geschafft hatte. Charlie - höchst edelmütig, wenn man den Zustand seines gichtgeplagten Zehs bedachte - sagte, er sei gern bereit, die Szene noch einmal durchzugehen. Doch just in diesem Moment traf Jack Tippleton ein, angeblich um Jenicot abzuholen. Gillian entschied daraufhin, daß Charlie unbedingt Rücksicht auf seine Gicht nehmen müsse, er habe für einen Tag schon genug geleistet, und begann, Jack mit Gurkensandwiches zu füttern.

Jenicot sah dies mit dem kritischen Blick, der Töchtern oft eigen ist. »Daddy, das sollst du doch nicht essen. Du weißt genau, daß Gurken deiner Gallenblase nicht bekommen.«

Görenhaftigkeit in Reinkultur, dachte Sarah, doch sie stellte fest, daß Jenicot ihr allmählich sympathischer wurde. »Hier, Jack«, sagte sie, »essen Sie lieber einen Löffelbiskuit, und dann erzählen Sie uns von Ihrer Gallenblase.«

Das war kein besonders kluger Schachzug gewesen, denn damit hatte sie Jacks Aufmerksamkeit auf sich gelenkt. Sarah vergaß immer wieder, welche Wirkung sie auf Männer hatte, seit sie glücklich verheiratet und eleganter gekleidet war. Hätte Jack einen Schnurrbart gehabt, hätte er ihn jetzt bestimmt gezwirbelt, was auch Gillian Bruges nicht entgangen war und sie anscheinend auf die Palme brachte. Ach herrje, sie hatte den geilen alten Bock doch wohl hoffentlich nicht ernst genommen?

Sarah befürchtete, daß Gillian Jack möglicherweise gar nicht für einen geilen alten Bock hielt. Er sah immer noch recht gut aus, erinnerte ein wenig an einen Politiker in den besten Jahren, und seine Technik war, wenn man dafür eine Schwäche hatte, nach so vielen Jahren der Praxis bestimmt nahezu perfekt. Vielleicht stand Gillian auf Vaterfiguren, wie Max' Neffe Mike sich ausgedrückt hätte. Wie dem auch sei, Sarah beschloß, von nun an sicherheitshalber eine gewisse Distanz zu Jack Tippletons Gallenblase zu wahren. Sie konnte sich nämlich nur zu gut vorstellen, daß Gillian es fertigbrachte, ihre Rolle einfach hinzuschmeißen, und selbst Tante Emma konnte es unmöglich schaffen, die Constance und die Lady Sangazure gleichzeitig zu singen.

Glücklicherweise nahte just in diesem Augenblick Rettung in Gestalt von Guy Mannering, dem Sohn des Englischhorns. Guy studierte Kunst in Worcester und schien seit kurzem Gefallen daran zu finden, nach seinen Seminaren zurück nach Pleasaunce zu eilen, um mit Mrs. Bittersohn Kulissen zu gestalten, denn immerhin war sie eine elegante, gebildete, reife Frau, von der man billigerweise erwarten durfte, daß sie für die hehren Ziele eines jungen Ästheten Verständnis hatte. Sarah war sich zwar nicht sicher, ob sie das hatte, doch sie schätzte Guys Größe und Muskelkraft, wenn es darum ging, mit den Versatzstücken zu jonglieren. Sie würde später auf diese Qualitäten zurückgreifen, momentan jedoch wollte Guy sich offensichtlich unbedingt mit ihr über Kunst unterhalten.

»Was halten Sie eigentlich von dem Romney?« erkundigte er sich mit leiser, vertraulicher Stimme, bestrebt, besonders höflich zu klingen, was allerdings dank eines Stückchens Teegebäck, an dem er noch herumkaute, einigermaßen mißlang.

Sarah betrachtete das lebensgroße Porträt, das den Kamin ihrer Tante zierte. Es stellte eine Frau mittleren Alters mit auffallend markanten Zügen in einem Venuskostüm dar, wenn auch sehr viel bedeckter, als man es normalerweise von dieser Göttin gewöhnt war. Als besondere Attribute hatte ihr der Maler eine Vogeltränke nebst Taube beigegeben. Da Rosen immer gut zu Göttinnen paßten und auch etwas fülligeren Damen gut zu Gesicht standen, hatte der Künstler sie im Überfluß in sein Werk integriert. Sie umrankten die Vogeltränke, schmückten das Haar der Dame, ruhten auf ihrem Herzen, und selbst die Taube wurde allem Anschein nach mit Rosen gefüttert. Sarahs erster Gedanke war, daß Tante Emma hoffentlich nicht auf die Idee kam, ihr dereinst dieses Porträt zu vermachen. Mit seinem breiten vergoldeten Barockrahmen maß das Werk sicher gut und gern seine ein Meter achtzig mal zwei Meter vierzig, und wo um Himmels willen, sollte sie es in der Art von Haus aufhängen, das ihr und Max vorschwebte? Ihr zweiter Gedanke war, daß sie es hassen würde, die Verantwortung für ein so wertvolles Kunstwerk zu übernehmen. Ihr dritter Gedanke war, daß Romney entweder einen ausgeprägten Sinn für Humor gehabt haben mußte oder aber völlig humorlos gewesen war. Und ihr vierter Gedanke war, daß sie das Bild liebte. Genau diesen Gedanken teilte sie schließlich Guy mit.

Er starrte sie mit kaum verhohlenem Entsetzen an. »Im Ernst?«

»O ja, es paßt so gut zu Tante Emma.«

»Oh.« Guy dachte angestrengt darüber nach, während er die letzten Reste des Teegebäcks kaute. Dann bedachte er sie mit einem freundlichen, väterlichen Nicken. »Ja, es sieht ihr wirklich ähnlich. War es ihre Mutter oder so?«

Kunstgeschichte schien momentan nicht auf Guys Stundenplan zu stehen. Nur gut, daß Emma die Frage nicht gehört hatte.

»Wohl kaum«, antwortete Sarah. »Romney ist 1802 gestorben. Das hier ist Ernestina, die Gattin eines Alexander Kelling, der kurz nach dem Unabhängigkeitskrieg, als John Adams Gesandter in London war, eine Art Attaché am Hof von St. James gewesen ist. Aber ich glaube, sie haben es dort nicht lange ausgehalten. Sie und Abigail haben sich nicht besonders gut verstanden.«

»Abigail Adams war immer der Meinung, daß man sie in London abschätzig behandelte«, warf Sebastian Frostedd, der neben ihnen saß, ein. »Ich kann mir allerdings nur schwer vorstellen, daß jemand die Frechheit hatte, Ernestina abschätzig zu behandeln. Aber die Kellings waren schließlich auch reich und die Adams nicht. Das mußte natürlich zu Spannungen führen.«

»Doch wohl nicht bei Abigail Adams«, protestierte Sarah. »Ich dachte immer, sie wäre über so etwas erhaben gewesen.«

»Wer ist das schon.«

Sebastian griff nach der Platte mit Muffins, die gerade von Heatherstone herumgereicht wurde. Der Rubin mit Cabochonschliff, der den breiten Goldring an seinem Finger zierte, erstrahlte in tiefem Karminrot, als das Licht der Kerzen auf ihn fiel, die der Dienstbote angezündet hatte, weil die Sonne bereits Anstalten machte unterzugehen und der Himmel inzwischen ganz bedeckt war. Heute nacht standen ihnen sicher wieder Aprilschauer bevor, dachte Sarah. Sie hoffte nur, daß es morgen schön werden würde. Guy und zwei seiner Freunde wollten schon in aller Frühe herkommen, um Sir Marmadukes Herrenhaus mit Hilfe eines Lastwagens vom Sonnenzimmer zum Theater zu transportieren. Sie und Guy sollten eigentlich schon längst wieder bei ihren Büschen sein, statt hier über ihren Teetassen herumzutrödeln.

Aber die kleine Verschnaufpause tat ihr gut, und im Grunde gab es ja für sie beide auch nicht mehr allzuviel zu tun. Irgendwie tat es ihr sogar ein bißchen leid, daß sie nur noch eine Kulisse zusammen bemalen würden. Aber ihre Arbeit war damit noch lange nicht beendet. Emma wollte das ganze Theater mit großen, blumengefüllten Weidenkörben schmücken, für die eigens komplizierte Stützkonstruktionen aus Plastikschüsseln, Maschendraht, Klebefolie und grünem Steckschaum, der Wasser aufsaugte und so die Schnittblumen frisch hielt, angefertigt werden mußten.

Emma hatte geplant, Sarah im Laufe des morgigen Tages Zweige schneiden und arrangieren zu lassen und dann am späten Nachmittag selbst hinauszugehen und riesige Mengen Tulpen und Narzissen aus dem Garten zu holen. Die Schnittblumen sollten dann aus irgendwelchen esoterischen Gründen, die Emma aus ihrem Gartenclub hatte, die ganze Nacht über bis zur Blüte im Wasser stehen. Am nächsten Tag, wenn sie richtig »frisch und schwellend« waren, ein anderer Lieblingsausdruck aus dem Gartenclub, sollten sie herausgenommen und zwischen das Grün gesteckt werden. Es klang ganz so, als würde allein das Arrangieren der Körbe einen ganzen Tag in Anspruch nehmen.

Eher zwei Tage. Einer zum Pflücken und einer zum Stecken. Sarah träumte vor sich hin und versuchte dabei, sich zu erinnern, wie viele Körbe für das Foyer, wie viele für den Erfrischungsraum und wie viele für das Orchester eingeplant waren, als sie feststellte, daß Ridpath Wale sich zu ihnen gesellt hatte, ganz still und heimlich, wie es seine Art war.

Ridpath war ihr John Wellington Wells, ein weiteres Musterbeispiel für Emmas hervorragendes Gespür für die richtige Besetzung der Rollen. Er sah in der Tat aus wie die personifizierte Kombination aus energischem Geschäftsmann und erfolgreichem Zauberer. Als Sarah das erste Mal bei den Proben beobachtet hatte, wie er in der Szene mit Alexis und Aline seinen Zaubertrank braute, war er so gut gewesen, daß ihr angst und bange geworden war bei der Vorstellung, der Zauber könne möglicherweise tatsächlich funktionieren. Jetzt stand Ridpath zusammen mit Sebastian und Guy vor dem Romney und schaute zu Ernestina selig empor, als habe er nicht übel Lust, auch sie zu verzaubern.

»Gott, was für ein schönes Bild«, seufzte er. »Ich würde alles darum geben, es zu besitzen.«

»Na, dann biete Emma doch mal ein paar Hunderttausender an und hör dir an, was sie dazu zu sagen hat«, schlug Sebastian vor. »Wieviel muß man denn momentan für einen Romney hinblättern, Sarah?«

»Darüber könnte Ihnen mein Mann sicher besser Auskunft geben als ich. Ich weiß nur, daß Madame Wilkins vierzigtausend Pfund für ein Gemälde bezahlt hat, das genauso aussieht wie dieses hier und das sie 1907 für ihren Palast erstanden hat. Leider hat sich dann später herausgestellt, daß es eine Fälschung ist.«

»Emmas Bild ist natürlich ein Original.« Ridpath schaffte es, eine Feststellung wie eine spöttische Frage klingen zu lassen.

»Absolut«, gab Sarah zurück, die ihrerseits ein simples Adverb in eine recht scharfe Zurechtweisung verwandelte. »Erstens befand sich dieses Porträt stets im Besitz der Familie Kelling, seit es Ernestina selbst aus Europa mitbrachte. Zweitens haben wir es im Laufe der Jahre von etwa zwanzig verschiedenen Experten von Kopf bis Fuß auf seine Echtheit überprüfen lassen, hauptsächlich wegen der Fälschung bei Madame Wilkins. Sie hat damals nämlich behautpet, Romney hätte mehr als nur ein Porträt von Ernestina gemalt, genau wie bei Lady Hamilton, doch das ist einfach absurd. Romney war zwar ein merkwürdiger Kauz, aber er war bestimmt nicht so exzentrisch, daß er unbedingt das Kelling-Kinn unsterblich machen wollte. Außerdem war Ernestina dazu gar nicht lange genug in London. Dafür hat Abigail Adams damals schon gesorgt, nehme ich an.«

»Vierzigtausend Pfund, wie?« fragte Sebastian. »In diesem Fall müßtest du dein Angebot wohl auf eine halbe Million oder noch mehr erhöhen, Ridpath.«

Der Zauberer lachte. »Diese Woche schaffe ich es leider noch nicht. Apropos, meine Damen und Herren, sollten wir nicht heute noch ein bißchen proben?«

»Ohne mich.« Jack Tippleton erhob sich. »Komm, Jenicot. Deine Mutter fragt sich bestimmt schon, wo wir bleiben.«

»Kann ich mir kaum vorstellen«, murrte das Gör. »Vielen Dank für den Tee, Mrs. Kelling. Kommst du auch mit, Parker?«

»Ich bin selbst mit dem Wagen da, vielen Dank.«

»Super!« rief Gillian Bruges. »Dann könnten Sie mich vielleicht bis zur Werkstatt mitnehmen, und ich kann mir die teure Taxifahrt sparen.«

Weder Jack Tippleton noch seine Tochter schienen über diese Wendung sonderlich erfreut zu sein. Ganz im Gegensatz zu Parker Pence. Doch das hatte vielleicht gar nichts zu sagen. Parker war ein gutmütiger junger Mann, sonst würde er sich bestimmt nicht so gut mit Jenicot verstehen. Trotzdem machte sich Sarah darauf gefaßt, von den anderen Darstellern schon bald Bemerkungen über Gillians neueste Eroberung zu hören.

Doch das war einfach absurd, denn für Pence war Gillian mit Sicherheit viel zu alt und für Jack Tippleton viel zu jung. Sarah war schon bei ihrem ersten Treffen Anfang der Woche zu dem Schluß gekommen, daß Gillians ganzes charmantes Getue wohl eher auf jahrelange Praxis als auf mädchenhafte Überschwenglichkeit zurückzuführen war. Wahrscheinlich glätteten sich die Wogen wieder, sobald sie die Vorstellung hinter sich gebracht hatten. Bis dahin tat sie gut daran, ihren eigenen Kavalier an die Kandare zu nehmen.

»Kommen Sie, Guy«, sagte sie. »Wir sollten uns besser um die letzte Kulisse kümmern.«

Guy Mannering folgte Sarah bereitwillig ins Sonnenzimmer. Falls er jedoch die Hoffnung hegen sollte, sie in ästhetische Plaudereien zu verwickeln, statt Büsche zu bemalen, hatte er sich geschnitten. Sarah konnte kommandieren wie ein Feldwebel, denn sie hatte während ihrer traumatischen ersten Ehe genug Gelegenheit gehabt, bei Edith, dem streitsüchtigen Dienstmädchen ihrer Schwiegermutter, zu üben. Sie mußten unbedingt schnell mit den Herzen und Blumen fertig werden, damit Sarah sich vor dem Abendessen noch umziehen konnte und Guy Zeit hatte zu tun, was immer er tun mochte, wenn er nicht gerade bei Emma Kelling als Kulissenmaler eingespannt war.

Wenn er keine mit Farbe bekleckerten Jeans getragen hätte, wäre er vielleicht gebeten worden, zum Abendessen zu bleiben, doch Emma war trotz ihrer Schwäche für impulsive Entscheidungen immer noch zu sehr Dame der alten Schule, um sich damit anfreunden zu können. Dagegen überraschte es Sarah nicht besonders, daß ihre Tante Charles Daventer gebeten hatte zu bleiben, ganz im Gegenteil, es wäre ungewöhnlich gewesen, wenn sie dies nicht getan hätte. Verwunderlich war höchstens die Tatsache, daß Ridpath Wale auch noch da war. Normalerweise hatte er sonst immer gerade etwas anderes vor.

Sie wählte das pflaumenblaue Seidenkleid, das sie sich in Phoenix gekauft hatte - seit ihrer Hochzeit mit Max hatte ihre Garderobe ein ausgesprochen kosmopolitisches Flair - und begab sich nach unten, in der Erwartung, sich wieder einmal endlose, todlangweilige Diskussionen über Schauspielerei anhören zu müssen. Doch zu ihrer Verwunderung stellte sie fest, daß man sich immer noch über den Romney unterhielt beziehungsweise immer wieder auf ihn zurückkam, besonders nachdem sie wieder in den Salon gegangen waren, um dort nach dem Essen noch eine Tasse Kaffee einzunehmen.

Ridpath wollte wissen, wie man es geschafft hatte, so ein riesiges Bild in so einen gigantischen Rahmen zu bekommen und wie in aller Welt es vom Schiff geholt und bis nach Pleasaunce transportiert worden war.

Sarah hätte es ihm erklären können, denn sie wußte, daß Ernestina damals in einem Brauereiwagen über die Straßen gegondelt war. Doch Emma gab die Geschichte höchstpersönlich zum Besten und machte eine köstliche Darbietung daraus. Was allerdings die erste Frage betraf, konnte auch sie den Tatsachen wenig Amüsantes abgewinnen. Die Leinwand war ganz einfach auf die übliche Weise auf einen schweren Keilrahmen gespannt worden, den man dann mit Hilfe großer Holzschrauben in den äußeren Rahmen eingefügt hatte.

»Dann könnte man das Ganze also ganz leicht auseinandernehmen?« erkundigte sich Ridpath.

»O ja, im Grunde ist es ganz einfach, nur ein wenig umständlich, weil das Bild so groß und schwer ist. Wir nehmen Ernestina nur alle zehn Jahre herunter, um sie reinigen zu lassen.«

»Sieht ganz so aus, als könnte sie bald wieder ein Bad vertragen«, brummte Charlie.

»Da hast du leider recht«, mußte Emma zugeben. »Durch die Kerosinlampen bekommt das Bild einen richtigen Ölfilm, weißt du, und ich bin sicher, daß der Rauch vom Kamin ihm auch nicht guttut, obwohl wir deshalb schon Glastüren eingebaut haben. Heatherstone steigt so oft wie möglich auf die Leiter und wischt Ernestina mit einem feuchten Tuch ab, und einmal die Woche entfernen wir die Spinnweben mit einem wundervollen Staubwedel, den ich vor Jahren aus England mitgebracht habe. Leider kommt das arme Ding langsam in die Mauser, und ich glaube nicht, daß es noch viel nützt. Früher gab es einen Mann in Springfield, der regelmäßig hergekommen ist und das Bild gereinigt hat, aber er ist inzwischen leider verstorben. Ich muß unbedingt ein Museum anrufen und fragen, ob sie uns jemanden empfehlen können.«

»Der Mensch, der meine Sargents gereinigt hat, war recht ordentlich, finde ich«, sagte Ridpath. »Ich rufe ihn morgen an und schicke ihn vorbei, damit er dir einen Kostenvoranschlag macht.«

»Bitte nicht morgen, Ridpath. Ich muß zuerst die Vorstellung hinter mich bringen, bevor ich irgendwelche neuen Projekte in Angriff nehmen kann. Wir haben momentan schon so genug am Hals. Ich kann nur hoffen, daß es keine Reibereien wegen Gillian Bruges gibt. Das Mädchen ist ein richtiges kleines Biest. Es war dumm von mir, ihr die Rolle zu geben, aber sie gibt nun mal eine göttliche Constance ab.«

»Wenn es Gillian nicht wäre, dann wäre es eben eine andere«, meinte Charlie. »Wir kennen doch alle Jack Tippleton. Ich kann nur nicht verstehen, warum Martha ihn nicht schon längst verlassen hat.«

Ridpath Wale zuckte mit den Achseln. »Aber wir wissen doch alle, wie Martha ist. Emma, meine übersinnlichen Antennen melden mir gerade, daß du uns schon sehr bald einen Brandy anbieten wirst.«

»Drüben auf dem Tablett. Bitte bedient euch selbst. Keine Ahnung, wo Heatherstone abgeblieben ist. Der Ärmste ist völlig erschöpft. Und ich muß zugeben, daß ich mich selbst ebenfalls nicht besonders kräftig fühle. Schenk mir doch bitte auch ein Schlückchen ein, wo du gerade dabei bist. Charlie, du trinkst besser nichts. Wir wollen doch nicht, daß dir dein armer Zeh wieder Probleme macht. Sarah, was ist mit dir, möchtest du nichts?«

»Nein, lieber nicht, vielen Dank.« Sarah erhob sich widerwillig von dem mit Goldbrokat bezogenen Lehnstuhl, auf dem sie es sich bequem gemacht hatte. »Ich muß mich auf die Socken machen. Ich habe nämlich Cousin Frederick versprochen, heute abend zu ihm zu fahren und mir seinen neuen Anzug anzusehen. Es ist sein erster neuer Anzug seit zweiunddreißig Jahren.«

»Und wenn Max anrufen sollte?«

»Das wird er nicht, jedenfalls nicht heute abend. Er hat inzwischen Belgien verlassen und ist auf dem Weg nach Helsinki.«

»Grundgütiger, warum denn das?«

»Ich habe keine Ahnung. Soll ich Cousin Frederick irgend etwas von dir mitnehmen?«

»Bestell ihm liebe Grüße. Sag ihm, daß Heatherstone ihm einen Platz für die Vorstellung freihält und er unbedingt seinen neuen Anzug tragen soll. Er darf ihn auf keinen Fall wieder zehn Jahre lang im Schrank hängen und die Motten daran herumknabbern lassen, nur damit er nicht so ›vulgär neu‹ aussieht.«

Charlie Daventer schnaubte. »Huh. In Freds Alter kann man es sich wirklich nicht mehr leisten, zehn Jahre zu warten.«

Sarah war über diese Bemerkung so verärgert, daß sie Charlie am liebsten daran erinnert hätte, daß er mit Cousin Frederick immerhin dieselbe Schulbank gedrückt hatte, beschloß jedoch, den Mund zu halten. Statt dessen verabschiedete sie sich von allen, wobei sie darauf achtete, vor ihren Verwandten nur ja keinen Knicks zu machen, denn schließlich war sie schon längst nicht mehr Walter Kellings kleines Mädchen, und ging.

Kapitel 3

Cousin Frederick hätte eigentlich einen noch viel besseren schlichten alten Mann abgegeben als Charlie Daventer, schoß es Sarah durch den Kopf, als sie seine verhutzelte Wange küßte. Da Frederick kaum größer war als sie, brauchte sie sich dazu nicht einmal auf die Zehenspitzen zu stellen.

Auch seine Wohnung war mehr als bescheiden, nur ein winziger Teil vom Küchenflügel eines alten Herrenhauses, das etwa so groß war wie das von Emma. Frederick hätte es sich nach dem Tod seiner Eltern durchaus leisten können, das gesamte Haus allein zu bewohnen, wenn er nur gewollt hätte. Statt dessen hatte er lediglich zwei kleine Zimmer für sich abgetrennt und den Rest des Hauses diversen wohlhabenden Mietern überlassen. Man nahm gemeinhin an, der alte Junggeselle lagere die Mieterträge mit seinen übrigen Schätzen auf Schweizer Banken, in Safefächern oder, was den Leuten noch wahrscheinlicher erschien, in Pappschachteln, die er unter seine Matratze gestopft hatte. Nur Sarah, Emma und ein oder zwei weitere Kellings wußten, daß er jeden Penny, den das Haus abwarf, und noch sehr viel mehr Geld einer Internatsschule für behinderte Kinder zukommen ließ.

Es machte Sarah nichts aus, beim Licht einer einzigen Glühbirne auf der Kante eines Stuhls mit zerbrochener Rückenlehne zu balancieren. Sie wollte ohnehin nicht lange bleiben. Sie wußte, daß Frederick gern früh ins Bett ging, um Strom zu sparen. Außerdem war sie selbst müde. Sie bewunderte seinen neuen Anzug, der im Grunde nicht anders aussah als die Anzüge, die Frederick sonst trug, nur daß er an den Manschetten noch nicht ausgefranst und an den Knien noch nicht ausgebeult war, und bat ihn inständig, seine neueste Errungenschaft zur Aufführung anzuziehen, da Emma sonst untröstlich sein werde. Sie lauschte geduldig seinen üblichen Erinnerungen an Emmas verstorbenen Gatten, den üblichen Klagen über zu hohe Stromrechnungen und den üblichen Schimpfkanonaden gegen Cousine Mabel. Schließlich wünschte sie dem alten Brummbär eine gute Nacht, denn sie hatte Cousin Frederick trotz allem wirklich sehr gern, und fuhr die wenigen Meilen zu Tante Emmas Haus zurück.

Sie stellte ihren Wagen im Kutscherhaus ab und versuchte dabei, so leise wie möglich zu sein, um Mrs. Heatherstone nicht zu wecken, da sie immer früh aufstehen mußte, um den Porridge zu machen. Die Heatherstones lebten in einer großen Wohnung direkt über dem riesigen Raum, in dem früher die Kutschen, Schlitten, Gigs, Dogcarts und Pferde gestanden hatten. Heute befanden sich hier nur noch Tante Emmas alter Buick, in dem sie sich zu besonderen Anlässen von Heatherstone herumkutschieren ließ, der kleine rote Flitzer, mit dem sie selbst zu Versammlungen und Lunchverabredungen sauste, und der solide Plymouth, den Mr. und Mrs. Heatherstone für ihre Einkäufe und an ihren freien Tagen für die Besuche bei ihrem verheirateten Sohn in Pelham benutzten. Für Sarahs Wagen war also noch Platz genug.

Zu Lebzeiten von Onkel Beds Eltern wäre sicher sofort ein Stalljunge zur Stelle gewesen, um den Wagen für sie zu parken oder wenigstens die großen Torflügel aufzuhalten, damit sie bequem hineinfahren konnte. Nur daß sie damals noch gar nicht da gewesen und schon gar nicht im Besitz eines Wagens war. Im Zuge des allgemeinen Fortschritts und aus Rücksicht auf Heatherstones fortgeschrittenes Alter hatte Tante Emma inzwischen eine automatische Tür installieren lassen, die mit Hilfe einer Fernbedienung aktiviert werden konnte.

Mit Ausnahme der Heatherstones lebten heute keine Dienstboten mehr in Tante Emmas Haus. Statt einer rotarmigen Frau, die sich mit Waschbrett und Waschzuber abrackerte, gab es eine Waschmaschine, einen Wäschetrockner und eine Mangel im Keller, und einmal die Woche kam eine nette alte Dame vorbei und kümmerte sich um die Wäsche. Eine andere Frau erschien jeden Morgen um halb neun, um die Zimmer aufzuräumen und staubzusaugen. Sie selbst bezeichnete sich als Reinigungsassistentin, und Tante Emma sagte, sie könne sich nennen, wie sie wolle, solange sie nicht vergaß, unter den Betten aufzuwischen, was bisher auch tatsächlich noch nie vorgekommen war. Die aufwendigeren Putzaktionen sowie anfallende Gartenarbeiten wurden, stets unter den wachsamen Augen der Heatherstones, von gutgelaunten Männern erledigt, die mit

Lastwagen voll Rechen und Schaufeln und großen Geräten eintrafen, und manchmal auch von College-Studenten, die damit ihr Studium finanzierten. Nichts war mehr wie in den guten alten Zeiten, sondern viel, viel besser, wenn man Emma Kelling glaubte.

Heute hätte Sarah allerdings nichts dagegen gehabt, sich von einem muskulösen Stallburschen assistieren zu lassen. Den Grund wußte sie selbst nicht. Normalerweise war sie alles andere als ängstlich, auch wenn sie während der letzten Jahre mehr als genug Grund dazu gehabt hätte. Trotzdem spürte sie ein deutliches Unbehagen, als sie über den fünfzehn Meter langen, aus Steinplatten bestehenden Weg ging, der vom gut beleuchteten Kutscherhaus zum gut beleuchteten Seiteneingang des Hauses führte. Sie zögerte, bevor sie auf den Knopf der Fernbedienung drückte, um die Tür hinter sich zu schließen, ließ ihren Blick durch den Garten schweifen und versuchte herauszufinden, was dieses merkwürdige Gefühl verursachte.

Doch es war nichts zu sehen. Emma Kelling war bestens über die zahlreichen Einbrüche und Überfälle informiert, die in den wohlhabenderen Vororten heutzutage bedauerlicherweise an der Tagesordnung waren. Sie hatte daher schon vor Jahren alle Büsche direkt neben dem Fußweg entfernen lassen. Hier draußen konnte sich niemand verstecken, nicht einmal ein Stinktier, ein Waschbär oder ein Hund, der gegen die Anleinpflicht verstieß, auf die man in Pleasaunce großen Wert legte. Hier gab es einfach keine Versteckmöglichkeiten. Trotzdem mußte sich Sarah beinahe zwingen, ihre Beine in Bewegung zu setzten und über die Platten zu gehen.

Um Heatherstones Füße ein wenig zu entlasten, hatte sie ihren eigenen Hausschlüssel bekommen. Doch selbst als sie die Tür aufschloß, verdrehte sie noch den Hals, um nach etwas Ausschau zu halten, was offenkundig nicht vorhanden war. Sie öffnete die Tür nur so weit, daß sie ihren schlanken Körper durch den Spalt zwängen konnte, und zog sie so schnell hinter sich ins Schloß, daß eine Falte ihres Rocks darin hängenblieb und Sarah sie wieder öffnen mußte. Keine sehr gekonnte Vorstellung. Nur gut, daß sie niemand gesehen hatte. Der Hof war genauso leer wie vorher.

Da keine Wagen mehr in der Auffahrt parkten, nahm Sarah an, daß Charlie und Ridpath bereits fort waren, was sich auch als richtig herausstellte. Ihre Tante, nur in Gesellschaft von Ernestina, besserte gerade hingebungsvoll den perlenverzierten Pompadour aus, den Lady Sangazure bei der Aufführung tragen sollte, und summte dabei zur Abwechslung einmal eine Melodie aus *The Yeoman of the Guard,* in der weder Liebestränke noch Zauberformeln vorkamen. Es würde zwar niemandem im Publikum auffallen, ob an der langen Schnur ein paar Perlen fehlten oder nicht, doch Lady Sangazure hätte solche Kleinigkeiten sicher auch nicht durchgehen lassen. Und das war für Emma Grund genug.

Als Sarah hereinkam, schaute sie auf und lächelte. »Da bist du ja, Liebes. Wie geht es Frederick?«

»Genau wie immer. Er läßt dir beste Grüße bestellen.«

Sarah wiederholte so viel von Fredericks Familienklatsch, wie ihr noch einfiel, und beschrieb seinen neuen Anzug bis ins Detail. Für Emma Kelling waren solche Dinge überaus wichtig.

Tante Emma hielt eigentlich einfach alles für überaus wichtig, dachte sie. Die Begeisterung, mit der sie sich auf alles und jedes stürzte, bewahrte Beddoes Kellings Witwe davor, alt und langweilig zu werden, und bewirkte, daß betagte Junggesellen ihr jahrzehntelang die Treue hielten und Ehemänner in den besten Jahren sich nicht von ihrem Teetisch loseisen konnten, obwohl sie eigentlich längst zu Hause von ihren Gattinnen erwartet wurden. Jack Tippleton wäre an diesem Nachmittag bestimmt auch dageblieben, wenn Gillian Bruges ihm keine schönen Augen gemacht hätte.

Und Emma faszinierte durchaus nicht nur ältere Herren. Parker Pence machte aus seiner Bewunderung für Mrs. Kelling keinen Hehl, und Guy Mannering war mehr in Emma verliebt als in Sarah, obwohl beides töricht war und er es bestimmt niemals zugegeben hätte. Und das galt auch für Frauen: Selbst Cousine Mabel gelang es nicht, etwas wirklich Schlimmes über Emma zu sagen, obwohl sie es immer wieder versuchte. Emma Kelling schien tatsächlich auf der ganzen Welt keinen einzigen Feind zu haben.

Umgeben von soviel positiven Schwingungen, fragte sich Sarah, wieso sie trotzdem derart nervös war. Sie saß wie auf heißen Kohlen. Statt ständig auf ihrem Stuhl hin und her zu rutschen, beschloß sie, ins Sonnenzimmer zu gehen und nach den Kulissen zu sehen, obwohl sie genau wußte, daß sie schon trocken waren, was sich dann natürlich auch bestätigte. Alles würde problemlos über die Bühne gehen, wenn Guy und seine Mannen in aller Herrgottsfrühe anrückten, um die Kulissen abzuholen. Eigentlich eine unmögliche Zeit, doch Guy hatte sie selbst vorgeschlagen. Jemand mußte schon früh auf den Beinen sein, um ihn hereinzulassen. Vielleicht würde dieser jemand sogar Sarah selbst sein. Sie hatte das Gefühl, daß sie in dieser Nacht nicht viel Schlaf finden würde.

Ihrer Tante war dies nicht entgangen. »Sarah, was hast du denn? Was bist du nur für ein unruhiger Geist!«

»Wirklich?« Sarah tat genau das, was Emma ihr vor zwanzig Jahren in dieser Situation geraten hätte, sie setzte sich hin und faltete andächtig wie ein braves Kind die Hände im Schoß. »Ich weiß auch nicht, Tante Emma. Ich bin einfach unruhig. Vielleicht habe ich eine dieser komischen Vorahnungen, von denen deine Freundin Mrs. Wincley immer erzählt. Ich hoffe nur, daß Max nicht gerade in Schwierigkeiten steckt.«

»Doch nicht in Helsinki! Die Finnen wirken so ehrenwert und nobel. Es besteht natürlich immer die Möglichkeit, daß man von einem Rentier niedergetrampelt wird oder an einer Gräte im Heringssalat erstickt, aber ich bin sicher, daß deinem Max so etwas nie passieren würde. Kindchen, warum läufst du nicht schnell in die Küche und holst das Tablett, das Mrs. Heatherstone auf den Tisch gestellt hat? Es steht eine Thermoskanne mit Schlummer-gut darauf. Am Abend vor einer Vorstellung trinke ich immer eine Tasse davon. Man ist meistens ein wenig aufgedreht, weißt du, und danach schläft man wie ein Murmeltier.«

»Schlummer-gut? Doch nicht etwa das Zeug, das du mir immer zu trinken gegeben hast, als ich damals, als Mama so krank war, bei dir in Ferien war? Ich glaube nicht, daß ich es seitdem je wieder getrunken habe.«

Es war schon merkwürdig, daß Sarah sich an diesen Aufenthalt besser erinnerte als an ihre Mutter, obwohl Mrs. Walter Kelling danach noch fünf oder sechs Jahre gelebt hatte, bis auch sie schließlich nicht länger verdrängen konnte, daß sie ernsthaft krank war. Sie starb, als Sarah zwölf Jahre alt war – zu alt, um zu Tante Emma abgeschoben zu werden, aber nicht zu jung, um ihrem Vater den Haushalt zu führen, jedenfalls nicht nach Ansicht von Walter Kelling. Es war schon merkwürdig: Wäre ihr Vater nicht so ein leidenschaftlicher Pilzsammler gewesen, säße Sarah vielleicht heute noch in dem hohen, schmalen, spartanischen Haus in der Pinckney Street, würde eine Porträtlithographie von Ralph Waldo Emerson anstarren und darüber nachdenken, wie sie ein Mittagessen zaubern konnte, das billig war und trotzdem etwas hermachte.

Sie holte das Tablett und stellte es vor ihre Tante auf das Nähtischchen. Emma Kelling goß die beiden Tassen voll, reichte Sarah eine davon und nippte an der eigenen.

»Puh! Tut mir leid, Liebes. Ich fürchte, Mrs. Heatherstone hat die Milch anbrennen lassen.«

Sarah probierte das Gebräu und hoffte, daß sich ihr Gesicht nicht allzu sehr verzog. »Ich koche frische Milch und mache uns neues.«

»Die Mühe kannst du dir sparen. Es schmeckt sowieso scheußlich, egal was man tut. Jetzt komm schon, trink schnell deine Tasse aus. Es wird dir bestimmt guttun.«

Da Sarah nach denselben puritanischen Prinzipien erzogen worden war wie ihre Tante, schluckte sie tapfer den Inhalt ihrer Tasse hinunter und ließ soviel Bodensatz zurück, wie die Etikette erlaubte. Dann gab sie Emma einen Gutenachtkuß, trug die Kanne zurück in die Küche, spülte sie aus alter Gewohnheit rasch aus und begab sich nach oben.

Zumindest schien das Zeug hervorragend zu wirken. Sarah gähnte bereits, als sie ihre Zahnbürste weglegte. Sie schlief ein, ohne die Leselampe gelöscht zu haben, und wurde erst wieder wach, als sie hörte, wie Heatherstone und ihre Tante im Treppenhaus einen erstaunlichen Lärm veranstalteten.

»Vollkommen unmöglich«, insistierte Emma. »Das kann gar nicht sein. Dazu würde man einen Lastwagen brauchen.«

»Aber die hatten doch einen Lastwagen, Mrs. Kelling!« Sarah hatte Heatherstone noch niemals so laut reden hören. »Sie sind heute morgen schon um zehn nach sieben hier gewesen. Mrs. Heatherstone hat sie ins Sonnenzimmer gelassen, wie Sie es ihr aufgetragen hatten. Dann haben sie die Kulissen auf den Lastwagen geladen und sind weggefahren.«

»Aber hat Mrs. Heatherstone sie denn nicht die ganze Zeit beaufsichtigt?«

»Natürlich hat sie das. Sie sagt, sie habe die ganze Zeit an der Tür gestanden und sie keinen Moment aus den Augen gelassen. Sie ist sich ganz sicher, daß sie nur die Sachen mitgenommen haben, die sie auch mitnehmen sollten.«

»Dann weiß ich auch nicht mehr weiter«, sagte Mrs. Kelling.

Inzwischen hatte Sarah sich ihren Morgenmantel übergeworfen, war in ihre Pantoffeln geschlüpft und zu ihnen hinausgelaufen. »Wieso weißt du nicht weiter? Was ist denn passiert?«

»O Sarah!« Emma Kelling konnte nicht so laut sprechen, wie sie wollte, da sie immer noch ihre Kinnbinde trug, doch sie wirkte aufgeregter, als Sarah sie je gesehen hatte. »Heatherstone sagt, Ernestina sei verschwunden.«

»Verschwunden? Aber das ist doch nicht möglich! Ist er ganz sicher?«

Noch während sie sprach, wußte Sarah, daß diese Frage idiotisch war. Selbstverständlich war er sich ganz sicher. Trotzdem lief sie sofort nach unten ins Wohnzimmer und schaute nach.

Der riesige Barockrahmen war noch da und hing wie immer am Kamin. Doch er war leer, nur ein viereckiges Stück Wand war darin zu sehen, und die goldene Stofftapete war an dieser Stelle heller als an der übrigen Wand. Fein säuberlich mit Reißzwecken befestigt, prangte ungefähr dort, wo sonst die Taube saß, die Schlagzeile eines Zeitungsartikels: KUNSTDIEBE FORDERN LÖSEGELD FÜR WERTVOLLES GEMÄLDE. Sie stand noch auf dem Kaminvorleger und starrte nach oben, als Emma Kelling erschien.

»Sarah, was hat dieses Stück Papier zu bedeuten?«

»Ich fürchte, es bedeutet, daß du bald eine Menge Geld bezahlen mußt, Tante Emma.«

»Woher wollen die wissen, daß ich bezahle?«

»Keine Ahnung.«

In Wirklichkeit wußte sie es natürlich nur allzu gut. Ihre Tante war eine reiche Frau und lebte in einem imposanten Haus. Und sie hatte ein riesiges Gemälde, das nicht nur immens kostbar war, sondern noch dazu einen enormen Erinnerungswert für seine Besitzerin und ihre zahlreiche Familienmitglieder besaß. Möglicherweise hatte es sogar einen gewissen historischen Wert für das ganze Land, mutmaßte Sarah, auch wenn sie Ernestina damit vielleicht mehr Bedeutung beimaß, als sie in Wirklichkeit je besessen hatte.

Emma war in der ganzen Gegend für ihre Großzügigkeit bekannt. Vielleicht hätte sie ihre philanthropischen Neigungen auch lieber diskret und heimlich ausgelebt wie Frederick, doch sie kannte den Wert einer guten Show und wußte genau, welche magische Wirkung von dem Namen Mrs. Beddoes Kelling auf einer Spendenliste ausging. Ständig öffnete sie ihr Heim, um diverse wohltätige Zwecke zu unterstützen, doch dies bedeutete zwangsläufig, daß außer ihren Freunden und Bekannten auch unzählige Fremde bei ihr ein und aus gingen. Jeder, der sie wirklich kannte, hätte wissen müssen, daß man Emma Kelling weder durch Drohungen noch

Erpressungsversuche dazu bringen konnte, auch nur einen einzigen Cent herauszurücken. Diejenigen, die es nicht wußten, sahen vielleicht nur eine alleinstehende Frau mit einem Riesenvermögen und eine todsichere Möglichkeit, es ihr abzuluchsen.

Aber wie waren sie überhaupt an den Romney herangekommen? Als Emma sich seinerzeit von ihren Büschen getrennt hatte, hatte sie sich als zusätzliche Sicherheit eine hervorragende Alarmanlage zugelegt. Gemeinsam mit Heatherstone wachte sie mit Argusaugen darüber, daß sie auch immer eingeschaltet war. Und selbst wenn ihnen beiden ein Fehler unterlaufen wäre, hätten die Wachmänner, die angeblich irgendwo im Ortszentrum saßen und die Alarmanlagen überwachten, ganz zu schweigen von den Polizisten, die während der ganzen Nacht in ihrem Streifenwagen herumkurvten und alles kontrollierten, eigentlich merken müssen, daß etwas nicht stimmte.

Und warum hatte man ausgerechnet den Romney gestohlen? Emma Kelling besaß unzählige andere Schätze, darunter auch einen Monet und einen Renoir, die Onkel Beds Eltern klugerweise zu einer Zeit in Paris erstanden hatten, als die Impressionisten noch preiswert zu haben waren. Beide Bilder waren klein. Ein Dieb hätte sie mühelos und ohne fremde Hilfe entwenden können. Sie waren viel wertvoller und ließen sich auch leichter weiterverkaufen, falls der Erpressungsversuch mißlingen sollte.

Höchstwahrscheinlich hatte der Dieb nicht viel Ahnung von Kunst und war daher davon ausgegangen, daß der Romney als das größte Gemälde auch das wertvollste sei und daß Ernestina als Familienporträt Emma am meisten am Herzen lag. Kein besonders gut informierter Gauner.

Aber es waren bestimmt mehrere gewesen. Ein Diebstahl wie dieser konnte unmöglich von einem Einzeltäter begangen worden sein. Es waren schon mindestens zwei Personen nötig, um das Bild von der Wand zu heben, vielleicht war sogar noch ein Dritter erforderlich, der auf der Leiter stehen und die Ketten von den Haken, die den Rahmen an der Wand hielten, lösen mußte, während die beiden anderen das Bild von unten anhoben. Und schließlich hatten sie Ernestina auch noch aus ihrem Rahmen geschraubt und den leeren Rahmen wieder über den Kamin gehängt.

Warum hatten sie sich diese Mühe überhaupt gemacht? Was bezweckten sie mit dieser sinnlosen, überflüssigen Provokation? Sarah hatte immer gedacht, Diebe wollten ihre Arbeit so schnell wie möglich hinter sich bringen, um sich dann möglichst rasch aus dem Staub zu machen. Hatten sie denn keine Angst gehabt, erwischt zu werden?

Offenbar nicht, und jetzt, wo sie wieder einen klaren Kopf hatte, dämmerte ihr auch, warum. Das scheußliche Schlummer-gut war mit etwas versetzt gewesen, das dafür gesorgt hatte, daß sie und Tante Emma wie Murmeltiere geschlafen hatten. Einer der ältesten Tricks auf der Welt, und sie waren brav in die Falle getappt. Wie sollte sie das bloß Max beibringen?

»Tante Emma«, fragte sie, »wie viele Leute wissen eigentlich, daß du jeden Abend dein Schlummer-gut trinkst, wenn du ein Stück inszenierst?«

»Sarah, Liebes, jetzt ist wirklich nicht die Zeit für belanglose Fragen.«

»Von wegen belanglos! Erinnerst du dich denn nicht mehr, wie schläfrig du gestern abend warst, als du nach oben gegangen bist?«

»War ich das wirklich?«

»Du hast in einem fort gegähnt. Ich übrigens auch, obwohl du mich kurz vorher noch gefragt hast, warum ich nicht stillsitzen könnte, womit du natürlich recht hattest. Deshalb hast du mir doch auch eine Tasse von deinem Schlummer-gut gegeben. Und wir haben beide festgestellt, daß es unangenehmer geschmeckt hat als sonst. Du hast noch gemeint, Mrs. Heatherstone hätte wahrscheinlich die Milch anbrennen lassen, aber mal ehrlich, kannst du dir wirklich vorstellen, daß ihr so etwas passiert? Ich weiß zwar nicht, wie das Zeug normalerweise wirkt, aber ich habe geschlafen wie ein Stein, sobald ich den Kopf aufs Kissen gelegt hatte, und bin erst wieder wach geworden, als ich dich und Heatherstone gehört habe.«

»Komisch, mir ist es genauso gegangen, und das ist in meinem Alter höchst ungewöhnlich. Heatherstone, hatten Sie heute morgen Probleme, mich zu wecken?«

»Allerdings, Mrs. Kelling. Vielleicht interessiert es Sie auch, daß Mrs. Heatherstone mit mir ebenfalls ihre liebe Not hatte. Außerdem hat sie darüber geklagt, daß sie selbst auch verschlafen hat. Sie sagt, sie sei gerade noch rechtzeitig wach geworden, um die jungen Burschen hereinzulassen, die wegen der Kulissen gekommen sind, und Sie wissen ja, daß ihr das so gut wie nie passiert.«

»Geht sie immer noch Punkt halb zehn ins Bett?« erkundigte sich Sarah.

»Auf die Sekunde«, versicherte Heatherstone. »Da ich erst später aufzustehen brauche, läßt sie mich immer noch bis zum Frühstück schlafen und weckt mich dann mit dem Haustelefon. Sie behauptet, heute morgen hätte sie es wer weiß wie lange läuten lassen, so daß sie sich schließlich sogar Sorgen gemacht hat, ob auch alles in Ordnung ist, bis ich dann endlich abgehoben habe.«

»Haben Sie und Ihre Frau gestern abend auch Schlummer-gut getrunken?«

»Allerdings. Mrs. Heatherstone hat zwei Kannen gemacht, eine für Mrs. Kelling und eine für uns, und unsere Kanne mitgenommen, nachdem sie die letzten Vorbereitungen für heute getroffen hatte.«

»Ist sie direkt danach in Ihre Wohnung gegangen, oder haben die Kannen noch eine Weile unten gestanden?« erkundigte sich Sarah.

»Ich glaube, sie kocht die Milch immer schon, wenn sie noch in der Küche zu tun hat, und bereitet das Schlummer-gut zu, sobald die Milch heiß ist. Auf diese Weise braucht sie den Topf nicht extra abzuwaschen, nachdem alles andere schon gespült ist. Mrs. Heatherstone sagt immer, was man nicht im Kopf hat, hat man in den Händen, wissen Sie.«

»Was sagst du dazu, Sarah«, sagte Emma Kelling. »Da hat uns alle jemand wie einen Stall voller Rennpferde gedopt. Wenn nur diese höllischen Kopfschmerzen nicht wären, könnte ich diese Geschichte vielleicht sogar als interessante Erfahrung ansehen. Heatherstone, glauben Sie, Ihre Frau kann mir einen einfachen Kaffee ohne Betäubungsmittel machen?«

»Das will ich schwer hoffen, Ma'am. Ich habe gerade selbst auch welchen getrunken.«

»Und Sie sind jetzt nicht mehr müde?«

»Nur ein bißchen tranig, wie man so schön sagt.«

»Dann bringen Sie uns den Kaffee bitte in mein Boudoir. Komm, Sarah. Wir gehen jetzt besser nach oben und machen uns fertig, bevor die nächsten Einbrecher aufkreuzen.«

»Mrs. Kelling«, fragte Heatherstone, »soll ich die Polizei benachrichtigen, bevor ich den Kaffee hochbringe, oder soll ich lieber bis nachher warten?«

»Unterstehen Sie sich, die Polizei anzurufen! Ich will auf keinen Fall, daß jemand etwas erfährt, bis ich in Ruhe über alles nachgedacht habe. Bitte sagen Sie das auch Mrs. Heatherstone. Obwohl sie so etwas sicher nicht tun würde, ohne mich vorher zu fragen«, fügte Emma rasch hinzu, denn sie hatte keine Lust, sich ausgerechnet jetzt mit ihrer Köchin anzulegen. »Sarah, ich schlage vor, du duschst dich kurz kalt ab, damit du richtig wach wirst, und ziehst dich so schnell wie möglich an. Wir müssen uns dringend über alles unterhalten.«

Kapitel 4

Eigentlich sollten sie mehr tun, als sich nur unterhalten, doch Sarah ahnte, warum ihre Tante davor zurückschreckte, die Polizei zu benachrichtigen. Abgesehen von den Heatherstones – einmal angenommen, man hielt es tatsächlich für möglich, daß die treuen alten Leutchen, beide weit über sechzig, in der körperlichen Verfassung oder auch nur willens waren, ein riesiges Gemälde wie den Romney herumzuschleppen –, kamen vor allem Emma Kelling und Sarah Bittersohn als Tatverdächtige in Frage.

Selbst ein relativ scharfsinniger Wachmann würde kaum ausschließen, daß Emma Kelling ihren eigenen Romney gestohlen hatte. Ein großer Prozentsatz von Max Bittersohns beträchtlichem Jahreseinkommen stammte schließlich von Versicherungsgesellschaften, deren Klienten Einbrüche vorgetäuscht hatten, um die Deckungssumme zu kassieren.

Selbst wenn Emma Kelling beweisen konnte, daß sie weit mehr Geld besaß, als sie jemals brauchte, würde es viel Kraft und Energie kosten, Amtspersonen davon zu überzeugen, daß sie nicht vielleicht doch noch gern ein klein wenig mehr gehabt hätte. Selbst wenn sie ihren Pfarrer, den Stadtrat und sämtliche Mitglieder aller Ausschüsse und Verbände, für die sie tätig war, dazu bringen konnte, ihre absolute Rechtschaffenheit und Integrität zu beeiden, wären noch lange nicht alle Zweifel ausgeräumt. Zu viele Leute wußten zuviel über Emma Kellings Vorliebe, sich Hals über Kopf in die wildesten Abenteuer zu stürzen.

Emma verachtete zwar alles, was auf ordinäre Weise exhibitionistisch oder offen spektakulär war, doch nicht viele Feenköniginnen, die seit der Premiere am 5. November 1882 in *Jolanthe* mitgespielt hatten, waren auf einer Gondel von der Soffitte heruntergeschwebt und hatten statt der üblichen hauchdünnen Flügelattrappen aufgeblasene Schwimmflügel aus Segeltuch getragen.

Es war weniger die Turnüre, mit der sie auftreten wollte, als vielmehr das Hochrad, auf dem sie zu Sir Marmadukes Herrenhaus zu fahren gedachte, was Mrs. Kelling von den früheren Lady Sangazures unterschied.

Emma war in ihrem Leben bereits in einem Fesselballon durch die Lüfte geschwebt und hatte sich auch schon in einer Tauchkugel ins Meer senken lassen. Nachdem sie eine Kampagne geleitet hatte, die Pleasaunce einen neuen Feuerwehrwagen bescheren sollte, hatte sie darauf bestanden, höchstpersönlich eine Probefahrt in dem riesigen Gefährt zu unternehmen, und war schließlich sogar die fünfundzwanzig Meter lange Ausziehleiter hochgeklettert, bevor sie den Scheck überreichte, mit dem das Gefährt erworben werden sollte. Nicht etwa, weil sie berühmt werden wollte. Sie wollte einfach nur ganz sicher gehen, daß die Stadt für das viele Geld auch etwas Anständiges bekam. Keiner, der sie kannte, würde zwar glauben, daß Emma Kelling ihr eigenes Gemälde aus eigennützigen Beweggründen stehlen würde, doch es gab auch keinen, der ihr nicht alles zugetraut hätte, wenn sie ein edles Motiv dafür hatte.

Sarah versuchte, ihre Gedanken zu ordnen, und blieb länger unter der Dusche, als sie eigentlich vorgehabt hatte. Als sie endlich angezogen war und über den flauschigen goldenen Plüschteppich im Flur in das ganz in Blau und Creme gehaltene Boudoir ihrer Tante ging, fand sie Emma dort ohne Kinnbinde und Fettcreme, gestiefelt und gespornt in einem ihrer dezenten beige- und graufarbenen Gewänder vor, die sie so liebte. Reine Tarnung, wie Cousin Frederick zu sagen pflegte. Ihr Gesicht war diskret zurechtgemacht und ihr hellblondes Haar makellos frisiert.

Sarah wußte genau, wie diese kunstvolle Frisur in so kurzer Zeit zustande gekommen war. Emma besaß nämlich noch fünf weitere Exemplare, die samt und sonders auf Perückenköpfen in ihrem Schrank standen. Sie war wirklich ein absolutes Organisationstalent. Wenn Emma Kelling sich je in den Kopf setzen sollte, das perfekte Verbrechen zu begehen – aber was für ein absurder Gedanke! Sie hatte schließlich aus derselben Kanne getrunken wie Sarah. Sarah hatte das Tablett persönlich hereingeholt und das Schlummer-gut in die Tassen gegossen. Es war völlig unmöglich, daß nur sie das Schlafmittel zu sich genommen hatte, einmal angenommen, Tante Emma hätte auch nur im Traum an diese Möglichkeit gedacht.

Es konnte natürlich auch sein, daß man ihr das Mittel auf anderem Weg verabreicht hatte. Vielleicht hatte das Schlummer-gut auch nur deshalb so scheußlich geschmeckt, weil die Milch tatsächlich angebrannt war, oder aus einem anderen, völlig harmlosen Grund. Das Schlafmittel hätte in der Karaffe neben ihrem Bett oder sogar auf ihrer Zahnbürste sein können. Oder es hätte von einer Schlange stammen können, die man darauf abgerichtet hatte, durch ein Loch im Flur, genau an der Stelle, wo die Heizungsrohre hochkamen, in ihr Zimmer zu gleiten und ihr einen nur leicht giftigen Biß zu verabreichen. Sarah setzte sich auf einen der mit blauem Samt bezogenen Hocker und nahm die Tasse Kaffee in Empfang, die Tante Emma ihr reichte.

»Weißt du, Sarah«, sagte Mrs. Kelling, »ich habe nachgedacht.«

»Das kann ich mir vorstellen«, erwiderte Sarah, nachdem ihre Tante eine Weile geschwiegen hatte. »Möchtest du mir auch verraten, worüber?«

»Ich kann mir einfach nicht erklären, wie jemand an Ernestina herangekommen sein soll. Heatherstone sagt, er habe überall nachgesehen und alle Schlösser kontrolliert, bevor er zu mir gekommen ist, um mir zu sagen, daß sie fort ist. Er beschwört, daß es nirgendwo Spuren eines Einbruchs gibt.«

»Vielleicht war die Alarmanlage nicht eingeschaltet«, meinte Sarah. »Sonst hätte Mrs. Heatherstone sie doch ausschalten müssen, bevor sie Guy und seine Freunde hereingelassen hat, oder nicht? Es sei denn, sie war bereits aus.«

»Das könnte natürlich sein, aber dann kann ich nicht verstehen, wieso sie nichts davon gesagt hat. Es sei denn, Heatherstone hat vergessen, sie danach zu fragen.«

Emma Kelling machte eine Anmerkung in ihr nagelneues blaues Notizbuch, das aufgeschlagen vor ihr auf dem gold- und cremefarbenen Schreibtisch mit den zierlichen Beinen lag. Emmas kleine blaue Notizbücher waren in Pleasaunce berühmt. Sie fing jedesmal, wenn sie ein neues Projekt in Angriff nahm, ein neues an. In ihrem Schreibtisch bewahrte sie griffbereit einen ganzen Stapel frischer Exemplare auf, und draußen in der Aussteuertruhe ihrer Urgroßmutter, direkt neben der Tür zum Boudoir, lagen die gebrauchten, fein säuberlich gestapelt, mit Eselsohren verziert und randvoll mit Notizen und Anmerkungen in Emmas klarer, eckiger Handschrift. Jeder Punkt wurde sorgfältig abgehakt, nachdem Emma sich damit beschäftigt hatte. Typisch Emma, ein neues

Notizbuch für Ernestina anzulegen. Sarah hoffte nur, daß sie nicht zu viele Eintragungen machen mußte.

»Die Heatherstones kommen natürlich als Täter nicht in Frage«, sagte Sarah. »Trotzdem sieht es mir ganz so aus, als hätte der Dieb sich sehr gut ausgekannt. Beispielsweise die Sache mit dem Schlummer-gut. Du hast mir immer noch nicht verraten, wie viele Personen wissen, daß du es trinkst.«

»Oh. Ich nehme an, eine ganze Menge. Die Leute haben meistens Lampenfieber, verstehst du, und dann kommen sie zu mir und klagen, daß sie kein Auge mehr zutun können, weil sie Angst haben, sich eine Erkältung zu fangen oder ihren Text zu vergessen oder was weiß ich. Also erzähle ich ihnen von Tante Emmas speziellem Beruhigungssaft. Mrs. Heatherstone hat sogar immer ein paar Extrapackungen in petto, damit ich sie den besonders schweren Fällen mitgeben kann.«

»Wissen diese Personen denn auch, daß die Heatherstones dein Schlummer-gut ebenfalls trinken?«

Emma zuckte mit den Achseln. »Wundern würde es mich nicht. Ich werde ständig damit aufgezogen, daß ich auf altmodische Hausmittelchen schwöre, weißt du. Die Leute behaupten immer, es wäre alles bloße Einbildung, und fragen Heatherstone, ob das Zeug nun tatsächlich wirkt oder ob ich es mir bloß einbilde. Und du kennst ja Heatherstone, er ist nicht gerade das, was man sich unter einem unnahbaren britischen Butler vorstellt. Schließlich ist er ja auch nicht britischer als du und ich. Seine Familie stammt aus Connecticut. Und außerdem ist er nicht bloß mein Butler, sondern eher eine Art häuslicher Schutzengel. Ich kann mir ein Leben ohne ihn gar nicht mehr vorstellen. Das ist übrigens einer der Gründe, warum ich nicht möchte, daß die Polizei eingeschaltet wird. Sollten die Heatherstones den Romney genommen haben, wäre es mir lieber, sie würden ihn behalten, als daß die Polizei sie des Diebstahls bezichtigt. Aber sie sind es auf gar keinen Fall gewesen, da bin ich ganz sicher. Warum sollten sie so etwas auch tun?«

»Keine Ahnung. Vielleicht müssen sie irgendwelche Arztrechnungen bezahlen?«

»Völlig unmöglich. Ich komme persönlich für ihre Krankenversicherung auf. Außerdem sind sie beide so alt, daß sie unter das Medicare-Programm der Regierung fallen, wenn sie wirklich etwas brauchen, was jedoch bisher nicht der Fall gewesen ist. Und ihr Sohn hat einen Superjob und hat seine Familie so gut versichert, daß sie sich sogar alle die Zähne machen lassen können, ohne auch nur einen Cent dafür zu bezahlen.«

Sarah hatte zwar keine Lust, den *Advocatus diaboli* zu spielen, doch sie wollte die Sache gern ein für allemal aus der Welt schaffen. »Vielleicht ist eines der Enkelkinder in Schwierigkeiten?«

»Undenkbar. Sie sind alle bei den Pfadfindern und bekommen Stipendien für die allerbesten Schulen. Sarah, Liebes, du solltest wirklich deine Zeit nicht damit verschwenden, die Heatherstones zu verdächtigen.«

»Das tue ich ja auch nicht. Ich wollte nur alle Zweifel ausräumen. Dann bleiben also nur noch deine beiden Reinemachefrauen und das Ensemble übrig.«

»Ja, da hast du leider recht«, mußte Emma zugeben. »Das ist der zweite Grund, warum ich die Polizei nicht einschalten kann. Die nehmen ihre Arbeit hier schrecklich ernst. Wahrscheinlich würden sie den Schuldigen sofort finden, und was soll dann aus unserer Aufführung werden? Ich bin ganz sicher, daß Mrs. Knowles und Mrs. DeWitt es nicht gewesen sind. Sie arbeiten beide schon seit Jahren für mich und wären klug genug, etwas zu stehlen, das sich leichter transportieren läßt als Ernestina, falls sie denn überhaupt etwas stehlen wollten. Aber sie haben sich bisher noch nie etwas zuschulden kommen lassen, warum sollten sie es sich also urplötzlich anders überlegen? Bleiben nur noch unsere Darsteller übrig, und ich sehe die Schlagzeilen schon vor mir: »DER LIEBE HERR PASTOR ENTPUPPT SICH ALS KUNSTDIEB.« Diese Art von Publicity würde uns nur schaden, und wer soll im übrigen für ihn einspringen? Ich kann mir wirklich nicht vorstellen, daß die Polizei ihn noch spielen lassen würde, oder glaubst du das etwa?«

»Tante Emma, meinst du wirklich, daß Sebastian Frostedd Ernestina gekidnappt hat?«

»Sebastian? Oh, Sarah, so habe ich das eben gar nicht gemeint. Ich dachte nur, was für eine hervorragende Schlagzeile er abgeben würde. Noch etwas Kaffee?«

»Ja, bitte. Du verdächtigst Sebastian aber trotzdem, oder etwa nicht?«

Emma seufzte. »Schätzchen, ich weiß es selbst nicht. Ich muß zugeben, daß Bed immer gesagt hat, in Gegenwart von Sebastian Frostedd täte man gut daran, den Mund nicht aufzumachen, weil er einem die Füllungen aus den Zähnen klauen würde, sobald er

Gelegenheit dazu hätte. Es wundert mich, daß Dolph dir davon noch nichts erzählt hat.«

»Oh, das hat er durchaus. Dolph behauptet, Sebastian hätte seiner eigenen Mutter die Ukulele geklaut, als er zehn Jahre alt war, und sie dann versetzt, damit er später als Erwachsener genug Geld für Frauen und Alkohol haben würde. Aber du kennst ja Dolph. Er behauptet auch, daß Sebastian in seinem ganzen Leben noch nie einen ehrlichen Dollar verdient habe. Was übrigens auch auf Dolph zutrifft, nur daß er noch nie in seinem Leben krumme Geschäfte gemacht hat. Die Senioren-Recycling-Zentren, die er und Mary eröffnet haben, werfen erstaunlich viel Gewinn ab, aber nur die Recycler verdienen daran, denn Dolph leitet das ganze Geld an sie weiter.«

»Dolph Kelling als Altwarenhändler! Wer hätte das gedacht!« Trotz ihrer Sorgen mußte Emma lachen. »Ich bin froh, daß er endlich seinen Platz im Leben gefunden hat. Von der Sache mit der Ukulele weiß ich nichts, aber wenn ich an all die Sachen denke, die Bed mir immer erzählt hat, würde ich ihm fast alles zutrauen. Was allerdings nichts an der Tatsache ändert, daß Sebastian einen famosen Dr. Daley abgibt und wir ohne ihn völlig aufgeschmissen wären.«

»Tante Emma, bedeutet dir der *Zauberer* eigentlich mehr als der Romney?«

»Im Moment, ehrlich gesagt, ja. Ich habe Ernestina nie so ganz als mein Eigentum betrachten können. Sie gehörte einfach zu den Erbstücken, die Bed und ich als Treuhänder der Familie Kelling irgendwie bekommen haben. Natürlich wäre es mir höchst unangenehm, wenn ich der Aufgabe, die Bed mir anvertraut hat, nicht gerecht würde, aber mich persönlich würde es tausendmal mehr treffen, wenn die Aufführung platzen würde. Tut mir leid, wenn du jetzt schockiert bist, aber das ist nun mal die Wahrheit. Weißt du, Sarah, ich bin wirklich zu alt, um noch einmal eine Inszenierung durchzustehen. Meine Stimme schafft es nicht mehr, und meine Lungen sind auch nicht mehr die besten. Ich habe beschlossen, daß die Lady Sangazure meine letzte Rolle ist, aber ich bin immer noch so eitel, daß ich mich mit einem Triumph verabschieden möchte.«

Emma trank einen Schluck Kaffee. »Versuch bitte, meine Haltung zu verstehen, Sarah. In drei Tagen wird die Aufführung vorbei sein, das ist wirklich nicht mehr lange. Und wenn tatsächlich jemand Lösegeld für Ernestina verlangt, bleibt uns noch genügend

Zeit, denke ich. Wer immer sie auch gestohlen hat, muß schließlich noch die ganzen Buchstaben aus der Zeitung ausschneiden und die Lösegeldforderung zusammenkleben, meinst du nicht? So macht man das doch, oder nicht?«

»Ich glaube, heute nimmt man ganz einfach das Telefon.«

»Na, dann brauchen wir uns ja erst recht keine Sorgen zu machen. Unser Anschluß wird ständig besetzt sein, bis der Vorhang aufgeht, da kommt nie einer durch. Das ist immer so. Aber eigentlich will ich damit nur sagen, Kindchen, daß niemand Ernestina auch nur ein Haar krümmen wird, bevor wir das Lösegeld bezahlt haben, und man kann doch schließlich nicht erwarten, daß ich mir das Geld so einfach aus dem Ärmel schüttle, oder? Also müssen wir die Diebe so lange hinhalten, bis ich meinen Schwanengesang hinter mich gebracht habe, und dann rufen wir die Polizei und bringen alles in Ordnung. So siehst du das doch auch, meine Liebe.«

Sarah sah es zwar nicht so, hatte aber keine Gelegenheit, dies zu äußern. Das vergoldete französische Elfenbeintelefon auf dem Schminktisch ihrer Tante läutete bereits. Es war eine Dame, der es furchtbar leid tat, Emma schon so früh stören zu müssen, die aber unbedingt wissen mußte, was mit den Körben für den Zuschauerraum geschehen solle, da gerade eine andere Dame angerufen habe, um zu sagen, daß sie gefallen sei und sich die Schulter verrenkt habe und daher leider nicht kommen könne.

»Wie jammerschade. Nein, alles in Ordnung. Meine Nichte wird sich schon darum kümmern. Ja, die Kulissen sind fertig und bereits abgeholt. Es gibt wirklich keinen Grund, sich Sorgen zu machen. Vielen Dank für Ihren Anruf.«

Emma legte den Hörer zurück auf die Gabel. »Diese Frau besitzt weniger Verstand als ein durchschnittliches Kaninchen, aber sie schuftet wie ein Pferd, so lange man nur nicht erwartet, daß sie dabei denkt. Du kümmerst dich sofort nach dem Essen um die Körbe, ja? Ich will dich wirklich nicht unter Druck setzen, aber ich lege Wert darauf, daß die Aufführung in jeder Hinsicht perfekt wird. Das verstehst du doch sicher, oder? Und jetzt komm. Mrs. Heatherstone fragt sich bestimmt schon, wo wir so lange stecken.«

Bei Emma Kelling gab es zum Frühstück Porridge, Eier, Schinken, Muffins, Toast und Orangenmarmelade. Sarah aß in ihrer Untergang-der-Titanic-Stimmung alles auf. Zum Mittagessen würde es wahrscheinlich nur Salat und Joghurt geben. Ihre Tante neigte dazu, mitten am Tag Anfälle von Diät zu bekommen, wenn sie nicht gerade zum Mittagessen verabredet war, was allerdings ziemlich häufig vorkam. Sarah bestrich gerade ein Stück Muffin mit Butter, als ihr plötzlich ein Gedanke durch den Kopf schoß.

»Tante Emma, hast du nicht gesagt, heute abend käme das gesamte Ensemble zum Abendessen und zur letzten Probe vor der Generalprobe hierher?«

»Richtig. Wir hatten gehofft, uns im Theater treffen zu können, aber das geht leider nicht, weil dort heute ein Tanzabend oder etwas ähnlich Albernes stattfindet.«

»Aber was sollen wir dann ohne den Romney machen? Die Leute werden doch bestimmt den leeren Rahmen sehen und Fragen stellen.«

»Du liebe Güte, da hast du allerdings recht. Daran hatte ich noch gar nicht gedacht. Ich werde wohl so tun müssen, als hätte ich ihn doch zum Reinigen weggegeben.«

»Aber du hast doch Ridpath Wale ausdrücklich gesagt, du würdest dich erst nach der Aufführung darum kümmern.«

»Dann sag ich ihm eben, ich hätte meine Meinung geändert.«

»Das wird er dir nicht glauben. Wann hast du denn je deine Meinung geändert? Außerdem hättest du das auf die Schnelle gar nicht organisieren können. Gestern abend hast du noch gesagt, du wüßtest nicht mal, an wen du dich wenden solltest.«

Sarah strich einen Klacks Marmelade auf die Butter und verspeiste ihr Muffin. »Ich habe da eine Idee«, sagte sie, als sie wieder in der Lage war zu sprechen. »Ich könnte schnell auf einem Stück Leinwand, das von den Kulissen übriggeblieben ist, ein lustiges Bild von dir als Lady Sangazure malen und es in den Rahmen hängen. Dann würden die anderen bestimmt glauben, es wäre nur ein Scherz.«

»Kindchen, das wäre einfach hinreißend! Kannst du das denn?«

»Das weiß ich selbst noch nicht, aber ich kann es auf jeden Fall versuchen. Es braucht ja kein Meisterwerk zu werden.«

»Ich habe damit nicht gemeint, ob du dazu in der Lage bist, sondern ob du dazu genug Zeit hast. Schließlich müssen die Körbe noch dekoriert werden.«

»Wie wäre es, wenn du deinen Gartenclub mit einspannst? Vielleicht kannst du ein paar Leute dazu bringen, das Grün zu schneiden?«

»Meine Güte, es wird wirklich allmählich Zeit, daß ich abtrete! An den Gartenclub hatte ich noch gar nicht gedacht! Ich mache schnell ein paar Anrufe.«

Emma Kelling war bereits wieder in Fahrt. Sarah nahm die Teller und Tassen und trug sie in die Küche.

»Also wirklich, Sarah, das brauchst du doch nicht«, regte sich Mrs. Heatherstone auf. »Setz die Sachen einfach hier auf das Abtropfbrett. Ich mache den Rest.«

»Ich habe nur nach einem Vorwand gesucht, um mit Ihnen reden zu können.« Sarah stellte das Geschirr ab. »Mrs. Heatherstone, bestimmt hat Ihr Mann Ihnen schon gesagt, was unserer Meinung nach gestern nacht hier passiert ist.«

»Daß wir alle vergiftetes Schlummer-gut getrunken haben? Ich kann es einfach nicht glauben.«

»Vergiftet kann es nicht gewesen sein, höchstens mit ein paar Schlaftabletten oder etwas ähnlichem versetzt. Hat es nicht irgendwie merkwürdig geschmeckt, als Sie es getrunken haben?«

»Nicht schlimmer als sonst auch. Ich kann das Zeug nicht ausstehen, wenn ich ganz ehrlich sein soll.«

»Aber warum trinken Sie es dann?«

Die Köchin zuckte mit den Achseln. »Weil es gut für mich ist, nehme ich an. Das sagt jedenfalls Mrs. Kelling immer. Wenn ich mich recht erinnere, habe ich gestern abend das Schlummer-gut sowieso nicht richtig schmecken können. Mr. Frostedd hat mir nämlich eine wunderschöne Schachtel Maraschinokirschen in Schokoloade mitgebracht, die ich so gern esse, und ich habe ein paar davon genascht, während ich die Zeitung gelesen habe, und bin danach sofort zu Bett gegangen. Eigentlich kann ich mir das gar nicht erlauben«, seufzte sie und strich sich die Schürze über ihrer üppigen Vorderfront glatt. »Jedenfalls erinnere ich mich, daß ich schnell noch eine gegessen habe, bevor ich das Schlummer-gut getrunken habe, weil ich dachte, der Maraschinogeschmack würde das Schlummer-gut überdecken. Ich glaube, das hat auch geklappt.«

»Das ist ja interessant. Ihr Mann hat sicher auch ein paar von den Kirschen gegessen, nehme ich an?«

»O ja, und ob er das hat. Mr. Heatherstone ist zwar nicht der Typ, der zwischen den Mahlzeiten nascht, aber vor dem Schlafengehen ißt er immer gern noch was Süßes.«

»Verstehe«, sagte Sarah, die dieses Bedürfnis tatsächlich gut nachvollziehen konnte. »Wann hat Mr. Frostedd Ihnen die Pralinen denn gegeben?«

»Gestern mittag. Ich glaube, sofort nachdem er hier eingetroffen ist. Er kam zu mir in die Küche und hat sich für all die schönen

Snacks und Abendessen bedankt, die er hier immer bekommt, seit sie an der Aufführung arbeiten. Er wußte, wieviel zusätzliche Arbeit es mich gekostet hat, und wollte mir eine Kleinigkeit schenken, um sich erkenntlich zu zeigen.«

»Wie aufmerksam von ihm. Bringt Mr. Frostedd Ihnen öfter kleine Geschenke mit?«

»Nein, das hat er bisher noch nie getan. Er schaut gelegentlich herein und sagt mir guten Tag, wenn ihm danach ist, aber normalerweise bringt er nie etwas mit. Er ist eher der Typ, der sich von den Sachen, die gerade auf dem Tisch stehen, etwas nimmt, wenn ich ehrlich sein soll. Nicht daß es mich stört oder daß Mrs. Kelling es ihm mißgönnen würde. Du weißt ja, wie großzügig sie ist.«

»Nein, es würde ihr ganz bestimmt nichts ausmachen«, versicherte Sarah. »Mrs. Heatherstone, ich möchte Sie wirklich nicht auf falsche Gedanken bringen, aber könnten Sie mir vielleicht sagen, wo die beiden Thermoskannen gestanden haben, als Mr. Frostedd in die Küche gekommen ist?«

»Sarah Kelling, willst du damit etwa andeuten, daß ein netter Mann wie er so etwas tun würde?«

Sarah kannte diesen zurechtweisenden Ton aus ihrer Kindheit und fragte sich einen Moment lang, ob sie wohl gleich auf ihr Zimmer geschickt würde. »Ich will damit überhaupt nichts andeuten, Mrs. Heatherstone«, verteidigte sie sich. »Ich hätte es nur gern gewußt. Mr. Frostedd zieht meine Tante dauernd mit ihrem Schlummer-gut auf, hat sie mir erzählt. Ich dachte nur, daß er sich vielleicht Ihnen gegenüber darüber lustig gemacht hat.«

»Ach so, jetzt verstehe ich, was du meinst. Obwohl ich mir absolut nicht vorstellen kann, was so lustig an unserem Schlummer-gut sein soll. Mal nachdenken. Nein, ich hatte die Kannen noch gar nicht herausgestellt, sie haben wohl immer noch in der Anrichte gestanden.«

»Und wo in der Anrichte?«

»Auf der Arbeitsplatte über dem langen Geschirrschrank, in dem wir das große Tafelgeschirr aufbewahren. Normalerweise stelle ich sie immer hinein, aber in letzter Zeit habe ich solche Probleme mit meinem Rücken, daß ich alles, was ich bald wieder brauche, draußen stehen lasse. So muß ich mich wenigstens nicht so oft bücken.«

Sarah murmelte etwas Mitfühlendes über Mrs. Heatherstones Rücken. Sie stellte sich die Anrichte vor, die in diesem Haus kein eigener Raum war, sondern ein recht schmaler Gang, der an beiden

Seiten mit Vitrinen für Porzellan und Schränken mit verschließbaren Fächern für das Silber gesäumt und sowohl von der Küche als auch vom Speisezimmer aus durch Schwingtüren zugänglich war. Sie kam gerade von dort. Auch Sebastian hätte auf seinem Weg zur Küche durch die Anrichte gemußt, wenn er nicht um das Haus herumgegangen und durch die Hintertür gekommen war, was absurd gewesen wäre. Er hätte sich somit sowohl beim Hereinkommen als auch beim Hinausgehen ungestört mit den Kannen beschäftigen können.

»Thermosflaschen machen mir immer ein bißchen Angst«, sagte sie. »Ich weiß nie, ob man sie mit heißem Wasser ausspülen muß, bevor man etwas Heißes hineingießt, damit das Glas nicht springt.«

»Du warst schon immer ein altmodisches Kind, Sarah. Das mag vielleicht vor Jahren mal so gewesen sein, als es noch kein gehärtetes Glas gab, oder wie man das nennt. Meistens mache ich es allerdings genauso.«

»Haben Sie denn gestern abend die Kannen ausgespült?«

Mrs. Heatherstone hielt inne und überlegte. Dann schüttelte sie den Kopf. »Ich kann mich beim besten Willen nicht mehr daran erinnern. Vielleicht, vielleicht aber auch nicht, mehr kann ich dir dazu wirklich nicht sagen. Die Kannen habe ich gestern morgen gespült, das weiß ich ganz genau. Ich lasse nie schmutziges Geschirr herumstehen.«

»Das weiß ich.« Aber es half ihr natürlich überhaupt nicht weiter. »Können Sie sich vielleicht erinnern, ob sonst noch jemand von den Darstellern hier bei Ihnen in der Küche war?«

»Nein, keiner. Das kann ich sogar beschwören. Aber es könnte natürlich sein, daß jemand klammheimlich in die Anrichte geschlichen ist und etwas in die Kannen getan hat, wenn du darauf hinaus willst. Aber dazu hätte er ganz schön fix sein müssen. Mr. Heatherstone ist ständig hin und her gelaufen, als er den Tee serviert, den Tisch gedeckt und die Getränke und was weiß ich noch alles geholt hat. Nicht daß es ihm etwas ausmacht, aber das brauche ich dir ja nicht zu sagen. Er trinkt seinen Tee immer schon früh und ruht sich dann ein bißchen aus, denn wir kennen ja Mrs. Kelling, damit wir sofort einsatzbereit sind, falls sie uns plötzlich mitteilt, daß sie noch Gäste erwartet.«

»Also, dann wäre es – etwa wie spät gewesen? Vielleicht halb neun, bevor die Luft rein war, so daß sich jemand ungestört in die Anrichte hätte schleichen können?«

»Etwa neun, würde ich sagen. Aber da hatte ich die Kannen schon hier bei mir in der Küche. Ich erinnere mich noch, daß ich den Turmtopf mit der Milch aufgesetzt habe und in die Anrichte gegangen bin, um die Kannen zu holen, und gehört habe, wie ihr euch am Abendbrottisch unterhalten habt. Mrs. Kelling sagte, sie wolle das Büffet im Sonnenzimmer aufbauen, wenn die Leute zur Probe kämen. Das war mir vollkommen neu. Ich hatte angenommen, sie wollte Mr. Heatherstone wie üblich zuerst Drinks und Horsd'œuvres im Salon servieren lassen, was mir noch ein wenig Zeit gelassen hätte, im Eßzimmer alles vorzubereiten. Sie brauchen sonst das Sonnenzimmer oft zum Einstudieren der Tanznummern, weißt du, weil man auf dem Kachelboden besser herumspringen kann als auf den Teppichen im Salon.«

»Ach so.«

»Denk bitte nicht, daß ich die Gewohnheit habe zu lauschen, Sarah, aber es geht mich schließlich genauso viel an wie alle anderen, also bin ich geblieben, bis ich genau wußte, was Mrs. Kelling plante. Dann mußte ich zurücklaufen und die Milch vom Herd nehmen, bevor sie aufkochte, und das Schlummer-gut etwas abkühlen lassen, bevor ich es in die Kannen füllen konnte. Mrs. Kelling haßt es, wenn sie sich daran die Zunge verbrennt.«

Tante Emmas Theorie von der angebrannten Milch konnte Sarah also getrost vergessen.

»Als ihr alle fertig wart und Mr. Heatherstone den Kaffee in den Salon gebracht hatte, haben wir uns zusammen hier an den Küchentisch gesetzt und eine Kleinigkeit gegessen, wie ich dir bereits gesagt habe. Dann habe ich unsere Kanne Schlummer-gut und die Schachtel Maraschinokirschen genommen, von der ich dir erzählt habe, und wir sind in unsere Wohnung gegangen.«

Da war also tatsächlich etwas Zeit gewesen, wenn auch nur ein paar Minuten, in der jemand sich in die Küche hätte schleichen und ein Schlafmittel in den Topf mit Milch auf dem Herd geben können. Aber wer zum Beispiel? Außer Charlie Daventer und Ridpath Wale hatten zu diesem Zeitpunkt alle das Haus bereits verlassen. Sarah war ganz sicher, daß keiner von beiden aufgestanden war, bevor Emma sie dazu aufgefordert hatte, und daß sie dann alle vier gemeinsam in den Salon zurückgegangen waren. Kurz darauf hatte sie sich allerdings verabschiedet, um Cousin Frederick zu besuchen.

Und wenn schon, um diese Zeit hatten die Heatherstones sicher schon in der Küche gesessen und ihr verspätetes Abendbrot zu sich genommen, die beiden Kannen direkt vor der Nase. Und dann hatte Mrs. Heatherstone eine der Kannen genommen und war hinauf in ihre Wohnung gegangen. Soweit Sarah sehen konnte, war es vollkommen unmöglich, daß sich von da an noch jemand an den Kannen zu schaffen gemacht hatte. Es mußte passiert sein, als sie noch in der Anrichte gestanden hatten.

»Es sei denn, jemand hätte sich durch die Hintertür hereingeschlichen«, sagte sie laut.

Mrs. Heatherstone schnaubte entrüstet. »Red keinen Unsinn, Sarah Kelling, das glaubst du doch wohl selbst nicht. Die Hintertür ist immer verschlossen, und das wird sie auch bleiben, so lange ich hier in dieser Küche arbeite, oder ich werde auf der Stelle kündigen. Das habe ich Mrs. Kelling sofort gesagt, als ich gehört habe, was der Köchin von Terwilligers zugestoßen ist, und sie war völlig einer Meinung mit mir.«

»Ja, natürlich. Ich habe bloß laut gedacht. Und was die Kulissen betrifft, die heute morgen abgeholt worden sind, sagt Mr. Heatherstone, sie hätten die ganze Zeit dabeigestanden und beobachtet, wie die Männer sie nach draußen trugen.«

»Allerdings, aber als Männer würde ich die jungen Burschen nun nicht gerade bezeichnen. Es war lediglich der Mannering-Junge mit zwei Freunden. Der eine heißt Skip und der andere Chill. Ich nehme an, daß sie in Wirklichkeit anders heißen, aber die richtigen Namen kenne ich nicht. Jedenfalls haben sie zuerst die großen viereckigen Teile rausgetragen, aus denen später das Haus zusammengesetzt wird, weißt du, und dann die Kulissen mit den Büschen drauf. Ich habe die ganze Zeit aufgepaßt wie ein Luchs, weil ich Angst hatte, sie könnten das schöne, saubere Holz beschädigen, das Mrs. Kelling gerade neu hat streichen lassen, und ich kann beschwören, daß sie sonst wirklich nichts mitgenommen haben. Mr. Heatherstone hat mich gefragt, ob sie dabei möglicherweise das Bild zusammen mit den Kulissen weggeschafft haben. Ich habe ihm gesagt, daß ich mir nicht vorstellen kann, wie sie das hätten anstellen sollen, aber ich kann die Frage natürlich vestehen. Schließlich waren es ja alles Holzrahmen, die mit Leinwand bespannt waren.«

»Vielleicht hat er gemeint, sie hätten das Bild zwischen zwei Versatzstücken verstecken können?«

»Dann müßten sie aber die reinsten Zauberer gewesen sein. Guy hatte einen Heidenbammel, daß die Kunstwerke, wie er sie nannte, beschädigt werden könnten, und ich hatte Angst, die Jungens könnten unvorsichtig sein und ein Loch ins Fenster schlagen oder einen Farbtopf umstoßen. Also haben wir dafür gesorgt, daß jedes Stück einzeln hinausgetragen wurde. Es wäre außerdem ganz schön riskant gewesen, am hellichten Tag so ein Ding zu drehen.«

Eigentlich nicht, dachte Sarah. Guy hätte Ernestina nur aus dem Rahmen nehmen, sie zu den Kulissen legen und mit einem Stück Leinwand beziehen müssen, das aussah, als gehöre es zu Lord Marmadukes Landhaus. Theoretisch hätte Guy sogar Ernestina neu grundieren und dann übermalen können, doch Sarah glaubte nicht, daß er dazu genug Zeit und Geschick gehabt hätte, selbst wenn er die ganze Nacht daran gearbeitet hätte.

Einmal angenommen, Guy und seine Kumpel hätten Ernestina tatsächlich gestohlen und es geschafft, sie direkt vor Mrs. Heatherstones Nase aus dem Haus zu schaffen, wäre es dann nicht geradezu verrückt gewesen, sie den ganzen Weg zum Theater zu transportieren? Guy kannte Emma Kelling inzwischen sicher gut genug, um damit zu rechnen, daß sie bereits vor dem Frühstück auf ihrem Hochrad nach unten gesaust kam und ganz sicher gehen wollte, daß ihre kostbaren Kulissen unbeschädigt transportiert wurden. Und dann hätte sie das getarnte Gemälde allein aufgrund seiner Größe sofort als ihren Romney identifiziert.

Sarah nahm an, daß es trotzdem nicht schaden konnte, sich die Kulissen einmal genauer anzusehen, doch wie konnte sie dies bewerkstelligen? Sie mußte schließlich noch den falschen Romney malen und die Körbe mit Grün schmücken, bevor die Darsteller gegen halb sechs hier eintrudelten. Vielleicht konnte Tante Emma, die in Kürze ins Theater gehen würde, ein Metermaß mitnehmen und nach einem verdächtigen Objekt Ausschau halten. Aber bestimmt würde sie nur Kulissen finden und sonst gar nichts, vermutete Sarah. Es wurde allmählich höchste Zeit, daß sie sich endlich an die Arbeit machte. Schade, daß Cousin Brooks nicht da war, um ihr einen Keilrahmen zu bauen und ihr zu helfen, die Leinwand aufzuspannen. Sie hatte zu so etwas wenig Talent. Da fiel ihr plötzlich Cousin Frederick ein. Er hatte sich für seine Mieter alle möglichen Fertigkeiten angeeignet, um das Geld für die Handwerker zu sparen. Er war sicher imstande, vier Holzleisten zusammenzunageln und ein Stück Leinwand darüberzuspannen. Sie brauchte ihm nicht einmal zu verraten, wofür sie das Bild benötigte, sie würde einfach sagen, es wäre wieder mal einer von Tante Emmas kuriosen Einfällen. Sie eilte zum Telefon.

Kapitel 5

Frederick maulte zwar ein bißchen, kam aber trotzdem. Als der Spannrahmen schließlich fertig war, hatte Sarah bereits auf einem riesigen Stück braunem Packpapier eine Skizze von Tante Emma angefertigt, in die sie alle Details von Romneys Porträt, an die sie sich erinnern konnte, sowie einige eigene Ideen hatte einfließen lassen. Die Vogeltränke war ihr gut gelungen, doch die Taube erinnerte eher an ein ganz gewöhnliches Exemplar aus dem Boston Common. Doch wen störte das schon. Das Bild war schließlich nichts weiter als ein Stück Kulisse. Wichtig war einzig und allein die Wirkung, die sie damit erzielte.

Gemeinsam zogen Cousin Frederick und Sarah ein großes Stück Leinwand über den rohen Holzrahmen, spannten es so straff wie möglich und hefteten es mit einem Tucker an den Rahmen. Wenn man bedachte, daß sie so etwas beide zum erstenmal machten, konnte sich das Ergebnis durchaus sehen lassen. Sarah übertrug ihre Skizze auf die Leinwand, brachte hier und da Korrekturen an und holte ihre Farben. Gegen Mittag hatte sie bereits einen einigermaßen gartenähnlichen Hintergrund kreiert und die Person fertig skizziert. Erleichtert legte sie eine kleine Verschnaufpause ein, aß eine Kleinigkeit und ging dann wieder an die Arbeit. Um drei Uhr hatte sie schließlich eine mehr oder weniger ähnliche Emma Kelling mit lila Turnüre, Rosenpracht und Lorgnette vollendet. Die Lorgnette war ein Detail, an das Romney offenbar nicht gedacht hatte. Emma erstaunlicherweise auch nicht, doch Sarah baute es trotzdem ein.

Zu guter Letzt mußte Lady Sangazure noch in Ernestinas Rahmen manövriert werden, was sich nur mit den vereinten Kräften von Sarah, Frederick, Emma und den Heatherstones bewerkstelligen ließ, da keiner von ihnen besonderes Talent zum Gewichtheber hatte, doch alle waren der Meinung, daß sich die Mühe gelohnt habe. »Und jetzt, Sarah«, sagte Emma Kelling, »kommen die Körbe dran.«

Die Damen vom Gartenclub hatten sehr viel besser als Sarah einschätzen können, wieviel Grün für die großen Körbe gebraucht wurde. Sie hatten Unmengen von Zweigen in den Wintergarten mit dem Steinfußboden gebracht, dazu Plastikeimer voll Tulpen und Narzissen, die sich wohl gerade akklimatisierten.

Eine freundliche Seele war sogar dageblieben, um zu helfen. Cousin Frederick blieb erstaunlicherweise ebenfalls. Gemeinsam füllten sie Plastikwannen mit Steckschaum, legten Maschendraht darüber und befestigten die merkwürdige Assemblage mit Klebeband, zwängten die gefüllten Wannen in die Körbe und begannen, die Zweige durch den Maschendraht in den Steckschaum zu stecken. Es stellte sich jedoch heraus, daß die Zweige zuerst flachgeschlagen werden mußten, damit sie genügend Wasser aufnehmen konnten. Für Frederick war dies eine ganz neue Entdeckung, doch er ernannte sich bereitwillig selbst kurzerhand zum Oberflachschläger, so daß Sarah und ihre Mentorin, die übrigens Peg hieß, ihrer Kreativität bei der Gestaltung der Körbe freien Lauf lassen konnten.

Allmählich nahmen die Arrangements Form an. Um vier Uhr brachte Heatherstone ihnen den Tee. Um fünf verabschiedete sich Peg, weil sie ihre Tochter von der Tanzstunde abholen mußte. Um halb sechs hörten sie, wie das Orchester und die Darsteller eintrudelten. Um Viertel vor sechs steckten Sarah und Frederick die letzten flachgeschlagenen Zweige in die Körbe und ließen es gut sein.

Sie brauchten sich heute zum Abendessen nicht umzuziehen, da es kein richtiges Abendessen, sondern lediglich ein Büffet gab, das im Sonnenzimmer aufgebaut war, so daß die Darsteller sich in den Pausen während der Proben ganz nach Belieben selbst bedienen konnten. Sarah und ihr Cousin wuschen sich das Harz ab und gesellten sich zu den anderen. Dabei erfuhren sie, was Charlie Daventer zugestoßen war.

»Wollt ihr damit sagen, ihr wißt noch gar nichts davon?« Sebastian Frostedd nahm es auf sich, die Nachricht zu verbreiten. In der Hand hielt er einen Whiskey-Soda, der ziemlich dunkel aussah, wie Sarah feststellte. »Die Zugehfrau hat Charlie heute morgen gefunden, er war noch im Schlafanzug. Er muß in der Nacht aufgestanden sein und ist dann wohl auf dem Läufer im Badezimmer ausgerutscht und mit dem Kopf auf den Rand der Badewanne aufgeschlagen.«

»Mein Gott, du willst doch damit nicht etwa sagen, daß Charlie tot ist?« Frederick starrte Sebastian einige Sekunden lang an, bevor er sich abwandte und sich einen noch dunkleren Drink holte.

Ridpath Wale stellte sich neben Sebastian, schüttelte den Kopf und murmelte betroffen vor sich hin. »Wenn man bedenkt, daß wir vor vierundzwanzig Stunden noch hier zusammengesessen und uns großartig unterhalten haben. Charlie sah richtig gut aus, nicht wahr, Sarah?«

Ja, das war Sarah auch aufgefallen.

Ridpath trank sein Glas leer und knallte es auf den Tisch. »Trotzdem geht das Leben weiter. Charlie würde es bestimmt nicht recht sein, wenn wir hier mit langen Gesichtern herumstehen und Trübsal blasen. ›Eßt, trinkt, vergeßt Kummer und Sorgen, genießet das Leben, lacht heute, denn weinen könnt ihr auch morgen.‹«

Sein voller Bariton übertönte alle Gespräche. Andere fielen in den Refrain ein. Die Show ging weiter. Nur Emma Kelling sang nicht.

»Du hast gut reden«, fuhr sie ihn an. »Was sollen wir jetzt ohne den Notar anfangen? Zwei Abende vor der Vorstellung, und keine Zeit mehr für Proben. Und Charlie tot.« Sie zögerte, fing sich jedoch wieder, warf den Kopf kampfbereit in den Nacken, wie es Bodicea wohl auch getan haben mußte, als sie sich den römischen Legionen entgegenstellte. »Dann wirst du eben Charlies Rolle übernehmen, Frederick.«

»Ich?« Ihr Cousin verschluckte sich an seinem Drink. »Emma, du spinnst wohl.«

»Ganz im Gegenteil. Du kannst das hervorragend. Du hast doch hoffentlich nicht vergessen, wie ich dir damals aus der Patsche geholfen habe, mein lieber Frederick, als du zuviel selbstgebrannten Schnaps gesoffen hast und am Ende mit Cousine Mabel verlobt warst?«

»Meine Güte, Emma! Das ist doch schon ewig her! Das war im Juni 1929!«

»Es war 1928. Und was mich betrifft, ist es noch lange nicht verjährt. Frederick, das bist du mir schuldig. Und falls du dich weigern solltest, muß ich Cousine Mabel wohl oder übel darüber aufklären, wie es zu eurer Entlobung gekommen ist.«

»Das kannst du doch nicht machen, Emma!«

»Und ob ich das kann, Frederick. Ich befinde mich in einer absoluten Zwangslage.«

Sie funkelte ihn an. Schließlich seufzte Frederick, zuckte mit den Achseln, nahm einen kräftigen Schluck aus seinem Glas und murmelte: »In Ordnung, Emma. Was muß ich tun?«

»Nicht besonders viel. Du hast nur ein paar Zeilen Text, und die können wir dir auf eines der Gerichtsformulare, die du als Notar bei dir trägst, oder auf sonst irgendwas schreiben. Kommt, Kinder. Eßt fertig, und dann nichts wie weiter im Text.«

Damit endete die Trauerphase. Emma ging es zweifellos sehr nahe, einen Verehrer verloren zu haben, der ihr über ein halbes Jahrhundert lang die Treue gehalten hatte, doch sie war auch mit Leib und Seele Schauspielerin. Was die anderen betraf, vermutete Sarah, daß die meisten von ihnen schlicht und ergreifend erleichtert waren, daß es nicht zu größeren Gefühlsausbrüchen gekommen war. Was dem einen das Herz brach, war dem anderen meist nur peinlich, wie sie aus leidvoller Erfahrung wußte. Die jüngeren Mitglieder des Ensembles hatten Charlie Daventer kaum gekannt, da er so viele Proben verpaßt hatte. Und die älteren wurden durch sein plötzliches Ableben vielleicht nur auf höchst unsanfte Weise an etwas erinnert, das zwar allen Menschen blühte, ihnen jedoch aufgrund ihres fortgeschrittenen Alters sehr viel früher als den meisten anderen.

Was immer sie auch empfinden mochten, sie schienen mehr als erleichtert zu sein, Charlies Dahinscheiden wenigstens vorübergehend verdrängen zu dürfen. Mit der Entschuldigung, sie würden sich die Kalorien schon wieder abspielen, plünderten sie rücksichtslos Büffet und Bar. Die Stimmen wurden lauter und aufgeregter. Einige Chormitglieder stellten sich auf, um auf dem glatten Fliesenboden ihre Tanzschritte zu üben. Die Startänzer versuchten mit höflichen Vorschlägen zu verhindern, daß sich die anderen zu sehr ins Rampenlicht drängten. Die Orchestermitglieder, alles alte Hasen, konzentrierten sich auf die Erfrischungen.

Sarah bemühte sich um das Wohl sämtlicher Anwesender. Tante Emma hatte ihr zugezischt: »Sorg dafür, daß sie essen. Sie sollen um Himmels willen ordentlich zugreifen«, also eilte sie mit Tellern voll Sandwiches von einem Unruheherd zum nächsten und behielt auch besorgt die Bar im Auge. Sobald sie anstandshalber davon ausgehen konnte, daß alle satt waren, begann sie, die Darsteller in den Salon zu scheuchen.

Die erste Person, die sich von ihr scheuchen ließ, war Martha Tippleton alias Dame Partlet. Wie der Notar spielte auch sie nur eine kleine Nebenrolle, doch sie hatte die Ehre, das Stück mit den ersten gesprochenen Zeilen eröffnen zu dürfen. Martha schien dies schwer auf der Seele zu liegen, doch sie wirkte oft so, als bedrücke sie etwas. Wenn man mit Jack Tippleton zusammenlebte, blieb dies wohl kaum aus, dachte Sarah.

Als junge Frau mußte Martha atemberaubend schön gewesen sein. Auf ihre Art sah sie immer noch sehr attraktiv aus mit ihren großen, traurigen, grauen Augen, ihrem blassen, feinknochigen Gesicht und den zierlichen Händen, die so oft aufgeregt zu flattern schienen. Als Kirchenbeschließerin war sie zwar nicht gerade die Idealbesetzung, doch Emma hatte beschlossen, daß sie ihre Freundin nicht im Chor verschwinden lassen wollte, und außer der Lady Sangazure gab es in diesem Stück keine Frau ihres Alters. Martha besaß weder die Figur noch die Stimme für die dynamische Hauptfigur, selbst wenn Emma sich dazu durchgerungen hätte, ihr die Rolle zu überlassen.

Was würde bloß aus den Piraten von Pleasaunce werden, wenn die *Primadonna assoluta* erst einmal ihre Turnüre an den Nagel gehängt hatte? Sarah hegte die Befürchtung, daß die Truppe ohne die über die Bretter donnernde Emma in kürzester Zeit den Bach hinuntergehen würde. Es war also möglicherweise nicht nur Emmas Schwanengesang, sondern auch der letzte Auftritt der Piraten. Im Grunde war es daher verständlich, daß Emma der Produktion mehr Bedeutung zumaß als dem gestohlenen Porträt.

Jedenfalls erregte die Abwesenheit von Ernestina keinerlei Aufsehen. Man bemerkte Sarahs lebensgroße Karikatur der Lady Sangazure sofort, und alle bewunderten ihr Meisterwerk gebührend und machten Bemerkungen wie »einfach unsagbar gut« oder sogar »zum Sterben schön«, wobei Sarah letzteres ziemlich makaber fand, denn immerhin war Charlie Daventer just an dem Abend gestorben, an dem man der Dame des Hauses den Romney gestohlen hatte. Auch Ridpath Wales Kommentar, Emma habe offenbar ihre Meinung erstaunlich plötzlich geändert, hätte sie lieber überhört.

»Wie meinen Sie das?« erkundigte sie sich mit Unschuldsmine.

»Den Romney doch noch reinigen zu lassen. Gestern abend hat sie uns noch erzählt, sie würde ihn auf gar keinen Fall vor der Vorstellung weggeben.«

»Wer sagt denn, daß sie ihn weggegeben hat? Das Porträt ist nichts weiter als ein kleiner Scherz, den Cousin Frederick und ich uns ausgedacht und mit Hilfe der Heatherstones in die Tat umgesetzt haben. Ich war so begeistert vom vielen Kulissenmalen, daß ich mich einfach nicht mehr bremsen konnte. Warum führen Sie nicht nächstes Jahr *Ruddigore* auf? Dann könnte ich nämlich die Familienporträts malen. Sie würden bestimmt einen göttlichen Sir Ruthven Murgatroyd abgeben. Was macht eigentlich Gillian Bruges dort drüben? Sollte sie nicht besser mit Cousin Frederick üben? Entschuldigen Sie mich bitte einen Moment.«

Gillian machte zwar absolut nichts Ungewöhnliches, aber das tat nichts zur Sache. Sarah wollte sich nur möglichst schnell aus dem Staub machen, bevor Ridpath Wale ihr noch mehr Fragen über Ernestina stellte. Sie wußte nicht, ob er lediglich unverbindlich mit ihr plaudern wollte oder herauszufinden versuchte, wie man auf den Diebstahl, von dem er ja eigentlich noch gar nichts wissen konnte, reagierte. Dies war wirklich der denkbar ungünstigste Zeitpunkt, den Darstellern einen weiteren Schock zu versetzen. Charlies Tod hatte das allgemeine Lampenfieber bestimmt noch verschlimmert. Dame Partlet war vollkommen aus dem Häuschen, das sah man ihr deutlich an. Aline hatte einen Kicheranfall nach dem anderen und klang dabei ziemlich hysterisch. Und Sir Marmaduke schien nur nach einer Entschuldigung zu suchen, um einen Wutanfall zu bekommen.

Die anderen waren zwar auch nervös, doch den Tippletons ging es mit Abstand am schlechtesten. Es mußte mehr als Charlie Daventers Tod sein, was sie bedrückte. Die wahrscheinlichste Erklärung war wohl, daß es einen ausgewachsenen Familienkrach gegeben hatte, bevor sie hergekommen waren. Sarah hoffte nur, daß er nicht erneut aufflammen würde. Sie überlegte gerade, wie sie es anstellen sollte, die Wogen zu glätten, als Cousin Frederick überraschend in die Bresche sprang.

»Komm doch her zu mir, Martha. Da du am Ende sowieso mit mir vorliebnehmen mußt, kannst du dich auch genauso gut jetzt schon an mich gewöhnen. Vielleicht kannst du mir zeigen, was ich machen soll?«

»Liebend gern, Fred, aber im Moment kann ich noch nicht. Ich muß auftreten, sobald der Chor das Eröffnungslied gesungen hat. Leiste mir doch so lange Gesellschaft und gib mir moralische Unterstützung. Du kommst erst gegen Ende des Aktes dran.«

Frederick nahm Marthas Arm und hielt ihn fest, bis sie an dem kurzen Wortwechsel teilnehmen mußte, der dem ersten Solo ihrer Bühnentochter vorausging. Sarah stellte amüsiert fest, daß Jack

Tippleton verzweifelt versuchte, in Gillians Nähe zu kommen, aber von Emma weggeführt und gemeinsam mit Parker und Sebastian in eine Ecke gescheucht wurde, um dort auf sein Stichwort zu warten.

Die moralische Unterstützung, die Martha von Frederick erhielt, verfehlte offensichtlich ihre Wirkung nicht. Martha wirkte viel entspannter und gab ihrer mütterlichen Sorge mit ihrer wunderschönen, schmelzenden Altstimme Ausdruck. Dann begann Gillian ihr trauriges Geständnis und beklagte ihre unglückliche Liebe. Sarah hätte sie am liebsten geohrfeigt, denn sie blickte dabei nicht etwa den lieben Herrn Pastor an, dessen Ungerührtheit sie angeblich so schmerzte und der allein ihre Qualen lindern konnte, sondern liebäugelte mit Jack Tippleton. Trotzdem mußte sie zugeben, daß Tante Emma sich glücklich schätzen konnte, jemanden mit einer so schönen Stimme für die Rolle gefunden zu haben.

Gillian wußte genau, wie man sein Publikum fesselte. Das blieb wohl nicht aus, dachte Sarah gehässig, schließlich übte sie an jedem, der sich in ihre Nähe wagte. Sie sang gerade die zweite Strophe und konzentrierte sich diesmal ausschließlich auf den jungen Parker Pence. Ridpath Wale, von dem Sarah gehofft hatte, daß sie ihn aus dem Konzept gebracht hatte, war immer noch da und zeigte sich sichtlich erheitert.

»Kann sie sich nicht endlich entscheiden, hinter welchem von beiden sie her ist?« murmelte er.

»Hinter keinem von beiden«, flüsterte Sarah zurück. »Sie versucht bestimmt nur, Sie eifersüchtig zu machen.«

Möglicherweise entsprach dies sogar der Wahrheit. Ridpath war zwar kein Herzensbrecher wie Jack, aber er sah gut aus, war einige Jahre jünger und Dolphs Angaben zufolge beträchtlich wohlhabender, und Dolph kannte sich in diesen Dingen aus. Außerdem hatte er im Moment keine feste Freundin. Wenn Gillian sich lediglich einen Mann an Land ziehen wollte, warum sollte sie dann nicht in besseren Gewässern fischen?

Und wenn sie überhaupt keinen Mann wollte? Vielleicht genoß sie nur das Prickeln des Jagdfiebers? Genau wie Jack Tippleton, wenn man Emma und diversen enttäuschten Tessas und Gianettas Glauben schenkte. Na dann: Waidmannsheil!

Gillian sang ihren Part zu Ende und bekam den gebührenden Applaus. Martha ging zurück zu Frederick, der ihr auf die Schulter klopfte und seine Hand danach nicht wieder zurückzog. Sarah hoffte, daß Jack Tippleton es ebenfalls bemerkte, doch der verschlang Gillian immer noch mit Blicken wie eine Katze einen Kanarienvogel. Er versuchte gerade wieder, Emma zu entrinnen, doch die kam ihm zuvor. Dr. Daley begann sein Solo.

»Vorbei die Zeit, als mir die Liebe wohlgesonnen war. Vorbei die Zeit, als wir ein unzertrennlich, zärtlich Paar.«

Sarah glaubte ihm kein Wort. Sie bezweifelte stark, daß Sebastian Frostedd auch nur ein einziges Mal in seinem Leben echte Gefühle für einen anderen Menschen als sich selbst verspürt hatte. Darüber, daß er ein keuscher Jüngling, von irdischen Gedanken unberührt, gewesen sein sollte, konnte sie nur müde lächeln. Trotzdem gab Sebastian einen perfekten Geistlichen ab, sein rosiges Gesicht strahlte verbindlich und mild im warmen Licht von Emma Kellings kostbaren Kristalleuchtern.

Doch welche Gefühle er auch immer hatte oder eben nicht, man konnte sich durchaus vorstellen, daß es eine Zeit gegeben hatte, in der »Damen edlen Geblüts« selbst »Angehörigen des Militärs« einen Korb gegeben hatten, um ihn »mit entzückten Blicken« anzusehen. Vielleicht gab es auch jetzt noch einige, die dies taten, obwohl Sarah keinerlei Anzeichen dafür bemerkt hatte. Eine Frau, die sich ausgerechnet in Sebastian Frostedd verliebte, konnte nicht ganz zurechnungsfähig sein, aber da er weder Ehefrau noch Tochter am Hals hatte, war ein Rendezvous mit ihm möglicherweise lohnender als mit Jack Tippleton.

Über Geschmack ließ sich bekanntlich streiten. Es folgte der Auftritt von Sir Marmaduke, der gerade aus seiner Ecke trat, gefolgt vom kühnen Alexis. Und danach erschien Dr. Daley, der ihnen seine herzlichsten, zutiefst empfundenen Glückwünsche aussprach. Sarah entschied, daß sie momentan überflüssig war.

Sie begab sich wieder ins Sonnenzimmer und begann, die Fenster zu inspizieren. Sie waren mit solide gearbeiteten verschließbaren Griffen aus massivem Messing gesichert, die keine Spuren von Gewaltanwendung aufwiesen. Trotzdem sah Sarah sich jeden einzelnen genau an, während der Chor lauthals verkündete, daß man »von ganzem Herzen und mit großer Freude« dieses Treffen begrüße, und nahm davon Abstand, zurück in den Salon zu gehen. Im Moment stand ihr der Sinn ganz und gar nicht nach einem Treffen. Zum erstenmal an diesem Tag hatte sie endlich Gelegenheit, allein zu sein und ihre Gedanken ein wenig zu ordnen.

Das Verschwinden von Ernestina konnte Sarah eigentlich ganz gut verschmerzen. Der große Romney gehörte nicht zu den Gemälden, die sie gern geerbt hätte. Und wenn man den Worten ihrer Tante Glauben schenken konnte, würde sich Emma Kelling über den Verlust der armen Ernestina und ihrer Taube auch nicht gerade die Augen ausweinen. Innerhalb des Kelling-Clans wimmelte es nur so von Familienerbstücken, die sich in den meisten Fällen eher als Ärgernisse und Steine des Anstoßes entpuppten, denn als glänzende Symbole der Freude. Trotzdem gehörte Ernestina hier in dieses Haus. Es war eine hinterhältige, gemeine Tat, die man nicht ohne weiteres hinnehmen durfte. Wenn doch bloß Max hier wäre.

Doch er war nicht hier und würde es auch so bald nicht sein. Heute morgen hatte sie noch Post von ihm bekommen, eine kurze Nachricht aus Lüttich, die er in Windeseile auf Hotelbriefpapier geschrieben hatte, um sie wissen zu lassen, daß er sie schrecklich vermisse und ihr ein kleines Geschenk gekauft habe. Sein letztes kleines Geschenk war eine elegante, filigrane Goldkette mit schlichten Perlen und kleinen Diamanten, die Max bei einem Juwelier in Amsterdam, der ihm noch einen Gefallen schuldete, günstig erstanden hatte. Sie hätte liebend gern auch noch die passenden Ohrringe dazu besessen oder ein paar schöne finnische Wäschestücke für das neue Haus, das sie vielleicht eines Tages bauen würden. Vor allem aber sehnte sie sich danach, ihren Ehemann bei sich zu haben.

Einstweilen mußte sie sich sehnen, wenn auch hoffentlich nicht allzu lange. In der Zwischenzeit konnte sie allerdings unmöglich untätig herumsitzen und zusehen, wie sich die Spuren immer mehr verwischten, auch wenn sie allein nicht viel ausrichten konnte. Sie hoffte nur, daß ihr bald etwas Konstruktiveres einfiel als die Überprüfung der Fenster, doch da dies nicht der Fall war, machte sie einfach weiter.

In Emma Kellings Haus gab es zwei Eßzimmer oder vielmehr ein großes offizielles Eßzimmer und ein sogenanntes Frühstückszimmer, das sie zu jeder Tages- und Nachtzeit gern für alle kleinen inoffiziellen Mahlzeiten benutzte. Letzteres war für die Heatherstones praktischer, weil es direkt neben der Anrichte lag. Es war zudem sehr viel gemütlicher, hatte blaßgrüne Wände und Möbel mit rosafarbenen Chintzbezügen. Hier hingen auch Emmas kostbarer kleiner Renoir und das Bild von Anders Zorn, auf dem ein rotwangiges, einen Apfel essendes Mädchen zu sehen war. Hier hatten sie heute morgen gefrühstückt und gestern zu Abend gegessen. Die perfekte Gelegenheit, das Schlummer-gut zu manipulieren, dachte Sarah. Aber wieso hatte sie es nicht bemerkt?

Sie schüttelte den Kopf und ging weiter in das große Eßzimmer, das in seinen Ausmaßen an eine Rollschuhbahn erinnerte, die von einem riesigen schwarzen Nußbaumtisch mit dazu passendem Geschirrschrank dominiert wurde. Außerdem gab es genügend Stühle und weitere Sitzmöbel, auf denen der gesamte Kelling-Clan Platz nehmen konnte, sollte denn je der Fall eintreten, daß man sie alle dazu bewegen konnte, sich ruhig und friedlich im selben Raum niederzulassen. Sarah hatte hier zwar schon mehr als genug Familienkrisen erlebt, doch sie hatte Tante Emmas Eßzimmermöbel immer gern gemocht, denn sie hatte eine Schwäche für Löwen.

Der hohe Rückenteil des Geschirrschranks war mit einem Relief verziert, das einen zottigen, brüllenden Löwen darstellte, während sich auf den Flachreliefs der Türen sogar ein ganzes Rudel tummelte. Der Tisch hatte mächtige Beine, die den Läufen eines Löwen ähnelten und in Tatzen mit liebevoll gestalteten Pranken ausliefen. Die wuchtigen geschweiften Zargen waren ungefähr vierzig Zentimeter lang und über und über geriefelt und verschnörkelt, so daß sie wie eine Löwenmähne wirkten. Eine von Sarahs Lieblingsbeschäftigungen in Kindertagen hatte darin bestanden, heimlich in dieses Zimmer zu schlüpfen und sich mit den Löwen zu unterhalten.

Doch an diesem Abend fand Sarah die Löwen unnahbar und die schweren Samtvorhänge bedrückend. Emma machte sich nie die Mühe, sie im Sommer durch leichtere zu ersetzen. Alle größeren Feste, die sie während der heißen Jahreszeit veranstaltete, fanden für gewöhnlich unter freiem Himmel statt, wobei viele kleine Tische auf dem Rasen und im Sonnenzimmer verteilt wurden. Die Tische und die dazu passenden Stühle waren gemietet, doch Sarah wußte, daß sich im Geschirrschrank ein Stapel frisch gewaschener und gebügelter rosa Tischtücher befand, der schon für das erste Gartenfest des Jahres bereitlag. Sie gab dem brüllenden Löwen einen zärtlichen Klaps, gewissermaßen um der alten Zeiten willen, und ging zurück durch den Korridor in die Bibliothek.

Dieser Raum war immer Onkel Beddoes Lieblingszimmer gewesen. Sarah konnte sich noch genau erinnern, wie sie hier auf seinen Knien gesessen hatte und mit einem eleganten silbernen Zigarrenschneider die Spitze seiner Zigarre abknipsen durfte. Es hatte wunderbar geduftet, wenn sie an dem glatten, warmen, braunen Deckblatt geschnuppert hatte, aber weniger angenehm, wenn Onkel Bed ein Streichholz an das dicke Ende hielt und begann, seine Zigarre zu paffen.

Auch Emma verband sicher liebe Erinnerungen mit diesem Raum. Sie saß oft allein oder mit guten alten Freunden wie Charlie Daventer in der Bibliothek. Hier stand auch der Silberrahmen mit dem großen Foto von Onkel Bed, auf dem er so beherrscht und unnahbar aussah wie alle Kellings, wenn sie von einem professionellen Fotografen verewigt wurden.

Wahrscheinlich hatte er darüber nachgedacht, wieviel Geld ihn die Sitzung wohl kosten würde, und sich gefragt, ob ein Schnappschuß mit einer Uraltkamera nicht denselben Zweck erfüllen könnte.

Es gab noch andere Fotografien, Porträts ihrer Cousins Bed junior und Walter Alexander bei ihrer Abschlußfeier sowie Bilder von diversen Ehefrauen und Kindern und ein großes Bild von Emma selbst im Abendkleid mit Perlencollier. Es war ein wunderbarer Raum. So hatte Sarah das Gefühl, als habe ihn jemand entweiht, als sie von Onkel Beds Schreibtisch hochschaute und entdeckte, was jemand vor dem Fenster auf dem Fliegengitter befestigt hatte.

Kapitel 6

Da war also endlich die Nachricht, auf die sie die ganze Zeit gewartet, aber an die sie irgendwie doch nicht geglaubt hatte. Die Wörter waren nicht etwa aus einer Zeitung ausgeschnitten, sondern mit einer Kalligraphiefeder geschrieben, nicht besonders schön, aber gewissenhaft und mit viel Mühe. Die Nachricht war kurz und deutlich: »Wir wollen fünftausend Dollar.«

Sarah war sprachlos. Fünftausend Dollar für Ernestina? Eine Beleidigung für Romney. Aber vielleicht waren fünftausend Dollar viel Geld für jemanden, der sie nicht hatte. Sarah konnte selbst ein Lied davon singen. Vielleicht waren es nur ein paar verirrte Schafe, die dringend fünftausend Dollar brauchten und es für unhöflich hielten, mehr zu verlangen. Wahrscheinlicher war allerdings, daß die Leute keine Ahnung hatten, wieviel das Gemälde wirklich wert war, und vermuteten, daß der geforderte Betrag eine Summe war, die man Emma Kelling ohne große Gegenwehr abknöpfen konnte. Oder es war einfach nur der Auftakt zu einer Reihe von Forderungen.

Aber was es auch sein mochte, hier konnte es auf keinen Fall bleiben. Früher oder später würde einer der Darsteller in der Bibliothek auftauchen, um dem Trubel zu entkommen und sich mit einem Schluck aus Onkel Beds Barschrank zu stärken, in dem Tante Emma um der guten alten Zeiten willen immer einen Vorrat an Whiskey und Gin aufbewahrte. Sarah versuchte, das Fliegenfenster anzuheben, doch es war eines dieser altmodischen Holzdinger, die man nur von außen erreichen konnte. Sie schloß eine der Seitentüren auf und lief um das Haus herum zu den Bibliotheksfenstern.

Leider war ihre Mühe umsonst. Eigentlich hätte sie wissen müssen, daß sie nicht in der Lage sein würde, den Zettel von unten zu erreichen, denn das Haus ruhte auf einem wuchtigen Kellergeschoß. Aber wie hatte man den Zettel überhaupt dort befestigen können?

Sie suchte auf dem Rasen nach Fußabdrücken, konnte jedoch keine entdecken. Der Rasen war viel zu gepflegt, als daß man sie nicht sofort gesehen hätte. Sarah fand nur einen abgebrochenen Zweig von einem der Lebensbäume, die den Sockel verdeckten, was aber lediglich darauf schließen ließ, daß wahrscheinlich jemand dort hochgeklettert war, um das Fenster zu erreichen. Demnach konnte man Stelzen und Levitation getrost ausschließen, folgerte sie, doch besonders hilfreich war diese Erkenntnis nicht.

Früher, als es hier noch einen Gärtner gegeben hatte, waren die Leitern immer im Geräteschuppen aufbewahrt worden, einem achteckigen Ziegelhäuschen mit einem albernen Kuppeldach, das versteckt am anderen Ende des Gartens lag. Sie nahm an, daß der Schuppen sich immer noch dort befand, was sich bei weiteren Nachforschungen auch als zutreffend erwies. Sie schnappte sich die Leiter, die sich am leichtesten transportieren ließ, und schleppte sie zum Haus. Ganz wohl war ihr nicht in ihrer Haut, als sie die Leiter gegen das Haus lehnte, weil sie wußte, daß man in dieser einbruchsbewußten Wohngegend besonders wachsam war, aber wenigsten gehörte sie ja zur Familie. Doch was war mit der Person, die vor ihr hier hochgeklettert war, um die Lösegeldforderung an das Fliegenfenster zu heften? Es konnte nur irgendwann heute, am hellichten Tag, geschehen sein, sonst hätte Heatherstone sie am Morgen beim Öffnen der Vorhänge entdeckt.

Sarah stieg die Leiter hoch und überlegte, mit welcher halbwegs plausiblen Erklärung sie sich herausreden konnte, falls sie zufällig vom Haus aus beobachtet wurde. Der Zettel ließ sich ganz leicht vom Fliegenfenster abnehmen. Er war lediglich mit zwei ineinander gehängten Büroklammern befestigt, wobei die eine das Blatt hielt und die andere zu einem kleinen Haken geformt war, der mit dem freien Ende im Maschendraht hing. Man hatte ihn ganz behutsam eingehängt, stellte sie fest, denn der Draht war unbeschädigt.

Sie durfte den Zettel jedenfalls nur an den Büroklammern festhalten, da sich möglicherweise Fingerabdrücke auf dem Papier befanden. Wenn Max hier wäre, wüßte er sicher genau, wie man sie sichtbar machen konnte. Sarah überlegte, ob sie es nicht vielleicht doch selbst versuchen sollte, aber was würde das schon nützen? Selbst wenn es ihr gelang, das Beweisstück dabei nicht völlig zu ruinieren, konnte sie schließlich kaum hingehen und sämtliche Darsteller um ihre Fingerabdrücke bitten, um sie mit denen auf dem Papier zu vergleichen, ohne sich dafür eine tolldreiste Geschichte auszudenken. Besonders jetzt nicht, wo alle so nervös waren, weil Charlie tot war und sie sozusagen in allerletzter Minute, unmittelbar vor der Generalprobe, noch einen neuen Notar anlernen mußten.

Wenigstens hatte sie jetzt den Zettel. Sie mußte nur noch die Leiter zurückbringen und sich unbemerkt wieder unter die anderen mischen. Inzwischen war ein ziemlicher Wind aufgekommen, und das Blatt flatterte in ihrer Hand hin und her. Wenn sie das Haus endlich erreicht hatte, würden wohl nur noch ihre eigenen Fingerabdrücke daran festzustellen sein. Wahrscheinlich wäre es sinnvoller gewesen, zuerst den Zettel ins Haus zu bringen und dann erst die Leiter in den Geräteschuppen zu tragen, doch dazu war es jetzt zu spät, und sie hatte keine Lust, ihre Pläne wieder umzuwerfen. Sie würde versuchen, zwei Glasscheiben oder etwas ähnliches zu finden, zwischen die sie das Papier legen konnte.

Ein Grund, hier zu verweilen und ein wenig herumzusuchen, kam Sarah gar nicht ungelegen. Hier hatte sie sich schon immer gern aufgehalten. Als kleines Mädchen hatte sie oft den ganzen Morgen oder Nachmittag hier verbracht und dem Gärtner zugesehen, wie er Erde gemischt oder die Geräte gesäubert hatte. Mr. Hosbin war damals schon alt gewesen, und es war ihm sicher ganz recht gewesen, im Schuppen herumzuwerkeln und sich dabei mit Sarah zu unterhalten, statt nach draußen zu gehen und die Arbeiten zu verrichten, für die er bezahlt wurde. Als Freund hatte ihn Sarah jedoch nie angesehen, denn sie waren stets zwar freundlich, aber förmlich miteinander umgegangen. Mr. Hosbin war gebürtiger Brite, der genau wußte, was sich schickte, und dies auch von der Nichte seiner Arbeitgeberin erwartete. Sarah hatte es nie gestört. Von ihren Eltern war sie schließlich auch nicht viel anders behandelt worden.

Der Geräteschuppen wirkte inzwischen ein wenig verwahrlost. Sarah bemerkte, daß die Arbeitsplatten staubig waren und die Decke voller Spinnweben hing. Sie vermutete, daß der Schuppen nur noch selten benutzt wurde, seit die fröhlichen Burschen von der Landschaftsgärtnerei die Gartenarbeit in die Hand genommen hatten. Vor Jahren hatte sich Emma gelegentlich sogar selbst darum gekümmert und mit einem großen Strohhut, grünen Gummiknieschützern und geblümten Gartenhandschuhen mit grünen Daumen nach draußen begeben, um im Steingarten Unkraut zu rupfen, doch wahrscheinlich war es ihr inzwischen zuviel geworden. Mit all ihren Komitees, Clubs und ihrem hohen Blutdruck blieb ihr keine Zeit mehr für Gartenarbeit. Die fröhlichen Burschen hielten den Garten in Schuß und hatten sich auf unkomplizierte einjährige Pflanzen spezialisiert. Die seltenen Exemplare, die man früher hier angetroffen hatten, zierten jetzt bestimmt den Garten von Emmas Sohn Walter und seiner netten Frau Cynthia, die beide auf Gartenarbeit geradezu versessen waren.

Bed junior würde sicher das Haus erben, dachte Sarah. Und wenn er einmal nicht mehr war? Der jüngste Bed hatte daran bestimmt kein Interesse, denn er hatte sich in den Kopf gesetzt, eine eigene Ranch in Wyoming aufzubauen. Ein merkwürdiger Berufswunsch für einen Kelling, doch es gab schließlich mehr als genug merkwürdige Kellings. Sarah wußte, daß sie selbst sogar für eine der merkwürdigsten gehalten wurde, seit sie ihr altes Haus in Beacon Hill in eine Pension verwandelt und Cousin Brooks und seiner Frau überlassen hatte und zu guter Letzt auch noch einen völligen Außenseiter geheiratet hatte. Doch Brooks hatte eine noch viel ungewöhnlichere Person geheiratet, und Cousin Dolph ebenfalls, aber da Frauen immer automatisch an der Stellung ihres Mannes gemessen wurden, nahm man Theonia und Mary halt nicht allzu wichtig.

Sarah war all das herzlich gleichgültig. Sie liebte den Beruf ihres frischgebackenen Ehemannes. Die Verwandten, an denen ihr etwas lag, akzeptierten Max sowieso entweder um ihret- oder um seinetwillen, und der Rest konnte sich getrost dahin scheren, wo der Pfeffer wuchs.

Sie hatte ganz vergessen, wie faszinierend der Geräteschuppen war. Hier hatte Hosbin immer Tante Emmas Pflanzen mit starkem Wurzelwuchs aus ihren Töpfen geschlagen und in größere Gefäße umgetopft oder die Wurzelballen mit einem großen Messer zerteilt, um aus einer einsamen Pflanze eine ganze Pflanzenfamilie zu machen. Dabei hatte er stets lang und breit erklärt, warum gute Blumenerde sowohl nährstoffreichen Humus als auch scharfen Sand enthalten sollte. Sarah hatte nie verstanden, wieso er den Sand als scharf bezeichnet hatte. Ihr war er einfach grobkörnig vorgekommen.

Sie begann, in den Schubladen, die Hosbin immer so ordentlich aufgeräumt hatte, herumzustöbern, und fand darin zwar eine Menge Schnur zum Festbinden von Pflanzen und diverse Pflanzenschildchen, doch keine Glasscheiben, zwischen die sie die Lösegeldforderung legen konnte. Dafür entdeckte sie ein Notizbuch, in dem er sorgfältig vermerkt hatte, wann er welche Blumenzwiebeln gesetzt hatte. Sie würde das Blatt zwischen die Seiten legen. Im Jahre 1952 waren offensichtlich französische Hyazinthen der absolute Renner gewesen. Sie versuchte gerade, in dem schwachen Licht, das durch die kleinen, hohen, nicht gerade sauberen Fenster drang, Hosbins ordentliche Handschrift zu lesen, als ihr ein Sack über den Kopf gestülpt wurde.

Zunächst nahm sie an, daß ein Gärtnernetz von einem der oberen Regale auf sie heruntergefallen war. Doch als sie versuchte, ihr Gesicht wieder zu befreien, zog jemand den Sack mit einem Ruck bis über ihre Arme nach unten, packte von hinten ihre Hände und versuchte sie zu fesseln, womit er jedoch ziemliche Schwierigkeiten hatte, da sie sich mit allen Kräften zur Wehr setzte.

Es gelang ihr sogar, ihrem Gegner einen ordentlichen Tritt gegen das Schienbein zu versetzen, doch da sie nur ihre alten Turnschuhe trug, konnte sie ihm nicht sehr weh getan haben. Anscheinend reichte es jedoch aus, um den Angreifer in Wut zu versetzen. Der Mann – es konnte natürlich auch eine kräftige Frau sein – packte sie an den Schultern und wirbelte sie herum, bis ihr schwindlig wurde, und ließ sie dann unvermittelt wieder los.

Sie fiel zwar nicht hin, doch sie stolperte und stieß dabei mit dem Knie an eine der Schubladen, die sie aufgezogen hatte. Als sie endlich ihr Gleichgewicht wiedergefunden hatte, hörte sie eine Tür zuschlagen und stellte fest, daß sie allein war.

Wie hatte sie nur auf diesen uralten, banalen Trick hereinfallen können! Es mußte der Verfasser der Lösegeldforderung gewesen sein, der ihr diese Falle gestellt hatte, aber warum hatte er dies getan? Es konnte sich eigentlich nur um einen Amateur handeln. Die Fesseln waren nicht sehr stramm, so daß ihre Handgelenke immer noch genügend Bewegungsfreiheit hatten. Sicher hatte er dafür ein Stück alte Schnur genommen, darauf ging sie jede Wette ein. Bestimmt ließ sie sich leicht zerreißen. Sarah tastete herum, bis sie etwas Werkzeugartiges fand – möglicherweise eine Hacke –, und rieb ihre Fesseln an der scharfen Kante, bis sie zerrissen. Dann befreite sie sich von dem Sack und versuchte, die Tür zu öffnen. Doch sie war verschlossen.

Auch das überraschte Sarah nicht weiter. Sie hatte den Schlüssel, den sie an seinem nicht gerade originellen Versteck – er hing an einem Nagel um die Ecke – gefunden hatte, auf die Arbeitsplatte gelegt. Sarah hoffte, daß ihr Angreifer ihn wenigstens draußen im

Schloß steckengelassen hatte, statt ihn beispielsweise auf den Komposthaufen oder sonstwohin zu werfen. Einen Schlosser kommen lassen zu müssen, um in aller Eile einen Nachschlüssel anzufertigen, wäre ärgerlich und außerdem teuer. Als echte Kelling war dies auch für Sarah eine wichtige Überlegung.

Aus dem Schuppen herauszukommen war nicht besonders schwierig. Ihr Gefängniswärter hatte anscheinend die Fenster vergessen. Sie waren zwar nicht gerade sehr günstig angebracht, viel zu hoch und sehr schmal, doch sie war schlank und gelenkig. Sarah nahm die Leiter, die sie eben erst zurückgestellt hatte, lehnte sie an ein Fenster, von dem sie wußte, daß sich darunter keine Himbeersträucher befanden, und schritt zur Tat.

Es war ein Klappfenster, das von unten geöffnet und dann hochgedrückt wurde. An heißen Tagen wurde es mit einem Stöckchen offengehalten. Es war nicht mehr geöffnet worden, seit Hosbin vor etwa fünfzehn Jahren in den Ruhestand getreten und in seine Heimat zurückgekehrt war, um dort seinen Lebensabend zu beschließen. Tante Emma schickte ihm immer noch seine Rente in ein kleines Dorf in den Cotswolds und erhielt jedesmal prompt ein Antwortschreiben von Hosbin, in dem ihr mitgeteilt wurde, ihr letzter Scheck sei sicher angekommen und Hosbin hoffe, sie erfreue sich bester Gesundheit, mit vorzüglicher Hochachtung. Sarah blies einen halben Schwarm toter Bienen von dem schmalen Fenstersims und kletterte wieder nach unten, um nach etwas zu suchen, womit sie das Fenster aufstemmen konnte.

Eigentlich war es gar nicht so schwer, auch wenn sie das Gefühl hatte, sich durch einen Briefkastenschlitz zu zwängen. Sie schürfte sich den Rücken ein wenig auf, als sie sich über die Fensterbank schlängelte und ihr dabei der Pullover hochrutschte. Glücklicherweise standen unter diesem Fenster tatsächlich keine Himbeersträucher, doch der Boden war härter als erwartet, und sie landete so unsanft, daß ihre Zähne aufeinanderschlugen. Alles in allem war sie noch einmal glimpflich davongekommen, ihr kleines Abenteuer hatte sie nur ziemlich viel Zeit und eine Menge Nervenkraft gekostet.

Falsch. Sie hatte den Erpresserbrief vergessen. Steckte der Schlüssel noch? Ja, er war noch da. Sie öffnete die Tür und ging, nicht ohne ein Gefühl des Unbehagens, noch einmal in den Schuppen. Nein, der Zettel lag nicht mehr auf dem Tisch, wo sie ihn hingelegt hatte. Und auch nicht in Mr. Hosbins Blumenzwiebelbuch.

Auf den Boden war er auch nicht gefallen. Er war schlicht und einfach verschwunden. Ihr Angreifer mußte ihn mitgenommen haben. Aber warum bloß?

Weil sie nicht die Person war, für die er bestimmt gewesen war? Weil er inzwischen herausgefunden hatte, wieviel Ernestina tatsächlich wert war und seine Forderung erhöhen wollte? Weil ihm erst jetzt eingefallen war, daß man auf Papier Fingerabdrücke hinterlassen konnte und daß selbst kalligraphische Buchstaben Hinweise auf den Schreiber liefern konnten? Schon die ungeschickte Schrift konnte ihn verraten. Angenommen, der Betreffende hatte gerade einen Anfängerkurs belegt oder war beobachtet worden, als er einen Spezialfederhalter in einem der hiesigen Schreibwarengeschäfte erstanden hatte. Oder er war zufälligerweise Kunststudent.

Sarah hätte gern gewußt, ob sie im Schuppen nur von einer Person überfallen worden war. Es schien einiges darauf hinzudeuten, daß es zwei Täter gewesen waren, einer, der ihr den Sack über den Kopf gestülpt hatte, und ein zweiter, der ihre Hände gefesselt hatte. Aber er war ziemlich stümperhaft vorgegangen. Allerdings war die Idee, sie herumzuwirbeln, damit sie die Orientierung verlor und der oder die Täter unerkannt entkommen konnten, ganz und gar nicht stümperhaft gewesen, ob es sich nun um Dilettanten handelte oder nicht. Und die Fesseln hatte man ihr vielleicht absichtlich so locker angelegt, weil man Zeit gewinnen wollte, um auch doppelt sicherzugehen, daß das Opfer nicht aus dem Geräteschuppen entkommen konnte, bevor der oder die Angreifer das Haus erreicht und sich wieder unter die Darsteller gemischt hatten.

Sarah war sicher, daß es nur jemand aus dem Haus gewesen sein konnte. Man hatte sie bestimmt beobachtet, wie sie die Leiter hochgestiegen war und den Brief vom Fliegenfenster genommen hatte, vielleicht sogar noch früher, als sie noch im Haus umhergestreift war. Trotzdem glaubte sie nicht, daß ihr jemand gefolgt war. Es war viel wahrscheinlicher, daß jemand vom Sonnenzimmer aus den Zettel im Auge behalten hatte. Wie fast alle Prachtbauten vom Ende des 19. Jahrhunderts war auch Emmas Haus ziemlich verwinkelt. Von den meisten Stellen aus konnte man die Bibliotheksfenster nicht sehen, doch es gab eine Ecke ganz hinten, die genau richtig lag. Da der Büffettisch ausgerechnet dort aufgebaut worden war, hatte der Betreffende eine ideale Ausrede, sich dort aufzuhalten oder wenigens in regelmäßigen Abständen immer wieder dorthin zurückzukehren. Wenn zwei oder mehr Personen an der Sache beteiligt waren, war es ein Kinderspiel, den Ausguck immer mit einem Späher besetzt zu halten.

Das Orchester konnte sie mit ziemlicher Sicherheit ausschließen. Sir Arthur Sullivans Instrumentierung war nicht kompliziert genug, um den Musikern die Möglichkeit zu geben, auf mysteriöse Weise zu verschwinden und wieder aufzutauchen, was Sarah immer sehr verwirrt hatte, als sie im Alter von zwölf Jahren nach dem Tod ihrer Mutter deren letztes Abonnement in der Boston Symphony aufgebraucht hatte. Die Piraten von Pleasaunce kamen gemeinsam herein, nahmen gemeinsam Platz, spielten gemeinsam, bis es nichts mehr zu spielen gab, und standen gemeinsam wieder auf.

Bei den Darstellern war sie sich nicht so sicher. Selbst ein Chormitglied konnte in die Sache verwickelt sein, vermutete Sarah, doch als sie das Haus betrat, stellte sie fest, daß Lady Sangazure und Sir Marmaduke gerade erst dabei waren, ihr Duett anzustimmen. Das bedeutete, daß der gesamte Chor, Frauen wie Männer, die ganze Zeit, als sie sich die Handgelenke an der Hacke und den Rücken am Sims des Schuppenfensters wundgescheuert hatte, ihr Bestes gegeben hatten, aus Leibeskräften die Verlobung des kühnen Alexis mit der schönen Aline zu bejubeln. Zuerst waren Aline und die Dorfmädchen aufgetreten. Jenicot hatte »glückliches junges Herz« gesungen, und dann hatte der Männerchor Alexis hereingeführt, damit die beiden Liebenden einander unter Schreien des Entzückens in die Arme sinken konnten. Jenicot und Parker waren immer noch zusammen, lagen sich allerdings nicht mehr in den Armen, sondern warteten unter der von ihr gemalten Karikatur auf ihren nächsten Einsatz.

»Willkommen, Freude, adieu Trauer! Wie den Tag begrüßt die Sonne, so gibt deine Liebe Dauer Freude nur, statt Leiden Wonnen«, teilte Jack Emma gerade mit, die es mit Fassung trug. Jack hatte weder ein rotes Gesicht noch keuchte er wie jemand, der gerade durch einen Garten gehechtet war, nachdem er dort die Nichte seiner Angebeteten in einem Geräteschuppen eingeschlossen hatte.

Sowohl Sebastian Frostedd als auch Ridpath Wale hätten allerdings sehr wohl die Möglichkeit gehabt, das zu tun, wonach ihnen der Sinn stand. Der Pfarrer war bereits vor geraumer Zeit von der Bühne verschwunden, und der Zauberer hatte seinen ersten Auftritt erst nach dem Duett, dem Chor und dem Solo, in dem

Alexis verkündet, daß er die Liebe liebe, die nur um der Liebe willen liebe.

Auch Gillian Bruges hatte eine ziemlich lange Pause. Sie lehnte an der Tür zum Sonnenzimmer und sah leicht verärgert aus, weil Jack seine Aufmerksamkeit gezwungenermaßen ganz auf Emma konzentrierte und sie links liegen ließ. Sarah ging zu ihr hin und sprach sie an.

»Ihr scheint ja noch nicht sehr weit gekommen zu sein, wie ich sehe. Was ist denn passiert?«

»Oh, waren Sie nicht da? Es gab Probleme mit der ›glückliches junges Herz‹-Szene.«

»Sie meinen mit Alines Solo? Gestern hat Jenicot ihre Sache doch ganz gut gemacht.«

Gillian zuckte mit den Achseln. »Vielleicht hat Ihre Tante gehofft, daß sie es heute noch ein bißchen besser machen könnte als nur ganz gut. Ich persönlich hatte den Eindruck, daß Mrs. Kelling ein wenig zu streng mit Jenicot umgegangen ist. Jeder kann schließlich nur das geben, was er hat, nicht?«

Darauf wußte Sarah nichts zu erwidern, daher lächelte sie nur und schaute wieder Tante Emma und Jack Tippleton zu. Sie waren wirklich zwei erfahrene alte Bühnenhasen. Doch sie konnte die kleinen Schwächen in Emmas Stimme hören, und einige Noten klangen nicht ganz sauber. In diesem Jahr konnte sie diese Schönheitsfehler noch mit ihrer Persönlichkeit und ihrem *Savoir faire* wettmachen. Emma wußte es, und Jack wußte es auch. Aber im nächsten Jahr würde es auch das Publikum wissen, und der Beifall würde nur noch ein mitleidiger Höflichkeitsapplaus für ein altes Mädchen sein, das nicht wußte, wann es Zeit war abzutreten. Sarah klatschte wie verrückt, als das Duett zu Ende war, und lief aller Etikette zum Trotz zu ihrer Tante und umarmte sie.

Jetzt nahte Frederick Kellings großer Auftritt. Er räusperte sich, rückte seinen Kneifer zurecht und verkündete, zwar nicht perfekt, doch genau im richtigen Takt mit der Musik, daß alles bereits sei für Unterschrift und Siegel. Er würde es bestimmt schaffen. Sarah hatte immer noch den Arm um ihre Tante gelegt und spürte, wie Emmas Muskeln sich allmählich entspannten, als sie feststellte, daß alles glatt ging. Emma verlangte viel von ihrer Truppe, sie legte dabei zwar nicht gerade erbarmungslose Strenge an den Tag, dazu wäre sie gar nicht fähig gewesen, aber eine knappe Effizienz, die bestimmt der Leiterin eines Damenstifts, mit der man ihre

Jolanthe damals dann auch verglichen hatte, sehr gut zu Gesicht gestanden hätte.

Als sie schließlich beim zweiten Akt angekommen waren, war Mrs. Heatherstone bereits zum Kutscherhaus gegangen. Sarah hatte alle Hände voll zu tun, brühte frischen Kaffee und Tee auf und mußte ständig das Büffet neu aufstocken, da es immer wieder von Ensemble-Mitgliedern geplündert wurde, die ihre Nervosität durch unablässiges Knabbern bekämpften oder vorher so verspannt gewesen waren, daß sie keinen Bissen herunterbekommen hatten, und inzwischen hungrig waren oder aber bloß nach einer Ausrede suchten, um sich abzusondern, weil sie das Bedürfnis hatten, einem mitfühlenden Ohr ihre ganz persönliche Meinung anzuvertrauen. Sarahs Hauptaufgabe bestand darin, ebendieses Ohr bereitzustellen. Sie war zwar nicht immer mitfühlend, doch sie hatte aufgrund der diversen Familienfeste genug Erfahrung im Wogenglätten und wußte genau, wie man die Wahrheit am besten für sich behielt, ohne dabei zu lügen.

Alles in allem verlangte ihr diese Aufgabe eine Menge Geduld und Energie ab und schien überhaupt kein Ende nehmen zu wollen. Als man schließlich das Finale einigermaßen zu Emmas Zufriedenheit hinter sich gebracht hatte, wäre Sarah am liebsten vor Erleichterung in Ohnmacht gesunken. Kurz darauf nahmen sich alle ihre Mäntel und verschwanden. Alle bis auf Cousin Frederick.

Kapitel 7

Jetzt komm schon, Sarah«, kläffte er wie ein ungeduldiger alter Terrier. »Du mußt mich noch nach Hause fahren.«

»So spät noch?« protestierte Emma. »Kannst du nicht hier bleiben, Fred? Ich habe genug Betten.«

»Ich will aber nicht in einem deiner Gästebetten schlafen, Emma, sondern in meinem eigenen. Hol deinen Mantel, Sarah.«

Sarah wußte aus leidvoller Erfahrung, daß es vollkommen zwecklos und reine Zeitverschwendung war, sich mit einem älteren Verwandten, der sich etwas in den Kopf gesetzt hatte, auf Diskussionen einzulassen, egal, was ein anderer älterer Verwandter auch immer für das Beste halten mochte. Sie holte ihren Mantel und suchte ihre Autoschlüssel.

»Du brauchst nicht aufzubleiben und auf mich zu warten, Tante Emma. Ich nehme die Hausschlüssel mit.«

»In Ordnung, Liebes. Es war wirklich ein anstrengender Tag. Und fahr vorsichtig.«

Emma gab ihrer Nichte einen Kuß und ging nach oben. Sarah und Frederick gingen nach draußen zum Wagen. Fred sagte nichts, bis sie die Hauptstraße erreicht hatten, und bellte dann: »Bieg links ab.«

»Aber zu deinem Haus geht es doch rechts ab«, widersprach Sarah.

»Wir fahren ja auch nicht zu meinem Haus. Wir fahren zu Charlies Haus.«

»Charlie Daventers? Aber warum das denn?«

»Weil ich mir trotz der ganzen Schwafelei von Sebastian Frostedd über nächtlichen Harndrang verdammt sicher bin, daß Charlie nicht mitten in der Nacht aufgestanden und ins Badezimmer gegangen ist, bei der Entleerung seiner Blase einen Schwindelanfall erlitt und mit dem Kopf auf die Wanne geknallt ist, darum!«

»Cousin Frederick, woher willst du das wissen?«

»Liebe Sarah, vielleicht erinnerst du dich daran, daß Charlie und ich ungefähr achtundsechzig Jahre lang miteinander befreundet waren. Ich glaube, ich darf guten Gewissens von mir behaupten, daß er mir mehr vertraut hat als sonst jemandem auf der Welt, deine Tante Emma inbegriffen. Ich weiß, daß er sich schon mit seiner Gicht herumplagte, bevor es ihn richtig behindert hat. Ich weiß, daß seine Nieren in dem Zustand waren, der für einen Mann seines Alters normal ist, womit ich sagen will, daß er öfter Wasser lassen mußte, als ihm verdammt noch mal lieb war. Ich weiß außerdem sehr genau, was ein alter Mann empfindet, wenn er sein warmes Bett verlassen und mindestens zweimal pro Nacht ins Badezimmer torkeln muß, damit ihm die Blase nicht platzt. Und wenn du jetzt eins zum anderen zählst, zu welchem Schluß kommst du dann?«

Ohne Sarah die Gelegenheit zu geben, ihm ihre Hypothese mitzuteilen, beantwortete Cousin Frederick seine Frage selbst. »Wir haben es mit einem alten Mann zu tun, der pinkeln muß, aber keine Lust hat aufzustehen, nicht? Und mit einem alten Mann, der, was du vielleicht nicht weißt, einen echt silbernen *Pot de chambre* mit passendem Deckel geerbt hat, auf dem bereits kein geringerer als General Lafayette gesessen haben soll, als er anno 1784 bei seinem Besuch in den Vereinigten Staaten von Amerika als Staatsgast hier weilte. Charlie kam vor einiger Zeit zu dem Schluß, daß etwas, was gut genug für Lafayette gewesen ist, auch für ihn gut genug sei. Um es in aller Deutlichkeit zu sagen, Sarah, ich will nachsehen, was sich in diesem Topf befindet.«

»Oh, Frederick! Was für eine ekelhafte Idee. Er ist doch inzwischen bestimmt schon geleert worden.«

»Und von wem, wenn ich fragen darf?«

»Ich dachte, die Zugehfrau hätte die Leiche gefunden?«

»Das mag ja sein, aber wie kommst du darauf, daß sie heute geputzt hat? Sie war bestimmt viel zu sehr damit beschäftigt, die Polizei anzurufen und Herzjagen zu haben. Warum soll sie arbeiten, wenn ihr Arbeitgeber tot ist und sie nicht mal mehr bezahlen kann? Und woher willst du überhaupt wissen, daß Charlie ihr das mit dem Topf verraten hat? Meine liebe Sarah, du verstehst doch sicher, daß Männer ihre Altersgebrechen hassen und daß ein Nachttopf, egal wie wertvoll er auch ist und wieviel historische Bedeutung er gehabt haben mag, nicht zu den Wertgegenständen zählt, die man sich voll Stolz auf den Kaminsims stellt.«

»Das glaube ich ja auch nicht, aber man kann schließlich nie wissen. Wo hat Charlie das Ding denn aufbewahrt?«

»Neben seinem Bett, in einer Nachtkommode, die früher seiner Großmutter gehört hat. Es gibt darin ein Fach, das eigens für dieses Gefäß gedacht ist, was immer moderne Innenarchitekten davon auch halten mögen. Wo sonst hätte man es bequem erreichen können, wenn man das Bedürfnis verspürte? Habe ich mich klar genug ausgedrückt?«

»Leider ja«, mußte Sarah zugeben. »Dann glaubst du also auch, was ich gerade –«

Sie unterbrach sich, doch es war bereits zu spät. Frederick hatte sie genau verstanden.

»Aha, dann bist du also auch der Meinung, daß jemand Charlie aus dem Weg geräumt hat. Darf ich mich nach den Gründen erkundigen, die dich zu dieser Annahme veranlassen, einmal abgesehen davon, daß du in der letzten Zeit mehr Morde an Land gezogen hast als ein Hund Flöhe?«

»Da magst du schon recht haben. Aber der Hauptgrund ist – und wehe dir, wenn du auch nur ein Sterbenswörtchen davon verlauten läßt –, daß Ernestina gestern nacht gestohlen wurde.«

»Ernestina?« Frederick schnappte nach Luft. »Du meinst, der große Romney? Wie konnte denn das passieren?«

»Das wissen wir leider auch nicht. Als Heatherstone heute morgen ins Zimmer ging, um die Vorhänge aufzuziehen, war sie einfach verschwunden. In dem leeren Rahmen steckte ein Zettel mit einer Schlagzeile über gestohlene Kunstwerke, und heute nachmittag habe ich eine Lösegeldforderung am Fliegenfenster der Bibliothek gefunden. Aber davon weiß Tante Emma noch gar nichts.«

Jetzt, wo sie die Katze aus dem Sack gelassen hatte, beschloß Sarah, daß sie Cousin Frederick genauso gut ganz ins Bild setzen konnte. Sie erzählte ihm von dem Schlummer-gut und schilderte ihm, was ihr im Geräteschuppen widerfahren war, während er damit beschäftigt gewesen war, Charlie Daventers Rolle zu lernen.

»Du siehst also«, schloß sie, »daß es einfach kein Zufall sein kann, daß Charlie ausgerechnet gestern nacht gestorben ist.«

»Aber warum gerade Charlie?«

»Das weiß ich auch nicht. Jedenfalls war er gestern in Emmas Haus und ist zum Abendessen geblieben, zusammen mit Ridpath Wale. Ich habe vergessen, wie wir auf Ernestina zu sprechen gekommen sind, wir haben jedenfalls über sie geredet. Wer sie gewesen ist, weißt du, und wie wertvoll ein Romney dieser Größe wohl heute sein muß. Dann hat Charlie gesagt, Ernestina sähe aus, als könne sie ein Bad gebrauchen, und Ridpath hat angeboten, Tante Emma den Namen von jemandem zu geben, der seine Sargents gereinigt hat, aber Tante Emma hat gemeint, sie hätte keine Lust, sich damit vor der Aufführung auch noch zu belasten. Klingt zwar alles etwas weithergeholt, aber ein Zufall kann es wohl kaum sein.«

»Wieviel weiß Emma von der ganzen Sache?«

»Sie weiß bloß von dem, was gestern nacht passiert ist. Ich wollte die Polizei rufen, aber sie war strikt dagegen, weil sie keine schlechte Publicity für das Stück will. Sie hat beschlossen, daß sie erst etwas unternimmt, wenn alles vorbei ist. Deshalb habe ich dich auch gebeten, heute das alberne Bild von mir aufzuspannen, damit keiner merkt, daß der Rahmen leer ist, und anfängt, dumme Fragen zu stellen. Frederick, weißt du übrigens, daß es Emmas letzter Auftritt sein wird?«

»Unsinn. Emma wird nie aufhören.«

Frederick glaubte das selbst nicht, und Sarah wußte es. Danach sprachen sie beide nicht mehr viel, bis sie das riesige Backsteingebäude erreicht hatten, das schon vor Jahren in ein Apartmenthaus umgewandelt worden war. Hier hatte Charles Daventer gelebt und hier war er auch gestorben. Es lag ganz im Dunkeln, wie man um diese Zeit erwarten konnte. Sarah schaute nicht gerade begeistert zu den schwarzen Fenstern hoch.

»Und wie sollen wir in seine Wohnung kommen, Frederick?«

»Mit einem Schlüssel selbstverständlich. Charlie hat mir vor Ewigkeiten einen gegeben. Er hatte gern Gesellschaft, wenn er ans Bett gefesselt war, aber es war die reine Hölle für ihn, aufzustehen und die Tür aufzumachen, deshalb hat er mich ein paar Nachschlüssel besorgen und an einige seiner Freunde verteilen lassen. Emma hat auch einen, weißt du. Sie ist jeden Tag zu ihm gegangen und hat ihm sein Mittagessen in einem Picknickkorb gebracht. Charlie wird ihr bestimmt sehr fehlen. Mir übrigens auch. Verdammt noch mal, Sarah, es ist grauenhaft, alt zu werden. Zu schade, daß die beiden nicht geheiratet haben, nachdem Bed gestorben ist.«

»Oh, ich glaube nicht, daß das gut gegangen wäre. Was ist eigentlich mit dir, Frederick? Gibt es nicht irgendeine nette Frau, mit der du gern zusammenleben würdest?«

»Ich? Ich war schon immer ein Heiratsmuffel. Und wer würde schon so einen streitsüchtigen alten Kerl wie mich haben wollen?«

»Das kann man nie wissen. Du brauchst dir bloß Dolph anzusehen.«

»Das war tatsächlich ein Hammer. Obwohl ich wirklich nicht verstehen kann, was eine nette Frau wie Mary an diesem aufgeblasenen Hornochsen findet. Aber wahrscheinlich bin ich bloß eifersüchtig, weil ich sie nicht gekriegt habe«, fügte Frederick mit einem schüchternen Lächeln hinzu. »Na egal, komm, wir gehen rein. Am besten, wir bringen die Sache so schnell wie möglich hinter uns.«

Glücklicherweise befand sich Charlies Wohnung im Erdgeschoß und verfügte über einen separaten Eingang. Die anderen Mieter würden sie daher wahrscheinlich nicht kommen hören. Trotzdem fühlte Sarah sich alles andere als wohl in ihrer Haut. Der heutige Tag war schon schlimm genug gewesen, der morgige würde sicher noch schlimmer werden, und jetzt mußte sie auch noch nachschauen, ob ein Nachttopf mit illustrer Vergangenheit tatsächlich seiner eigentlichen, wenn auch unappetitlichen Bestimmung gedient hatte und somit aus einem tragischen Unfall einen möglichen Mord machte. Danach mußte sie Frederick noch nach Hause bringen und sich selbst zur Ruhe begeben, bevor einer der Nachbarn die Polizei oder Tante Emma die Miliz rief.

Frederick machte sich am Schloß zu schaffen und hatte die Tür bald geöffent. Er schaltete das Licht an und winkte Sarah herein. Schon wieder eine Junggesellenwohnung, dachte Sarah, wenn auch weit weniger asketisch eingerichtet als die ihres Cousins. Überall standen oder hingen Fotografien: ein großes Bild von Emma, auf dem sie sehr vornehm aussah, ältere Bilder, wahrscheinlich von Charlies Eltern und Verwandten, ein Foto, das einen jungen Mann in Marineuniform zeigte. Das mußte sein älterer Bruder gewesen sein, der während des Zweiten Weltkrieges mit einem Zerstörer untergegangen war. Der arme Charlie, außer seinen Freunden hatte er fast alles verloren. Und außer seinem Geld, nahm Sarah an, denn an Bequemlichkeit schien es ihm nicht gemangelt zu haben. Bei der Einrichtung hatte zweifellos Tante Emma ihre Hand im Spiel gehabt.

Charlie hatte diverse wertvolle Antiquitäten besessen, einige waren sicher ebenso alt wie sein *Pot de chambre.* Leider hatte Sarah nicht genug Zeit, sie genauer in Augenschein zu nehmen, weil Cousin Frederick sie in Richtung Schlafzimmer scheuchte. Auf dem

Weg dorthin kamen sie an einer offenen Badezimmertür vorbei. Hier mußte die Zugehfrau die Leiche gefunden haben. Sarah bemerkte einen flauschigen blauen Läufer, der ganz zusammengeschoben war, auf dem Boden. Niemand hatte sich die Mühe gemacht, ihn wieder ordentlich hinzulegen, nachdem man den Toten weggebracht hatte. Die Zugehfrau hatte den Raum wohl nicht mehr betreten wollen.

Aber jemand mußte Charlies Bett gemacht haben. Als Cousin Frederick dies sah, entschlüpfte ihm ein Wort, das er einst von den Jungen in seiner Schule gelernt haben mußte. Er kniete sich vor die Nachtkommode und zog das gesuchte Objekt hervor, hob den schweren Silberdeckel hoch und stieß ein Brummen aus, das gleichzeitig traurig und zufrieden klang.

»Hab ich es nicht gesagt? Schau dir das an, Sarah.«

»Muß das denn wirklich sein?«

»Stell dich nicht so an, ich brauche schließlich einen Zeugen.«

Seufzend tat Sarah ihm den Gefallen. »Ich sehe, was du meinst«, mußte sie zugeben. »Der arme Charlie hat offenbar eine unruhige Nacht verbracht. Es sei denn, er hat vergessen, das Ding gestern morgen zu entleeren.«

»Red keinen Unsinn. Charlie war doch kein verdammtes Schwein. Wenn er es selbst nicht gemacht hat, dann hat er bestimmt die Krankenschwester beauftragt, das Ding auszuspülen. Seit er diese höllischen Schmerzen im Fuß hat, ist sie jeden Morgen hergekommen und hat kontrolliert, ob er seine Medikamente auch genommen hat, ihm beim Rasieren geholfen und ihn gestützt, wenn er ins Bad gehen wollte. Das ist übrigens auch äußerst merkwürdig. Hast du das Badezimmer vorn im Flur gesehen?«

»Ja. Ich nehme an, das ist die Stelle, wo die Frau ihn gefunden hat.«

»Womit du vollkommen recht hast, aber es ist zufälligerweise nicht das Badezimmer, das Charlie sonst immer benutzt hat. In der hinteren Diele ist nämlich noch eins. Zuerst gab es da nur eine Toilette und ein Waschbecken, aber als es Charlie so schlecht ging, daß er nicht mal mehr in die Badewanne steigen konnte, ohne sich seinen kranken Zeh zu stoßen, hat er sich dort eine Dusche einbauen lassen. Das war ihm bedeutend lieber. Hat immer behauptet, es sei praktischer.«

»Aber das andere Bad ist doch viel näher.«

»Ist es nicht. Siehst du?«

Frederick öffnete eine Tür, die Sarah bisher für eine Schranktür gehalten hatte. Tatsächlich führte sie in eine recht geräumige Diele, von der aus man in die Küche und in einen weiteren Raum gelangen konnte. Unmittelbar neben der Schlafzimmertür befand sich ein kleines Badezimmer, das ursprünglich wohl für das Dienstmädchen, das früher zweifellos in diesen Haushalt gehört hatte, gedacht gewesen war.

»Das reicht«, sagte Sarah. »Wir müssen unbedingt die Polizei verständigen.«

Kapitel 8

Es ist doch schon viel zu spät!« protestierte Frederick.

»Wenn wir bis morgen früh warten, kommt vorher bestimmt jemand und räumt alles auf, und wenn der Nachttopf leer ist, haben wir kein Beweisstück mehr. Wer außer Charlie, dir und vielleicht noch der Krankenschwester hätte wissen können, daß Charlie ihn nachts benutzt hat?«

»Schwer zu sagen. Ich bezweifle sehr, daß er Emma eingeweiht hat. Eigentlich glaube ich, daß er es außer mir niemandem verraten hat, es sei denn, er hatte keine andere Wahl. Ich wüßte bis heute nichts davon, wenn ich nicht eines Tages zufällig hier gewesen wäre, als ihm der Fuß höllisch weh getan hat. Er verspürte ein menschliches Bedürfnis, ich habe ihm angeboten, ihm zu helfen zur Toilette zu gehen, aber er fühlte sich so elend, daß er es nicht mal versuchen wollte, und hat mich gebeten, ihm den Nachttopf zu geben. Charlie hat zwar versucht, seine Witzchen darüber zu machen, aber ich habe genau gemerkt, wie peinlich es ihm war. Man gibt eben nicht gern zu, daß man seine Körperfunktionen nicht mehr richtig unter Kontrolle hat.«

»Kann ich verstehen. Soll ich die Polizei anrufen, oder möchtest du es tun?«

»Junge Dame, noch ein bißchen mehr Übung, und du bist eine noch schlimmere Nervensäge als Cousine Mabel. Ich denke, das sollte ich übernehmen. Die kennen mich auf dem Revier. Natürlich nur rein privat, möchte ich hinzufügen.«

Es stand zwar ein Telefon direkt neben Charlies Bett, doch aus irgendeinem Grund weigerte sich Frederick, es zu benutzen. Er ließ Sarah zur Bewachung des Beweisstücks zurück und ging in einen anderen Raum im hinteren Teil der Wohnung, zweifellos Charlies »Höhle«, in dem sich ein Zweitanschluß befand.

Der Streifenwagen traf bereits nach weniger als fünf Minuten ein. Die Polizei von Pleasaunce war offenbar wirklich so tüchtig, wie Tante Emma immer behauptete. Und auf den Kopf gefallen wohl auch nicht, jedenfalls nicht der Polizist, der sich um ihren Fall kümmerte. Er hieß Detective Sergeant Formsby und verstand sofort, was Cousin Fredericks unschönes Indiz zu bedeuten hatte.

»Ich nehme an, Mr. Daventer hat wegen seiner Gicht Harnuntersuchungen vornehmen lassen. Ich werde den Inhalt überprüfen lassen, damit wir auch ganz sicher sein können, daß es von ihm stammt. Und dann müssen wir die Krankenschwester fragen, wann der Topf das letzte Mal geleert wurde. Aber wissen Sie was, Mr. Kelling? Ich bin mir fast sicher, daß Sie hundertprozentig recht haben, und es wundert mich kein bißchen. Ehrlich gesagt, waren einige von uns nicht allzu glücklich mit den Untersuchungsergebnissen, was den Unfall betraf. Mr. Daventer hatte eine recht tiefe Delle am Kopf, und im Badezimmer gibt es keine spitzen Kanten. Kommen Sie, ich zeige Ihnen, was ich meine.«

Gemeinsam begaben sie sich zu der Stelle, an der man den Toten gefunden hatte. Formsby schaltete das Deckenlicht an. Das Badezimmer war klein und recht einfach gehalten. Eine altmodische Eisenwanne mit hohen Seiten und abgerundeter Kante stand links neben der Tür. Dahinter befand sich ein etwas moderneres Porzellanwaschbecken, das aufgrund seiner geschwungenen Form recht zweckmäßig wirkte. Am anderen Ende des Raumes war diskret eine Toilette mit Spülkasten untergebracht. Es gab nicht einmal einen Hocker, über den man hätte stolpern können, und der blaue Abfallkorb war ein lächerlich instabiles Ding aus Plastik.

»Genau hier haben wir ihn gefunden.«

Formsby ließ sich der Anschaulichkeit halber auf den verrutschten blauen Badeläufer fallen, so daß sein Kopf in der Ecke zwischen dem Waschbecken und der Wanne lag.

»Jetzt verstehen Sie sicher, was ich eben gemeint habe, als ich von den harten Kanten gesprochen habe. Die Frau, die ihn gefunden hat, behauptet, daß er genauso wie ich jetzt hier gelegen habe, die zerknüllte Matte unter den Füßen. Es sah aus, als wäre er darauf ausgerutscht, als er sich umdrehte, um das Bad zu verlassen, wahrscheinlich nachdem er sich die Hände gewaschen hatte, und dann mit dem Kopf entweder auf das Waschbecken oder den Wannenrand aufgeschlagen. Die Matte hat zwar auf der Unterseite eine rutschfeste Gummibeschichtung, aber sie ist nicht besonders robust, wie diese waschbaren Badeteppiche nun mal sind, und wenn man zufällig dagegen tritt, wellt sie sich sofort. Gestolpert wäre wohl ein passenderes Wort als ausgerutscht, würde ich sagen, vorausgesetzt, er ist überhaupt gefallen.«

»Gab es denn keinerlei Spuren auf den Armaturen?« fragte Sarah. »Keine Anzeichen von Blut oder Haaren?«

»Absolut gar nichts. Aber die Haut ist ja durch die Verletzung nicht aufgeplatzt, und viele Haare hat er auch nicht mehr gehabt, daher kann man diesen Tatbestand wohl kaum als verdächtig bezeichnen. Sie wissen wahrscheinlich, daß Stürze im Badezimmer zu den häufigsten Haushaltsunfällen mit tödlichem Ausgang zählen. Mr. Daventer ganz allein in seiner Wohnung, nur mit einem Schlafanzug bekleidet. Als jungen Mann konnte man ihn auch nicht gerade bezeichnen, vielleicht war er auch nicht mehr besonders sicher auf den Beinen, immerhin hatte er ja Gicht, und da es absolut keine Verdachtsmomente gab, mußten wir davon ausgehen, daß es sich um Tod durch Unfall handelte. Wenn wir natürlich von diesem - eh - Gefäß gewußt hätten ...«

»Das konnten Sie ja nicht wissen«, sagte Frederick. »Sie brauchen sich wirklich keine Vorwürfe zu machen. Ich glaube nicht einmal, daß die Zugehfrau davon wußte. Und wenn, dann hat sie wahrscheinlich gedacht, es sei viel zu peinlich, um darüber zu reden. Sie muß allerdings gewußt haben, daß er sich auf dem Wege der Besserung befand, sonst wäre sie bestimmt stutzig geworden, daß er aufgestanden und ins Badezimmer gegangen ist. Aber sie hätte sich trotzdem darüber wundern können, daß er ausgerechnet dieses Bad und nicht das in der anderen Diele benutzt hat, was sehr viel einfacher gewesen wäre. Aber vielleicht auch nicht. Schließlich ist sie nicht seine Haushälterin, sie kam ja nur stundenweise und hat ein bißchen Ordnung gemacht.«

»Genau das hat sie auch gesagt«, bestätigte Formsby. »Sie schien nicht besonders viel über Mr. Daventer zu wissen, nur daß er recht unangenehm werden konnte, wenn sie nicht zu seiner Zufriedenheit staubgewischt hatte.«

»Da sehen Sie es!« sagte Frederick. »Klingt das etwa nach einem Mann, der einen vollen Pißpott herumstehen läßt?«

»Also wirklich, Frederick«, ermahnte Sarah ihn. »Du hast dich auch so schon deutlich genug ausgedrückt.«

Formsby lächelte. »Miss Kelling, wären Sie so nett, mir kurz zu erklären, was Sie mit der ganzen Geschichte zu tun haben? Waren Sie auch mit Mr. Daventer befreundet?«

»Ich habe inzwischen geheiratet und heiße jetzt Bittersohn«, korrigierte Sarah. »Mrs. Max Bittersohn. Nein, ich war nicht mit Mr. Daventer befreundet, aber ich habe ihn gestern noch gesehen. Ich wohne momentan bei meiner Tante, Mrs. Beddoes Kelling. Sie bereitet gerade die Aufführung einer Gilbert & Sullivan-Operette vor, und Mr. Daventer gehörte zu den Darstellern. Er war gestern noch bei uns, hat an der Probe teilgenommen und ist dann zum Abendessen geblieben. Er hat wirklich nicht viel getrunken, das kann ich bezeugen. Wahrscheinlich hätte er es ohnehin nicht getan, aber meine Tante hat aufgepaßt wie ein Schießhund, weil es schlecht für seine Gicht gewesen wäre, wissen Sie. Sie wollte, daß er für die Vorstellung gut in Form war. Ich bin sicher, daß sie ihn schon früh nach Hause geschickt hat, damit er sich ordentlich ausschlafen konnte. Aber ich kann Ihnen leider nicht sagen, wann genau er gegangen ist. Ich selbst bin gegen halb neun gegangen. Um Cousin Frederick zu besuchen, übrigens. Mr. Daventer war bereits fort, als ich zurückkam, und das war so gegen elf Uhr.«

»Welche Transportmöglichkeiten hatte Mr. Daventer? Ist er selbst gefahren?«

»Das kann ich Ihnen auch nicht sagen. Ich war im Sonnenzimmer beim Kulissenmalen, als er ankam. Ungefährt zur selben Zeit sind noch andere Leute im Haus meiner Tante eingetroffen, daher vermute ich, daß er von jemandem mitgenommen wurde. Ridpath Wale, der den Zauberer spielt, ist ebenfalls zum Abendessen geblieben. Wenn Charlie selbst keinen Wagen hatte, hat Ridpath ihn vermutlich nach Hause gefahren.«

»Ein Taxi hätte er demnach nicht genommen?«

»Nie im Leben. Wenn es wirklich hart auf hart gegangen wäre, hätte ihn Tante Emma entweder persönlich gefahren oder ihren Chauffeur mit ihm losgeschickt. Aber das kann ich alles morgen früh herausfinden, wenn Sie mögen.«

»Das würde mir wirklich sehr helfen. War dieser Mr. Wale, von dem Sie gerade gesprochen habe, denn mit Mr. Daventer befreundet?«

»Ich glaube schon. Ich weiß nicht, wieviel Sie über die Piraten von Pleasaunce wissen, aber die meisten von ihnen sind alte Freunde meiner Tante oder Kinder oder Neffen von Freunden und dergleichen. Frederick, du kannst Sergeant Formsby doch sicher besser darüber Auskunft geben als ich. Was er eigentlich wissen möchte, ist, ob Charlie irgendwelche Feinde hatte.«

»Abgesehen von Cousine Mabel, meinst du?«

Einen schlechteren Zeitpunkt hätte er sich für seinen Scherz gar nicht aussuchen können. Sergeant Formsby biß sofort an. »Wer ist diese Cousine Mabel? Doch nicht zufällig Miss Mabel Kelling vom East Pleasaunce Drive?«

»Genau die«, gab Sarah zu. »Sie kennen sie?«

Was für eine dumme Frage. Cousine Mabel rief die Polizei im Durchschnitt mindestens dreimal pro Woche an, um sich über irgend etwas zu beschweren.

»Sie hatte wirklich nichts gegen Mr. Daventer, Sergeant. Jedenfalls nicht mehr als gegen alle anderen Menschen auch. Mein Cousin hat nur einen Scherz gemacht. Nicht wahr, Frederick?«

»Sehr richtig, Sergeant Formsby. Ich habe mir nur einen Scherz erlaubt, genau wie man etwa über die Beulenpest oder die Überschwemmung von Johnstown scherzen würde. Wenn Mabel Kelling wirklich jemanden umbringen wollte, würde ihre Wahl bestimmt eher auf mich fallen als auf Charlie Daventer. Miss Kelling, die Gott sei Dank nur eine Cousine dritten Grades meines Vaters ist, und selbst das ist nur für meine Begriffe noch zu verwandt, hatte sogar eine gewisse Schwäche für Charlie.«

»Eine Schwäche?«

»Ein Gefühl, wie es wohl eine hungrige Tigerin beim Anblick einer besonders delikaten Gazelle verspürt«, fügte Frederick erklärend hinzu. »Keine sehr feine Bemerkung für einen Gentleman, Sergeant. Also lassen Sie es mich etwas gewählter ausdrücken: Mabel Kelling besitzt einen ausgeprägten Sammlertrieb. Das einzige, was sie sich bisher noch nicht hat zulegen können, ist ein Ehemann. Sie hat daher Charlie vor allem als Sammlerstück gesehen.«

»Verstehe. Gab es denn zwischen den beiden je eine – wie soll ich sagen ...«

Sergeant Formsby hatte eindeutig Schwierigkeiten, das Ding beim Namen zu nennen. Sarah mußte ihrer Niedergeschlagenheit und ihrer verständlichen Erschöpfung zum Trotz lachen.

»Sergeant Formsby, Sie denken doch hoffentlich nicht an ein Verbrechen aus Leidenschaft? Können Sie sich etwa vorstellen, wie Charles Daventer Mabel Kelling mitten in der Nacht im Schlafanzug empfängt? Absolut undenkbar, das kann ich Ihnen versichern.

Unsere Cousine hat in ihrem ganzen Leben noch nie etwas verschenkt. Und ihre Unschuld hätte sie ganz sicher auch nur zum vollen Preis verkauft, vorausgesetzt natürlich, sie hätte einen ernsthaften Interessenten dafür gefunden. Und dazu wäre Charlie bestimmt nicht bereit gewesen, denn er war schließlich in meine Tante Emma verliebt.«

Der Polizist konnte sich ein Lächeln nicht verkneifen. »Wer wäre das nicht hier in der Gegend. Ihre Tante und Mr. Daventer wollten doch wohl nicht etwa heiraten?«

»O nein, so weit ging die Liebe nun doch nicht. Die Beziehung war rein platonisch und bestand schon seit Jahren. Meine Tante hat Charlie als Freund geschätzt, aber aus Männern hat sie sich mit Ausnahme von Onkel Beddoes nie etwas gemacht. Und was Charlie angeht, so glaube ich, daß ihm diese unerwiderte Liebe sehr gelegen kam, wenn ich ehrlich sein soll.«

»Ja, ich kann mir vorstellen, daß so etwas auch seine Vorteile haben kann. Dann geht Mr. Daventers Tod Mrs. Kelling wohl sehr nahe?«

»Ganz sicher, aber sie zeigt ihre Gefühle nicht. Die Aufführung wird trotzdem wie geplant stattfinden, falls es das ist, was Sie meinen.«

»Na ja, in gewissem Sinne schon. Meine Frau und ich haben die Karten schon eine ganze Weile. Wir freuen uns immer sehr darauf. Haben Sie denn schon jemanden finden können, der Mr. Daventers Rolle übernimmt?«

»Dafür hat man leider mich auserkoren«, teilte ihm Frederick mit. »Er spielte den alten Brummbären, und momentan bin ich der einzige alte Brummbär, der verfügbar ist, also hat Emma mich zwangsverpflichtet.«

»Wie kommt es denn, daß Sie verfügbar waren? Heißt das, Sie haben sich zufällig gerade dort aufgehalten?«

Sarah und Frederick vermieden es, sich anzusehen. Sie hatten noch keinen triftigen Grund zu der Annahme, daß Charlies Tod etwas mit Ernestinas Verschwinden zu tun hatte. Tante Emma wünschte ausdrücklich, daß die Polizei vor der Aufführung nicht über den Diebstahl ihres Romneys informiert wurde. Und es war schließlich ihre Aufführung. Und ihr Romney. Frederick beschloß, die Wahrheit zu sagen, allerdings nicht die ganze.

»Sarah hat die Kulissen gemalt. Sie hat mich angerufen und gebeten, ihr bei einer dringenden Arbeit behilflich zu sein. Wir haben die ganze Zeit hinten im Haus gearbeitet und daher erst als letzte von Charlies Tod erfahren, aber das tut wahrscheinlich gar nichts zur Sache. Wie dem auch sei, Emma hätte natürlich durchaus jemanden aus dem Chor zwingen können, die Rolle zu übernehmen, aber dann hätte uns bei den Sängern ein Mann gefehlt, und deshalb ist ihre Wahl schließlich auf mich gefallen. Meine Rolle ist sowieso die kleinste von allen.«

»Verstehe. Sind Sie früher schon mal mit den Piraten von Pleasaunce aufgetreten?«

»Nein, und ich bin auch ziemlich sicher, daß dies nie wieder geschehen wird.«

»Und Mr. Daventer? Gehörte er zur Stammbesetzung?«

»Das will ich meinen. Er wäre sogar mit bloßen Füßen durch die Hölle marschiert, wenn Emma ihn darum gebeten hätte.«

»Er hat gelegentlich kleinere Nebenrollen übernommen«, erklärte Sarah.

»War er bei den anderen Darstellern beliebt? Wissen Sie zufällig, ob man ihm übelgenommen hat, daß er eine Rolle bekommen hat, um die sich vielleicht ein anderer bemüht hat, oder etwas in der Art?«

»Sergeant Formsby, es handelt sich nicht um eine große Oper. Wenn sich ein anderer gefunden hätte, der Lust gehabt hätte, alt und häßlich auszusehen und ab und zu eine Zeile Text zu sprechen, hätten sicher weder meine Tante noch Charlie etwas dagegen einzuwenden gehabt. Was etwaige Streitereien angeht, so hatte dazu eigentlich keiner genug Zeit, gesetzt den Fall, daß meine Tante so etwas überhaupt hätte durchgehen lassen. Nach den ersten Proben hat Charlie die ganze Zeit wegen seiner Gicht das Bett hüten müssen, so daß alle erleichtert waren, als er sich gestern endlich wieder gut genug fühlte, um mitzumachen. Ich kann mir nicht vorstellen, daß jemand auch nur im Traum daran gedacht hat, ihn umzubringen, ich würde eher sagen, alle haben gebetet, daß er bis zum Ende der Vorstellung durchhält.«

»Aber beschwören können Sie das nicht.«

»Nein, natürlich nicht«, mußte Sarah wohl oder übel zugeben. »Ich bin selbst erst seit Montag hier und habe mich die ganze Zeit um die Kulissen gekümmert, da ist mir nicht viel Zeit geblieben, mich mit den Darstellern zu beschäftigen. Im Laufe der vergangenen Jahre habe ich einige von ihnen flüchtig kennengelernt, aber es gibt andere, vor allem von den Jüngeren, die ich überhaupt nicht kenne. Ich kann Ihnen lediglich meine ganz persönlichen Eindrücke schildern.«

»Also, ich habe Charlie Daventer mein ganzes Leben lang gekannt, und ich bin mir ziemlich sicher, daß ich wüßte, wenn er einen persönlichen Feind gehabt hätte«, bemerkte Frederick. »Charlie und ich hingen zwar nicht gerade wie die Kletten aneinander, aber phasenweise haben wir uns recht häufig getroffen, vor allem, seit es ihm gesundheitlich nicht mehr gut ging. Ich habe ihn besucht, um ihm die Zeitung zu bringen, habe die Post für ihn aus dem Briefkasten geholt oder einfach nur mit ihm zusammengesessen und geplaudert, wie es alte Leute nur zu gern tun.«

»Wie sind Sie denn heute abend hier in die Wohnung gekommen, Mr. Kelling?«

»Charlie hatte mir einen Zweitschlüssel gegeben, damit ich kommen und gehen konnte, ohne daß er jedesmal aus dem Bett steigen und zur Tür kommen mußte.«

»Tatsächlich? Wissen Sie zufällig, ob er auch anderen Freunden einen Schlüssel gegeben hat?«

»Emma Kelling hat einen. Jack Tippleton ebenfalls, und ich glaube, Ridpath Wale hat auch einen.«

»Und was ist mit Sebastian Frostedd?« erkundigte sich Sarah.

Frederick Kelling richtete sich zu seiner vollen Größe von ein Meter fünfundsechzig auf und blickte sie tadelnd an. »Ich bin mir absolut sicher, daß Sebastian Frostedd keinen Schlüssel hat.«

»Gehören die Männer, die Sie gerade genannt haben, alle zum Ensemble?« frage Formsby.

»Allerdings. Sie sind außerdem alle alte Freunde. Soweit ich weiß, sind sie und Emma die einzigen Personen außer mir, denen Charlie einen Schlüssel gegeben hat. Vielleicht hat die Putzfrau auch einen. Aber das wissen Sie sicher besser als ich, da Sie sich bereits mit ihr unterhalten haben. Die einzige andere Person, die eventuell noch in Frage käme, ist die Krankenschwester, die jeden Tag nach ihm gesehen hat. Wie sie heißt, weiß ich nicht, ich habe sie nie kennengelernt. Ich habe immer versucht, meine Besuche so zu legen, daß Charlie allein war, wenn ich kam. Möglicherweise ist ja auch jeden Tag eine andere Schwester hier gewesen. Ich habe keine Ahnung, wie so etwas normalerweise abläuft.«

»Das kann ich über den Häuslichen Pflegedienst erfahren.«

Sergeant Formsby machte sich eine Notiz. Auch er hatte ein blaues Spiralheft, wie Sarah feststellte. Genau wie Tante Emma.

Sie fragte sich, ob er wohl seine vollgeschriebenen Notizbücher in der Zedernholztruhe seiner Gattin aufbewahrte.

Er wollte gerade anfangen, auf dem blaulinierten Papier zu schreiben, als ihm plötzlich etwas einfiel. »Miss Mabel Kelling hat demnach keinen Schlüssel?«

»Gütiger Herrgott, natürlich nicht! Es sei denn, sie hat jemanden gezwungen, ihr einen auszuhändigen«, ergänzte Frederick. »Was ihr übrigens durchaus zuzutrauen wäre. Komm mit, Sarah, wir gehen der Sache auf der Stelle nach.«

»Cousin Frederick, wir werden auf gar keinen Fall um diese Zeit noch bei Cousine Mabel hereinplatzen. Ich bin todmüde, außerdem muß ich dich noch nach Hause bringen und selbst zurück sein, bevor Tante Emma wach wird und einen Anfall bekommt, wenn das nicht schon längst passiert ist. Gute Nacht, Sergeant Formsby. Sollten Sie noch Fragen haben, wissen Sie ja, wo Sie uns finden.«

»Vielen Dank, Mrs. Bittersohn. Oh, übrigens, Ihr Mann ist nicht zufällig der berühmte Max Bittersohn, der damals den Wilkins-Fall aufgeklärt hat?«

»Doch, ist er. Kennen Sie ihn?«

Formsby taute schlagartig auf, wie es die Leute immer taten, wenn sie herausfanden, daß sie mit Max verheiratet war. »Ich habe ihn mal getroffen. Er ist wohl nicht etwa zufällig mit Ihnen hier in Pleasaunce?«

»Ich wünschte, er wäre es. Aber er kommt vielleicht bald nach. In der Zwischenzeit werden Sie wohl mit meinem Cousin und mir vorliebnehmen müssen.«

»Also, bis jetzt haben Sie Ihre Sache wirklich gut gemacht. Schon mal mit Ihrem Mann an einem Fall gearbeitet, Mrs. Bittersohn?«

»Was meinen Sie wohl, wie ich ihn kennengelernt habe? Wir arbeiten sogar ziemlich oft zusammen. Ich kann ganz gut kombinieren. Aber meinen Sie nicht auch, daß Frederick und ich es in diesem speziellen Fall wahrscheinlich leichter haben, Nachforschungen anzustellen, als Sie? Wir können uns beispielsweise schon mit Mr. Daventers Freunden und Bekannten unterhalten, während Sie sich um die Krankenschwester, die Putzfrau und die Nachbarn kümmern. Es würde mich wirklich sehr wundern, wenn es ein Außenstehender getan hätte.«

»Wie kommen Sie darauf?«

»Es sind doch meistens die Menschen, die einem lieb und teuer sind, die einen umbringen, nicht? Haben Sie übrigens schon Mr. Daventers eigene Schlüssel gefunden?«

»Die Zugehfrau hat sie zusammen mit seinen persönlichen Sachen auf dem Toilettentisch gefunden. Aber mit so vielen Schlüsseln überall wäre es ein Leichtes, sich einen davon zu beschaffen und lange genug zu behalten, um sich noch einen anfertigen zu lassen.«

»Falls das überhaupt nötig war«, meinte Sarah. »Niemand würde ein so großes Risiko eingehen, wenn er nicht wirklich einen triftigen Grund gehabt hätte, Charlie aus dem Weg zu schaffen. Oder vollkommen meschugge war. Aber selbst dann hätte er mit Charlie in irgendeiner Verbindung stehen müssen, glauben Sie nicht? Man geht schließlich nicht einfach herum und klaut Schlüssel für den Fall, daß man die dazu passenden Türen schon noch finden wird, oder?«

»Wer weiß? In Ordnung, Mrs. Bittersohn. Sehen Sie zu, was Sie und Mr. Kelling herausfinden können, und dann werden wir weitersehen.«

»Dann müssen Sie uns aber auch einen Gefallen tun, Sergeant Formsby.«

»Und der wäre?«

»Keine Mitteilungen an die Presse, bis die Aufführung vorbei ist. Nur so können Frederick und ich die Darsteller in die Mangel nehmen. Denn wenn erst einmal bekannt wird, daß Charlie Daventer möglicherweise ermordet worden ist, werden die Leute sehr schnell darauf kommen, daß sie alle potentielle Verdächtige sind und sofort die Luken dichtmachen, und dann bekommen wir kein Sterbenswörtchen mehr aus ihnen heraus.«

»Sie glauben also nicht, daß sie bereit sein werden, wie anständige Bürger mit der Polizei zusammenzuarbeiten?«

Frederick Kelling stieß einen seiner berühmten Schnauber aus. »Wenn Sie das wirklich glauben, Sergeant Formsby, sind Sie für Ihren Beruf viel zu naiv. Erst einmal kennen sich die meisten aus dem Haufen schon seit einer Ewigkeit, wie Sarah eben bereits angedeutet hat. Zudem ist die Hälfte von ihnen irgendwie miteinander verwandt. Schon aus Prinzip würden sie zusammenhalten.«

»Ist das wirklich der einzige Grund, Mr. Kelling? Machen Sie sich nicht doch vielleicht Sorgen, daß die schlechte Publicity dem Stück schaden könnte?«

»Das spielt sicher auch eine Rolle«, gab Sarah zu. »In Ordnung, Sergeant, dann werden wir Ihnen wohl reinen Wein einschenken müssen.«

»Sarah«, protestierte Frederick. »Du hast mir doch selbst erzählt, daß Emma nicht will, daß es jemand erfährt.«

»Vor der Polizei sollte man nichts verbergen, Frederick«, erwiderte Sarah sittsam, obwohl sie genau dies gerade vorhatte. »Um ganz ehrlich zu sein, Sergeant Formsby, es wird Emma Kellings letzter Auftritt sein. Sie ist der Auffassung, daß sie endgültig zu alt dafür ist, und möchte unbedingt noch eine rauschende Abschiedsvorstellung geben, bevor das Publikum etwas merkt. Aber das ist streng vertraulich, und wenn Sie auch nur einer Menschenseele etwas davon verraten, fahre ich auf der Stelle zurück nach Boston und lasse Sie in Ihrem eigenen Saft schmoren. Und Cousin Frederick werde ich mitnehmen.«

Sergeant Formsby lächelte. »Okay, Mrs. Bittersohn. Ihre Tante hat schon soviel für unsere Stadt getan, daß sie sich ein wenig Rücksicht redlich verdient hat. Aber Sie werden vermutlich verstehen, daß ich die Ermittlungen nicht ewig hinauszögern kann.«

»Das sollen Sie auch gar nicht. Wir haben ja bereits gesagt, daß wir alles tun werden, was in unserer Macht steht, um Sie zu unterstützen. Wir werden sogar Cousine Mabel für Sie in Angriff nehmen«, fügte sie wagemutig hinzu.

»Jetzt mach aber mal halblang!« japste Frederick.

»Nein, das werde ich nicht. Du hast es eben selbst angeboten, Frederick, also glaub ja nicht, daß du dich jetzt einfach aus der Sache herauswinden kannst, nachdem du mich mit hineingezogen hast. Außerdem bin ich schon die ganze Woche hier und habe sie noch kein einziges Mal angerufen, also kann ich genausogut zu ihr gehen und versuchen, das Beste aus meinem Besuch zu machen, falls man das bei Cousine Mabel überhaupt sagen kann. Du mußt mitkommen und mir dabei helfen, sie zu unterbrechen. Du weißt ja, allein kommt man unmöglich gegen den Wortschwall an, den sie immer losläßt, wenn sie einmal in Fahrt gerät.«

»Zum Henker auch! Warum ist mir bloß dieser verdammte Nachttopf eingefallen? In Ordnung, Sarah, du sollst deinen Willen haben, aber es falle auf dein Haupt.«

Unter wütendem Grummeln folgte Frederick Sarah nach draußen zum Wagen. Sie setzte ihn an seiner bescheidenen Behausung ab, blieb mit angeschalteten Scheinwerfern so lange im Auto sitzen, bis sie ihn sicher im Haus wußte, und fuhr dann zurück zu Tante Emma.

Sie hatte schon eine passende Ausrede parat, etwa: »Tut mir leid, daß ich so spät komme, ich war bei Frederick, und wir haben uns festgeredet«, doch sie brauchte gar nicht darauf zurückzugreifen. Ob mit oder ohne Unterstützung von Schlummer-gut schienen bereits alle friedlich zu schlafen.

Eine heiße Dusche wäre zwar nach einem so langen, erschöpfenden Tag genau das Richtige gewesen, aber Sarah wollte ihre Tante auf keinen Fall aufwecken. Sie wusch sich, so leise es ging, hievte ihre müden Knochen aufs Bett und begann, Schäfchen zu zählen. Doch obwohl sie todmüde war, mußte sie erst zweitausend widerspenstige Wollknäuel über den Weidezaun springen lassen, bevor sich ihre Nerven beruhigten und sie endlich einschlafen konnte.

Kapitel 9

Wenn sie die Wahl gehabt hätte, wäre Sarah am liebsten den halben Morgen im Bett geblieben, doch dieses Glück war ihr leider nicht vergönnt. Während Emma Kelling aus ihrem Schlafzimmer rauschte, ließ sie ihre immer noch kraftvolle Altstimme wie einen Schlachtruf gegen alle Widrigkeiten des Lebens erschallen.

»›Vor Leidenschaft bin ich von Sinnen! Der Liebe kann ich nicht entrinnen! Kann immer nur mein Leid euch klagen, den Mann mir aus dem Kopf nicht schlagen!‹ Guten Morgen, Heatherstone. Liegt meine faule Nichte etwa immer noch in den Federn? Dann muß ich mich gleich mal um sie kümmern!«

Aus reiner Notwehr rief Sarah: »Ich bin schon auf!« Was blieb ihr auch anderes übrig? Am Ende würde Tante Emma ihr sonst noch mit Onkel Beds Tuba ein Ständchen bringen.

So konnte sie sich wenigstens duschen oder, besser noch, in einer Wanne mit heißem Wasser aalen, in aller Ruhe die verbliebene Müdigkeit vertreiben und sich sogar als besondere Belohnung die Haare waschen. Als sie lange genug herumgetrödelt hatte, trocknete sie ihr hellbraunes Haar mit dem Föhn ihrer Tante, zog sich einen Jeansrock und einen blauen Pullover an und begab sich nach unten.

»Ich dachte, wenn ich schon die Gelegenheit habe, kann ich mir auch gleich die Haare waschen.« Sie gab ihrer Tante, die gerade ein warmes Brötchen mit Quittengelee bestrich, einen Kuß und setzte sich. »Rührei und Brötchen, bitte, Heatherstone. Was steht denn heute auf dem Programm, Tante Emma?«

»Zuerst müssen wir dafür sorgen, daß die Körbe und Kostüme ins Theater gebracht werden. Dazu müssen wir wohl mehrere Male fahren, nehme ich an. Oh, und die Darsteller müssen geschminkt werden. Das kannst du übernehmen.«

»Ich? Tante Emma, das kann ich doch gar nicht. Ich habe nicht den leisesten Schimmer, wie man so was macht.«

»Unsinn. Wenn du Kulissen malen kannst, bist du auch in der Lage, Gesichter anzumalen. Denk nur, wieviel kleiner die Fläche ist. Außerdem werden einige von uns sich bestimmt selbst schminken wollen. Ich, beispielsweise. Du kümmerst dich vor allem um die Chormitglieder. Mit denen brauchst du dir nicht allzu viel Mühe geben, die hüpfen eh die ganze Zeit mit offenem Mund herum, so daß das Publikum sie sowieso nie richtig sieht.«

Sarah gab klein bei und verspeiste ihre Grapefruit. Es hatte keinen Zweck, mit Tante Emma zu streiten, wenn sie einmal einen Befehl erteilt hatte. Na ja, Sarah hatte schließlich auch nie zuvor Kulissen gemalt, und sie waren trotzdem ganz gut geworden.

»Weißt du schon, wie wir das ganze Zeug transportieren sollen, Tante Emma?« fragte sie und dachte dabei an die teuren Polster in ihrem und Max' Wagen. »Du willst dir doch sicher damit nicht den Buick ruinieren.«

»Gott behüte! Heatherstone würde auf der Stelle kündigen. Noch etwas Kaffee?« Ohne ihre Antwort abzuwarten, nahm Tante Emma ihre heißgeliebte, mit Blümchengirlanden verzierte Kanne, ohne die ein Frühstück für sie einfach undenkbar war, und füllte Sarahs Tasse nach. »Guy Mannering hat versprochen, uns einen Kombi zu besorgen. Er scheint Zugang zu einer Unmenge von Fahrzeugen zu haben.«

»Ich hoffe nur, er klaut sie nicht jedesmal«, bemerkte Sarah, während sie frisch gemahlenen Pfeffer über ihr Rührei streute. »Wann wollte er denn hier sein?«

»Er müßte eigentlich jeden Moment kommen.«

Emma ließ sich über ihr gemeinsames oder vielmehr ihr ureigenes Tagesprogramm aus, während Sarah weiter frühstückte. Man unterhielt sich gerade lang und breit über das Bügeln der Kostüme, als es an der Haustür klingelte.

»Das wird Guy sein«, sagte Emma. »Fragen Sie ihn, ob er Lust hat, mit uns Kaffee zu trinken, Heatherstone.«

Doch es war nicht Guy. Heatherstone kam mit einer langen weißen Blumenschachtel zurück.

»Für Sie, Mrs. Kelling.«

»Fabelhaft. Ich liebe es, wenn mir jemand Blumen schickt. Oh, Sarah, meinst du, sie könnten von Charlie sein? Er hat mir immer welche geschicht, weißt du. Vielleicht hat er sie noch bestellt, bevor er ...«

Emmas Stimme klang verdächtig belegt, und sie beschäftigte sich eingehend mit dem Öffnen der Schachtel. Es stellte sich heraus, daß es leuchtend rote und orangefarbene Gladiolen waren. Emma sah erleichtert aus.

»Von Charlie sind die ganz sicher nicht. Er hat mir immer nur Rosen geschickt. Rosa Rosen, weißt du. Rot wäre unpassend für eine verheiratete Frau gewesen. Aber von wem können die Gladiolen sein?«

Sie zog das Kärtchen aus dem Umschlag, warf einen Blick darauf und ließ es auf die Blumen fallen. »Heatherstone, nehmen Sie auf der Stelle diese Dinger hier, und schmeißen Sie sie auf den Komposthaufen.«

»Tante Emma, was ist denn los?« rief Sarah. »Du bist ja weiß wie ein Laken!«

Mrs. Kelling nahm das Kärtchen und reichte es Sarah. Wieder diese laienhafte Kalligraphieschrift. Es war eine äußerst kurze Nachricht. »Haben Sie das Geld?« stand darauf.

»Von welchem Geld sprechen die?« wollte Emma wissen.

Jetzt mußte Sarah mit der Sprache herausrücken. »Fünftausend Dollar. Ich habe gestern nachmittag eine Nachricht auf dem Fliegenfenster in der Bibliothek gefunden. Du warst gerade mitten in den Proben, und ich wollte dich nicht aufregen.«

Die Lippen ihrer Tante wurden schmal. »Sarah Kelling, wenn es etwas auf der Welt gibt, das ich hasse wie die Pest, dann ist es, wenn jemand versucht, Rücksicht auf meine Gefühle zu nehmen. Wo ist diese Nachricht jetzt?«

»Man hat sie mir wieder abgenommen.«

Sarah blieb nichts anderes übrig, als ihrer Tante auch noch das klägliche kleine Abenteuer im Geräteschuppen zu beichten. Emma trug es, wie sie eigentlich hätte wissen müssen, mit Fassung.

»Du scheinst dich ja ganz gut geschlagen zu haben. Stell dir nur vor, ich wäre an deiner Stelle gewesen! Ich hätte bestimmt nie im Leben durch eines dieser albernen Fenster gepaßt und wäre am Ende auf halbem Wege steckengeblieben und hätte wie am Spieß geschrien. Wie unsagbar lächerlich das wohl ausgesehen hätte! Übrigens, wenn ich es mir recht überlege, Heatherstone, sollten wir diese Gladiolen vielleicht doch nicht verkommen lassen. Wir könnten sie für die Körbe im Foyer brauchen, in die die Besucher immer ihr Bonbonpapier und ihre Zigarettenstummel werfen.«

Sie betupfte sich die Lippen mit ihrer Serviette und legte sie neben ihren leeren Teller. »Ich hoffe, daß wir die Narzissen nicht einen Tag zu früh geschnitten haben, so daß sie schon morgen den Kopf hängen lassen. Aber die Senioren und die Kinder von Freds Schule kommen zur Generalprobe, und ich sehe überhaupt nicht ein, warum sie nicht auch ihre Freude an den Blumen haben sollten. Heatherstone, vergessen Sie bitte nicht, einen der großen Zinnkrüge mitzunehmen. Wir brauchen ihn zum Wässern des Steckschaums. Wenn du ganz sicher bist, daß du kein Brötchen mehr möchtest, Sarah, könntest du eigentlich damit anfangen, die Geisterlaken aus deinem Schlafzimmer herunterzuholen.«

Als Sarah schließlich mit der ersten gespenstischen Ladung wieder unten erschien, war Guy Mannering endlich mit dem Kombi eingetroffen, der, wie er sagte, seinem Vater, dem Englischhorn, gehörte. Sarah achtete genau auf seinen Gesichtsausdruck, als sie ihm den Eimer mit den Gladiolen reichte, der zusammen mit den Körben im hinteren Teil des Wagens verstaut werden sollte. Aber Guy schien nur höchst zufrieden, daß er sich nützlich machen konnte. Falls sich je die Gelegenheit ergeben sollte, würde sie ihn beiseite nehmen und darüber aushorchen, was er vorletzte Nacht getan hatte und mit wem er zusammengewesen war. Doch zuerst mußte sie sich nach Emmas kleinem blauem Notizbuch richten und ihren eigenen Wagen mit so vielen Kostümen beladen, wie sie darin verstauen konnte, ohne sie zu zerdrücken, und hinter Guy her zum Theater fahren. Danach sollte sie wieder zurückkehren, um noch mehr Kostüme zu holen.

Sie fuhr also eine ganze Weile, hin und zurück, und kam sich dabei vor wie die Taube von Noahs Arche, wobei sie manchmal Guy überholte und sie einander zuhupten. Nicht gerade die beste Methode, jemandem Informationen zu entlocken. Im weiteren Verlauf des Morgens vergaß Sarah sogar, was sie ihn überhaupt hatte fragen wollen. Als endlich die letzte Fuhre im Theater angekommen war, hatten sich erstaunlich viele Helfer eingefunden. Sarah konnte nicht sagen, ob so viele Hände die Arbeit erleichterten oder das Chaos nur noch verschlimmerten, doch Tante Emma sah so zufrieden aus, daß wohl alles nach Wunsch lief.

Und tatsächlich klappte alles wie am Schnürchen. Die Programme wurden gebracht und ausgepackt, die Kostüme aufgeschüttelt und in den Garderoben aufgehängt. Lady Sangazures Turnüre wurde in einer Ecke in Sicherheit gebracht, damit auch niemand darüber stolpern und sie zusammendrücken konnte, denn ein schiefes Gesäßpolster war das letzte, was Emma Kelling eingeplant hatte.

Der Schminktisch mit allen dazugehörigen Tuben, Tiegeln, Pinseln und Fettstiften, einem wahren Schneegestöber aus Wattebäuschen sowie einem Papierkorb, in den man sie werfen konnte, nachdem sie ihre diversen Bestimmungen erfüllt hatten, wurde hinter der Bühne aufgestellt. Auf die Idee mit dem Papierkorb war Sarah gekommen, und sie wurde für ihr organisatorisches Geschick sehr gelobt. Sie vergaß ihr Lampenfieber, was das Schminken betraf, und ertappte sich sogar dabei, daß sie die zahlreichen Utensilien in einem Zustand erwartungsvoller Vorfreude vor sich aufbaute. Sie war mit Sir Marmadukes Landhaus fertiggeworden, da würde sie sich auch von Cousin Fredericks Gesicht nicht unterkriegen lassen. Zu ändern brauchte sie sowieso nicht viel daran, nur sein natürliches Aussehen für die Rolle betonen.

Herrje, warum mußte ihr ausgerechnet Cousin Frederick einfallen? Jetzt erinnerte sie sich auch wieder, daß sie eigentlich geplant hatte, Guy Mannering beiseite zu nehmen und auszufragen. Das konnte sie sich getrost abschminken. Guy steckte bis über beide Ohren und noch höher in den Kulissen, und Tante Emma stand neben ihr und drängte, daß es höchste Zeit sei, endlich die Blumen in die Körbe zu stecken.

Womit sie vollkommen recht hatte. Die Zeit war wie im Fluge vergangen, und der halbe Nachmittag war schon vorbei. Nach einem angestrengt höflichen Wortwechsel darüber, ob man nun zuerst die Körbe dekorieren und sie dann an ihren Bestimmungsort schleifen oder sie zuerst schleifen und dann dekorieren sollte, machten sich Sarah und einige andere Helfer einträchtig daran, nasse Stiele aus kalten Eimern zu ziehen und zwischen die stachelige Blätterpracht, über die sie sich gestern so geärgert hatten, zu stecken.

Die bunten Blumen, selbst die Gladiolen des Erpressers, machten tatsächlich erstaunlich viel her. Als die Eimer schließlich leer und die letzten Blumenreste weggeräumt waren, sah der Zuschauerraum genauso festlich aus wie die Bühne. Alles war vorbereitet für die Verlobung der Verliebten, für die fröhliche Menge, des Festes Gedränge und des Zauberers machtvollen Trank.

Kapitel 10

Vielen Dank, alle miteinander. Im Moment wär das alles.« Emma Kelling griff nach ihrer Handtasche und begann, die Lampen auszuschalten. »Du kommst mit mir, Sarah. Wir haben gerade genug Zeit, um ein Häppchen zu essen und ein kleines Nickerchen zu machen. Also dann, wir treffen uns alle um Punkt sieben wieder, Leute.«

Sarah wollte sich ihrer Tante gerade anschließen, als Guy Mannering sich neben sie stellte. »Sarah, die Jungs und ich wollen zusammen einen Hamburger essen gehen. Wir hatten gehofft, Sie würden vielleicht mitkommen.«

Eigentlich hätte Sarah viel lieber ein ruhiges Stündchen in ihrem inzwischen von Grabtüchern befreiten Schlafzimmer verbracht, doch Max hätte diese Gelegenheit todsicher beim Schopf gepackt und Guy Mannering unter die Lupe genommen. Also lächelte sie, obwohl sie eigentlich lieber geseufzt hätte.

»Würde es dir etwas ausmachen, Tante Emma? Ich kann dich natürlich auch zuerst nach Hause fahren.«

»Nein, geh du nur ruhig mit den jungen Leuten und amüsier dich ein bißchen. Ich werde Jack und Martha bitten, mich mitzunehmen.« Emma berührte Sarahs Wange mit der ihren, die sich weich wie Babyhaut anfühlte, und entschwand, wie immer umhüllt von einer Wolke aus Veilchenduft.

Sarah wandte sich an Guy. »Ich bin gleich fertig. Ich brauche nur noch ein paar Sekunden, um mir die Hände zu waschen.«

Sarah erbot sich nicht zu fahren, erstens, weil sie Guys Ego nicht lädieren wollte, und zweitens, weil sie den Gedanken an all die farbverschmierten Hosen auf ihren schönen Polstern nicht besonders verlockend fand. Doch sie besann sich fast eines Besseren, als sie feststellte, daß der Kombi des Englischhorns inzwischen auf mysteriöse Weise gegen den Lastwagen der Pikkoloflöte ausgetauscht worden war.

Aber schließlich klappte doch noch alles recht gut. Skip, der kleinste und magerste, kletterte auf die schmale Ablage hinter dem Fahrersitz und rollte sich zusammen wie eine Raupe in ihrem Kokon. Sarah quetschte sich zwischen Guy und Chill, der wie ein Football-Stürmer gebaut war, ihr jedoch gestand, daß sein Lieblingsspiel Schach sei, unter die Gangschaltung.

Damals, als sie noch sechzehn gewesen war, hätte ihr so ein Ausflug bestimmt einen Heidenspaß gemacht, dachte Sarah, als sie über die gut ausgebaute Fahrbahn holperten. Wie würde es sich wohl erst auf einer unebenen Straße anfühlen?

»Wie kommt es, daß Ihr Freund, der Pikkolospieler, einen Lastwagen besitzt?« fragte sie, sorgsam darauf bedacht, sich nicht auf die Zunge zu beißen.

»Er gehört eigentlich seinem Bruder«, erklärte Guy. »Der hat nämlich seinen eigenen Rasenservice. Sie wissen schon, Rasenmähen und so was. Aber das macht er bloß im Sommer.«

»Wann sollte man wohl auch sonst einen Rasen mähen?« höhnte Skip von seinem Notsitz.

»Du brauchst dich gar nicht so aufzuspielen, bloß weil du am Amherst College studierst«, wies ihn Chill zurecht.

Es war zwar nur albernes Geplänkel, aber Sarah amüsierte sich königlich. Sie stachelte ihre Begleiter mit gezielten Fragen und Bemerkungen noch mehr an, sobald die Konversation abzuflauen begann, und suchte dabei nach einer Möglichkeit, wie man das Gespräch wohl am besten unauffällig auf den Diebstahl von Gemälden bringen konnte, ohne sie abzuschrecken, falls sie tatsächlich die Schuldigen waren, oder zuviel zu verraten, falls sie unschuldig sein sollten.

Die Fahrt dauerte länger, als ihr lieb war. Schließlich hatte die Qual ein Ende, und sie erreichten ihr Ziel, eines der Fast-food-Restaurants, die bei jungen Leuten und anspruchslosen Essern so beliebt sind, und konnten ihr unbequemes Gefährt endlich verlassen. Die *Specialité de la maison* schienen doppelte Megaburger und ultradicke Milkshakes zu sein. Sarah bat leise um einen Cheeseburger und eine Tasse schwarzen Kaffee.

Der Geräuschpegel war nahezu unerträglich, und die Gerichte konnte man nur mit viel Wohlwollen als gerade noch eßbar bezeichnen. Trotzdem hatten sie ihren Spaß. Unter Gleichaltrigen vergaß

Guy, daß er eigentlich ein anspruchsvoller Ästhet war, der gelangweilt an Emma Kellings Kresse-Sandwiches knabberte, während er über Vasari und Vivaldi sprach, ohne genau deutlich zu machen, wen er gerade meinte. Es stellte sich heraus, daß er einen ausgesprochenen Sinn für Humor besaß und eine ungeheure Menge Fast food verdrücken konnte. Sarah beobachtete fasziniert, wie er seinen Megaburger mit Pommes frites, eine Beilage aus Zwiebelringen und zwei große Shakes verputzte und sich danach noch etwas bestellte, das Whooperdooper hieß.

Er bekam drei Riesenkugeln Eis in verschiedenen Farben, mit Butterscotch-, Erdbeer- und Schokoladensauce, gekrönt von einer großen Portion Schlagsahne mit Kirschen und einem zerbröselten Erdnußriegel. Skip hatte einen Whizzerdizzer bestellt, den Sarah sich in weiser Voraussicht nicht allzu genau ansah, und Chill einen Bananawanna. Sarah stocherte gerade in ihrer recht bescheidenen Portion Pfefferminzeis herum, auf die sie eigentlich gar keine Lust gehabt hatte, doch sie hatte sich angesichts der ganzen Schlemmerei verpflichtet gefühlt, auch noch etwas zu bestellen, als plötzlich ein junger Mann in Sweatshirt und Peter-Pan-Hut mit Truthahnfeder an ihrem Tisch auftauchte.

»Hi, Leute.«

»Hi, Ed«, antworteten ihre drei Galane, den Mund voll Whooperdooper, Whizzerdizzer und Bananawanna. »Sarah, das ist Eddie.«

»Hi, Eddie.« Sarah hoffte, daß sie damit die richtige Begrüßungsformel gewählt hatte.

Offenbar hatte sie richtig geraten. Eddie erwiderte »Hi, Sarah«, zog einen Stuhl an ihren Tisch, setzte sich falsch herum darauf, ohne dabei den Hut abzunehmen, und streckte den Arm aus, um sich an Chills Bananawanna gütlich zu tun, ohne daß man ihn dazu aufgefordert hätte. »Was gibt's Neues? Hey, wie ist denn eigentlich die Sache neulich nachts gelaufen, Jungs?«

»Wie ist was gelaufen?« fragte Skip.

»Hey, jetzt tut doch nicht so. Ihr wißt schon, was ich meine.«

»Ach so, das. Können wir das nicht später bequatschen?«

»Was? Ach so, ja, natürlich.«

Eddie nahm sich noch eine Ladung Bananawanna, erhob sich und wirbelte den Stuhl wieder an seinen ursprünglichen Platz zurück. »Hey, wir sehen uns dann. Nett, Sie kennengelernt zu haben, Sarah.« Dann war er so schnell wieder verschwunden, daß sie nur lächeln und ihm mit dem Löffel nachwinken konnte.

»Hoffentlich habe ich euren Freund nicht verjagt«, sagte sie zu Guy. »Wenn ihr etwas miteinander besprechen wolltet, hätte ich euch doch für ein paar Minuten allein lassen können.«

»Nein, nein. Ist schon gut, es war wirklich nicht wichtig. Bloß ein – na ja, eine Art Streich, den wir jemandem gespielt haben. Kinderkram sozusagen.«

Guy versuchte verzweifelt, wieder ganz Mann von Welt zu sein, was ihm jedoch sichtlich schwer fiel. Zudem schien ihm plötzlich der Appetit vergangen zu sein. Er schob die schmilzenden Reste seines Whooperdoopers von sich, als könne er den Anblick nicht länger ertragen, und gab der Bedienung Zeichen, daß er die Rechnung wünsche.

»Jetzt kommt schon, ihr beiden. Wir wollen ja schließlich nicht den Abend hier verbringen.«

»Und warum nicht?« wollte Chill wissen, der gerade ein Stückchen Banane aus einem See aus Marshmallowsauce herauszufischen versuchte. »Mit den Kulissen sind wir doch fertig, oder?«

»Natürlich«, übernahm Sarah es zu antworten. »Ihr habt übrigens großartige Arbeit geleistet, und meine Tante will sich bestimmt persönlich bei euch bedanken. Leider muß ich aber unbedingt zurück, weil ich das Schminken übernehmen soll. Ich habe es noch nie vorher versucht und keinen blassen Schimmer, was ich machen muß. Daher sollte ich mir vorher die ganze Pampe genau ansehen, bevor ich die Leute nachher noch mit der falschen Farbe einschmiere.«

Sofort fingen die Burschen wieder an zu flachsen. Das war Sarahs stille Hoffnung gewesen, denn die Rolle des Gespensts, das ein Fest stört, lag ihr nicht besonders. Guy hatte eben einen Moment lang schrecklich bedrückt ausgesehen. Doch es war mehr als das gewesen. Möglicherweise sogar Angst? Was mochte das für ein Streich gewesen sein, den diese munteren Spaßvögel ausgeheckt hatten? Und wer war wohl ihr Opfer gewesen?

Nachdem sie sich wieder in ihr Gefährt gezwängt hatten, erkundigte sich Sarah so beiläufig wie möglich: »Wann seid ihr denn eigentlich gestern morgen im Theater eingetroffen? Mrs. Heatherstone sagt, ihr hättet das Haus praktisch bei Morgengrauen verlassen?«

»Stimmt«, sagte Skip. »Sie haben wir allerdings nicht gesehen!«

»Nein. Ich fürchte, um diese Zeit habe ich noch geschlafen. War es denn genau sieben?«

»Na ja, nicht ganz«, gab Guy zu. »Zehn nach oder so um den Dreh. Wir haben etwa zwanzig Minuten gebraucht, um die Kulissen einzuladen, und sind im Theater angekommen, als der Pförtner gerade aufgeschlossen hat.«

»So früh schon?«

»Punkt sieben Uhr fünfundvierzig. Er schließt immer um die Zeit auf. Das hat er uns selbst erzählt.«

»Wenn Sie seine Frau kennen würden, wüßten Sie auch warum«, sagte Chill. »Meine Fresse!«

»Woher kennst du sie denn überhaupt?« fragte Skip.

»Die beiden gehen in dieselbe Kirche wie wir. Oder vielmehr sie geht, und er wird mitgeschleift.«

»Genau wie du immer von deiner Mutter.«

Danach hatten sie nur noch Unsinn im Kopf. Sarah versuchte gar nicht erst, sie wieder zur Vernunft zu bringen, achtete aber genau darauf, wie lange sie für die Rückfahrt benötigten, weil sie hoffte, auf diese Weise herauszufinden, wie schnell der Lastwagen fahren konnte. Nicht allzu schnell, stellte sie fest. Selbst wenn diese drei netten Kerle es geschafft hätten, Ernestina gemeinsam mit den Kulissen herauszuschmuggeln, auch wenn Mrs. Heatherstone das Gegenteil beschwor, schien es kaum möglich, daß sie Zeit genug gehabt hätten, das Bild an einen sicheren Ort zu bringen und dann trotzdem um Viertel vor acht den Pförtner zu treffen. Bestimmt waren sie nicht dumm genug, in einem Punkt, der sich so leicht nachprüfen ließ, die Unwahrheit zu sagen.

Aber wenn Ernestinas Entführung tatsächlich der Streich gewesen war, den sie vorgestern nacht in die Tat umgesetzt hatten, warum hätten sie das Bild dann bis morgens früh im Haus lassen sollen? Weil sie vorher nicht an den Lastwagen herankommen konnten? Reichlich unwahrscheinlich. Um so früh kommen zu können, hätten sie ihn eigentlich schon am Vorabend ausleihen müssen.

Vielleicht wollten sie eine verrückte Tom-Sawyer-Nummer abziehen, bei der alles möglichst schwierig gemacht wurde, um den künstlerischen Effekt zu steigern. Man konnte schließlich nie wissen. Als sie sich endlich wieder Gehör verschaffen konnte, versuchte sie es mit einer anderen Frage.

»Seid ihr eigentlich alle drei Kunststudenten?«

»Das können Sie vergessen«, lachte Skip. »Unser Muskelpaket hier studiert Philosophie im Hauptfach. Kaum zu glauben, aber wahr. Ich selbst studiere an der Ingenieurwissenschaftlichen Fakultät der University of Massachussetts.«

»Ach wirklich? Und welches Fach?«

»Elektrotechnik«, antwortete Chill an seiner Stelle. »Skip ist ein richtiger kleiner Elektrofreak.«

»Gräßlich, nicht?« warf Guy ein.

»Ja.«

Sarah war nicht mehr nach Scherzen zumute. Sie hatte zwar keine genauen Vorstellungen, was Elektrotechniker so machten, doch sie war sich ziemlich sicher, daß jeder, der über so ausgeprägte Hochspannungskenntnisse verfügte, auch in der Lage sein mußte, eine Alarmanlage lahmzulegen. Danach fiel ihr nichts Gescheites mehr ein, das sie hätte sagen können, bis sie schließlich am Theater ankamen.

»Wir kommen nicht mit rein, wenn es Ihnen nichts ausmacht«, sagte Guy, als sie am Theater anhielten. »Wir haben alle noch eine Menge zu tun. Sehen wir uns morgen abend?«

»Ich werde auf jeden Fall da sein. Vielen Dank für das Essen. Es war wirklich nett mit euch.« Zumindest streckenweise.

»War uns ein Vergnügen.«

Schon waren sie verschwunden. Sarah schaute auf ihre Armbanduhr und sah, daß sie keine Zeit mehr hatte, sich frisch zu machen, was sie vor der Generalprobe gern noch getan hätte. Doch sie hatte kaum den Fuß über die Schwelle des Bühneneingangs gesetzt, als Heatherstone bereits Tante Emma ablieferte.

Mrs. Kelling trug zwar noch nicht ihr Kostüm, dafür aber eine ihrer extravagantesten Perücken und eine Unmenge an Schmuck, meterweise Jettketten mit eingefügten Kameen, deren Größe zwischen zwei und zehn Zentimetern variierte.

»Laß dich ansehen! Du siehst ja toll aus!« rief Sarah. »Wo in Dreiteufelsnamen hast du denn bloß diesen unglaublichen Schmuck aufgetrieben?«

»Schön, nicht?«

Emma schüttelte den Kopf, so daß die mit Tropfen und Quasten verzierten Ohrgehänge zu schaukeln begannen, und drehte sich langsam im Kreis, damit ihre Nichte die ganze Pracht der verschiedenen Schichten ihres engen Halsbands, die Armbänder, die hohen Kämmchen, das üppig verzierte Medaillon, die diversen Ringe und Anstecknadeln sowie die riesige Kamee, auf der Paris zusammen mit Venus, Juno und Athene nebst goldenem

Apfel und dazugehörigem Baum zu sehen waren, bewundern konnte.

»Alles vom Antiquitätenmarkt. Es schien mir für eine Lady Sangazure genau das Richtige zu sein. Wenn ich sterbe, vermache ich es Cousine Mabel.«

»Was für eine wundervolle Idee! Komm, ich helf dir schnell in deine Turnüre.«

Sie hatten das im Laufe der Woche bereits ein paarmal geübt. Sarah war inzwischen in der Lage, mit dem sperrigen Objekt ohne große Panik umzugehen. Mit dem Turnürengewerbe mochte es zwar inzwischen bergab gegangen sein, wie Patrick Barrington* einst so melodisch in seinem Lied gestand, doch das Exemplar, das Emma Kelling auserwählt hatte, um ihre Rolle besser zur Geltung zu bringen, war immer noch hervorragend in Form. Der betreffende Turnürenhersteller hatte offenbar seine Turnüren voller Hingabe kreiert - kultiviert und passioniert, raffiniert und höchst versiert.

Emmas Cul de Paris war wirklich alles andere als ein umfunktioniertes Sofakissen mit einem simplen Band, das man sich um die Taille schnallte, sondern ein hochkompliziertes Gebilde aus Draht und Walfischbein, das im großen und ganzen an einen Eierkorb aus Draht erinnerte und für eine Dame konstruiert war, die von Natur aus bereits mit großzügigen Proportionen aufwarten konnte. Sarah wußte tief in ihrem Inneren, daß sie selbst nie und nimmer die Voraussetzungen erfüllen würde, um dieses Meisterwerk zu tragen, weil man in der Familie Kelling eben nicht zu Steatopygie neigte, doch sie fand es trotzdem wunderschön. Es war schon beeindruckend, das Ganze nur auf Tante Emmas untersten Petticoat zu drücken und mit einem Band um die Taille zu befestigen.

»Das hätten wir«, sagte sie. »Sitzt sie auch bequem?«

»Erstaunlicherweise ja«, antwortete Mrs. Kelling. »Hast du sie denn schon richtig festgemacht?«

»Noch nicht ganz. Kannst du dich mal mit dem Rücken zum Licht drehen? Ich muß noch die ganzen vertrackten Haken und Ösen zumachen.«

Als sie sich über die Turnüre beugte, um sich mit den umständlichen Verschlüssen abzuplagen, bemerkte Sarah etwas, von dem sie hätte schwören können, daß es vorher nicht dagewesen war. Die

* *I was a Bustlemaker Once, Girls,* Patrick Barrington; Bradbury, Agnew & Co., Ltd., London (s. a. *Punch*).

Bänder, mit denen der Draht an dem Walfischknochen festgehalten wurde, waren jetzt nämlich mit ungelenken Buchstaben, die jemand mit einem schmierenden Filzstift aufgetragen hatte, beschriftet. Wenn man die Bänder hintereinander las, ergab sich folgende Botschaft: »Morgen passiert es.«

Was hatte das nun schon wieder zu bedeuten? Daß heute nur die Generalprobe stattfand und morgen die Vorstellung? Das konnte Sarah sich eigentlich nicht vorstellen. Und wenn Tante Emma es auch noch so sehr haßte, wenn man auf ihre Gefühle Rücksicht nahm, Sarah würde sich hüten, ihr zu verraten, daß sie im Begriff war, eine Lady Sangazure zu spielen, deren Gesäßpolster eine Mitteilung schmückte, die mit größter Wahrscheinlichkeit von Ernestinas Kidnappern stammte. Sie griff nach der volantbesetzten, markisenartigen Konstruktion, die über die Turnüre gelegt wurde, bevor der oberste Petticoat darübergezogen wurde, und bedeckte schnell die Schrift, bevor Emma auf die Idee kam, sich im Spiegel zu bewundern.

Es folgten der knisternde Petticoat, das lila Taftkleid und schließlich wieder eine Vielzahl von Häkchen und Ösen und winzigen, stoffbezogenen Knöpfchen mit zarten Miniaturschlaufen, die mit viel Mühe geschlossen werden mußten, dann die Unmengen an Kameen und Jett und zu guter Letzt das malvenfarbene Satinhäubchen, das mit Straußenfederspitzen, künstlichen Veilchen und breiten malvenvfarbenen Satinbändern geschmückt war, die später, nachdem Emma sich geschminkt hatte - denn sogar eine Lady Sangazure war ein wenig kokett - in Höhe von Emmas linker Wange zu einer Riesenschleife zusammengebunden wurden.

»Dank dir, Sarah. Um mein Make-up kümmere ich mich selbst. Am besten schaust du schnell mal nach, wie die anderen zurechtkommen.«

Es war in der Tat höchste Zeit. Diverse Chormitglieder drängten sich bereits um den Schminktisch, als Sarah kam. Sie nahm einen Stift mit leuchtend oranger Schminke, schickte ein Stoßgebet zum Himmel, und zwar an die Gottheit, die für das Bemalen von Schauspielergesichtern zuständig war, und machte sich an die Arbeit. Der erste Versuch war passabel, der zweite schon ein wenig besser. Als sie schließlich drei oder vier Gesichter geschminkt hatte, fühlte sie sich sicher genug, etwas experimentierfreudiger zu werden. Sie verpaßte Dr. Daley rosige Wangen und eine dazu passende Nase. Außerdem betonte sie Cousin Fredericks buschige Brauen und seine ausgeprägte Kelling-Nase, um einen noch unattraktiveren Mann aus ihm zu machen, als es die Natur vorgesehen hatte.

Ridpath Wale, der als nächster an die Reihe kam, trug einen schlichten schwarzen Anzug mit hochgestelltem Kragen und eine düstere schwarze Krawatte. Während Sarah noch darüber nachdachte, ob sie wohl besser seinen Hexenmeister-Appeal oder seine geschäftsmännische Seite hervorheben sollte, sah sie, wie Ridpath eine Büroklammer auf dem Tisch entdeckte und sie in die Hand nahm. Ein wenig verlegen zog er daraufhin eine ganze Kette davon aus der Tasche und hakte das neue Exemplar daran fest.

»Ich kann nichts dagegen machen«, gestand er. »Das sind sozusagen meine Sorgenperlen. Damit ich was zum Spielen habe. Ich sage immer, man kann nie wissen, wann man die Dinger mal braucht.«

»Nein«, sagte Sarah. »Das kann man wirklich nie wissen.«

Sie dachte an die beiden Büroklammern, an denen der Erpresserbrief am Bibliotheksfenster gehangen hatte, und daß man den Zauberer bei der Probe erst sehr spät gebraucht hatte. Lange nachdem sie es geschafft hatte, sich aus dem Geräteschuppen zu befreien.

»Malen Sie mir auch einen finsteren schwarzen Schnäuzer?« fragte Ridpath, als sie begann, sein Kinn mit Schminke einzureiben.

»Ich glaube kaum, daß das nötig ist«, teilte sie ihm mit. »Ich finde, Sie sehen auch so schon finster genug aus.«

Kapitel 11

Sarahs nächstes Opfer war Dame Partlet, gepflegt und alles andere als auffällig in ihrem knöchellangen braunen Kleid und passendem Halstuch nebst Rüschenhäubchen. Als Kontrast dazu trug sie eine einfache weiße Schürze. Martha sah ernst und niedergeschlagen aus, wie es sich für ihre Rolle als Kirchenbeschließerin gehörte, nur daß es noch ein wenig zu früh war, sich mit der Rolle zu identifizieren, fand Sarah.

Cousin Frederick, der immer noch am Schminktisch herumstand, entweder weil er moralische Unterstützung brauchte oder weil er nichts Besseres mit sich anzufangen wußte, bemerkte es ebenfalls.

»Warum so bedrückt, Martha?«

»Hallo, Fred. Im Moment kann ich leider nicht sprechen. Ich werde gerade herausgeputzt.«

»Ohne das ganze verdammte Zeug auf deinem Gesicht siehst du viel besser aus. Was soll denn das, Sarah, du machst sie ja ganz alt.«

»Ich bin doch auch alt«, sagte Martha, ohne die Lippen zu bewegen, um Sarahs Arbeit nicht zu behindern.

Doch davon wollte Frederick nichts hören. »Du und alt! Da lachen ja die Hühner! Du bist doch ein ganzes Stück jünger als ich!«

»Kein junges Ding mehr, voller Anmut, unerfahren, nur eine müde Witwe mit der Last von fünfzig Jahren.«

Es war Marthas Text, den Sarah da sang. Sie hatte sie damit eigentlich nur aufheitern wollen, doch sie hätte besser den Mund gehalten. Warum hatte sie Martha Tippleton auch daran erinnern müssen, daß sie schon bald eben diese Worte an ihren eigenen Ehemann richten würde, während die anderen Darsteller versuchten, gute Miene zur Sir Marmadukes Mesalliance mit einem Mitglied des Dienstbotenstandes zu machen. Was hatte sich Tante Emma bei dieser unglücklichen Besetzung bloß gedacht?

Die Situation hätte einfach nur erheiternd gewirkt, wenn Jack Tippleton davon Abstand genommen hätte, sich die ganze Zeit wegen einer jüngeren Frau zum Narren zu machen, aber Tante Emma hätte eigentlich wissen müssen, daß er genau dies nicht lassen konnte. Da kam er gerade aus der Männergarderobe. Er hatte sich selbst geschminkt und dafür gesorgt, daß er mindestens zwanzig Jahre jünger aussah, als seine Rolle vorschrieb.

Und da kam auch schon Gillian Bruges angeflitzt, um vor ihm einen Knicks zu machen, übertrieben charmant, in einem ähnlichen Kostüm wie Martha, allerdings mit flotten weißen Rüschen an Halstuch und Schürze und frechen weißen Punkten auf dem schlichten braunen Kleid. Ihr Häubchen zierten kastanienbraune Bänder, und unter den Rüschen lugten falsche kastanienbraune Ringellöckchen hervor. Wenn Onkel Jem hier gewesen wäre, hätte er sie bestimmt als hinreißendes kleines Biest bezeichnet.

Sarah fielen ein paar Bezeichnungen ein, die sehr viel besser paßten. Hatte Gillian denn nicht einmal Anstand genug, ihre Flirterei, denn was war es sonst, ausgerechnet hier unter den Augen von Martha Tippleton fortzusetzen? Oder wurde das Spiel dadurch erst richtig interessant? Sie verspürte eine tiefe persönliche Befriedigung, als Tante Emma mit wallenden Röcken und knisternder Turnüre zur Tat schritt und den überreifen Galan in seine Schranken verwies.

»Was um Himmels willen hast du denn bloß mit deinem Gesicht angestellt, Jack? Du sollst einen ehrenwerten englischen Landedelmann darstellen und keinen heruntergekommenen Riviera-Gigolo. Sarah, bring das bitte sofort in Ordnung. Fertig, Martha? Sie fangen schon mit der Ouvertüre an. Kommen Sie, Gillian. Bis jetzt hat bei mir noch nie jemand seinen Einsatz verpaßt, und ich lasse nicht zu, daß Sie heute damit anfangen.«

»Hals und Beinbruch, Mami.« Die schöne Aline umarmte Martha noch schnell, bevor sie auf die Bühne ging. »Du siehst wirklich toll aus mit dem Häubchen. Findest du nicht auch, Daddy?«

Jack gab ein unverständliches Gemurmel von sich. Zu mehr war er momentan auch nicht imstande, denn Sarah hatte sein Gesicht mit Fettcreme eingerieben und entfernte gerade ohne Rücksicht auf seine zarten Gefühle gnadenlos das Don-Juan-Make-up. Jenicot lächelte tapfer und versuchte es noch einmal.

»Ist es nicht toll, daß wir alle drei im selben Stück auftreten? Familien, die zusammen singen, kann nichts auseinanderbringen. Meinst du nicht auch, Daddy?«

Emma gab dem tapferen Mädchen einen anerkennenden Klaps. »Du hast recht, Jenny, Liebes, sie sieht wirklich bezaubernd aus. Geh und sag Parker und Sebastian Bescheid. Ich möchte, daß sie auf Abruf bereitstehen, bevor Gillian ihren Auftritt beendet hat. Also wirklich, Jack, in deinem Alter sollte man eigentlich wissen, was man tut.«

Kein besonders vielversprechender Anfang. Sarah hoffte nur, daß die Senioren nicht allzu enttäuscht sein würden. Doch da kannte sie Tante Emma schlecht.

Was genau Emma Kelling hinter der Bühne gesagt oder getan hatte, fand Sarah nie heraus, jedenfalls schaffte sie es, daß Jack Tippleton schlagartig aufhörte, sich zum Narren zu machen, Gillian Bruges sich in ein Muster an Sittsamkeit und Tugend verwandelte, Cousin Fredericks zwei linke Füße niemandem mehr auffielen und Martha Tippletons schwindendes Selbstbewußtsein wieder gestärkt war. Sarah war von ihrer Tante vor die Bühne geschickt worden, um die Vorstellung aus der Zuschauerperspektive zu beurteilen.

Jedenfalls klappte alles. Natürlich gab es noch ein paar kleine Hänger, denn schließlich war es das erste Mal, daß die Darsteller das gesamte Stück auf der Theaterbühne spielten. Im großen und ganzen verlief die Generalprobe jedoch genauso gut, wie man es bei Amateurschauspielern nur erwarten konnte, und gewiß sehr viel besser, als dies bei vielen anderen Ensembles der Fall gewesen wäre.

Zur allgemeinen Überraschung und zu seiner eigenen Bestürzung entpuppte sich Frederick Kelling als Star des Abends. Kaum hatte er einen Fuß auf die Bühne gesetzt, als die Kinder aus seiner Schule auch schon zu applaudieren begannen. Diejenigen, die aufgrund ihrer Behinderung nicht klatschen konnten, jubelten ihm zu, brüllten, schlugen mit ihren Krücken auf den Boden oder ließen die Hupen an ihren Rollstühlen ertönen.

Sarah störte der Krach nicht im geringsten, so blieb sie wenigstens wach. Der fehlende Schlaf machte sich allmählich bemerkbar. Selbst der Kaffee, den sie mit den jungen Burschen getrunken hatte, wirkte nicht mehr. Sie nickte immer wieder ein und fuhr jedesmal erschreckt wieder hoch. Nur gut, daß sie sich einen Platz ziemlich weit hinten ausgesucht hatte, so daß die Darsteller und der Rest des kleinen Publikums nicht sehen konnten, wie sie sich blamierte.

Ihre Schminkkünste waren gar nicht so übel, fand Sarah. Jedenfalls sahen ihre Opfer besser aus als einige der Darsteller, die sich selbst zurechtgemacht hatten, und das galt besonders für Jenicot Tippleton. Jennys Stimme war vielleicht nicht so gut wie die von Gillian, doch dafür sah sie bedeutend hübscher aus. Allerdings kam sie heute abend auf der Bühne gar nicht richtig zur Geltung. Gillian verfügte entweder über viel mehr Bühnenerfahrung, als sie zugab, oder sie lernte erstaunlich schnell. Hinzu kam, daß Jenicots Make-up zunächst vielleicht ganz in Ordnung gewesen war, aber jetzt hatte sie es jedenfalls ruiniert.

Höchstwahrscheinlich durch Tränen, vermutete Sarah, nachdem sie ein bißchen weiter nach vorne gegangen war, um besser sehen zu können. Die Tränen stammten gewiß nicht von einem verfrühten Anfall von Premierenfieber. Man brauchte nur an die peinliche kleine Szene am Schminktisch zu denken, als Jenicot versucht hatte, ihren Vater dazu zu bringen, den glücklichen Ehemann und Familienvater zu spielen. Martha war ebenfalls der Verzweiflung oder einem ähnlich schlimmen Gefühl nahe gewesen, und Jack hatte keine von beiden auch nur beachtet.

Ob Jenicot vielleicht glaubte, daß Jack für Gillian Bruges tiefere Gefühle hegte als bei seinen früheren Schwärmereien? Sarah hätte sie in diesem Punkt beruhigen können. Sie selbst war während der letzten zwei Tage von ihm mit genügend Blicken und Seufzern bedacht worden, um zu der Überzeugung zu gelangen, daß Jack ein unverbesserlicher Schürzenjäger war. Sie glaubte auch nicht, daß Gillian irgendwelche Hoffnungen hegte, was die Dauer ihrer kleinen Romanze betraf, oder daß ihr diese Erkenntnis etwas ausmachte. Jack war bloß jemand, der es liebte, seine Show abzuziehen, genau wie Gillian auch. Es würde bald wieder vorbei sein. Nachdem sie in ihrem Leben schon so viele attraktive Soubretten hatten kommen und gehen sehen, müßten Martha und Jenicot eigentlich wissen, daß auch dieses Exemplar genauso schnell wieder aus seinem Leben heraustanzen würde, wie es hereingetanzt war.

Doch vielleicht war für jeden das Maß irgendwann voll. Vielleicht hatte Martha einfach genug gelitten. Sarah konnte sich nur allzu gut daran erinnern, wie ihr erster Mann eines Tages unter der Last seiner Bürde zusammengebrochen war, die er vielleicht genauso lange getragen hatte, wie Martha mit Jack verheiratet war. Alexander hatte sich vor seinem Zusammenbruch ganz ähnlich verhalten wie Martha, hatte höflich, fast mechanisch die Form gewahrt und war schließlich, als er am Ende seiner Kräfte angekommen war, in völlige Apathie versunken. Damals hatte er Sarah erschreckt. Vielleicht erschreckte Martha jetzt Jenicot?

Aber warum beschäftigte sie sich eigentlich die ganze Zeit mit Jack Tippletons Problemen? Ihre Aufgabe bestand schließlich darin, nach Tante Emmas gestohlenem Romney zu suchen und herauszufinden, ob Charlie Daventers Tod damit in Zusammenhang stand. Was Martha Tippleton so bekümmerte, war sicher etwas ganz anderes. Oder vielleicht doch nicht?

Martha Tippleton besaß kein eigenes Vermögen. Soviel hatte Sarah immerhin aus Cousin Frederick herausbekommen, und Frederick wußte es von Cousin Dolph. Vielleicht hatte Martha plötzlich Bargeld gebraucht?

Und wenn schon? Ernestina zu klauen wäre sicher der idiotischste Weg, den man sich überhaupt vorstellen konnte, um an Geld zu kommen. Zunächst einmal hätte sie es nie ohne fremde Hilfe geschafft. Und wen hätte sie für so eine Tat als Komplizen anheuern können? Ihre eigene Tochter hätte Martha wohl kaum mit in die Sache hineingezogen. Außerdem gehörte sie zu Emma Kellings besten Freundinnen.

Aber was hieß das schon? Den besten Freunden etwas zu stehlen, war ein Kinderspiel, eben weil die nicht im Traum daran dachten, ausgerechnet ihre besten Freunde zu verdächtigen. Doch wenn sie so leicht an Emmas Schätze herankam, hätte sie ihre Freundin auch genauso gut um das Geld bitten können. Jeder wußte, wie großzügig sich Emma verhielt, wenn jemand einen Retter in der Not brauchte. Gab es vielleicht einen merkwürdigen Ehrenkodex, der es einem zwar verbot, um Geld zu bitten, jedoch nicht, einen Diebstahl zu begehen?

Sarah bedauerte, daß sie sich mit Alarmanlagen nicht besser auskannte. Sie versuchte, sich an einige der Dinge zu erinnern, die Max ihr erzählt hatte, doch sie dachte dabei nur an Max. Sie stellte sich vor, wie er nach Hause kam und sie ihm entgegenlief. Er hatte ihr den Schwan von Tuonela mitgebracht. Der Schwan machte einen Höllenlärm.

Doch schwanenhaft klang das eigentlich ganz und gar nicht. Großer Gott, es waren die Kinder, die wieder herumbrüllten. Cousin Frederick war für das Finale auf der Bühne erschienen. Sarah hatte fast die gesamte Vorstellung verschlafen! Sie versuchte, sich zusammenzureißen, und hoffte, daß ihre Tante sie nicht vermißt hatte. Während der Pause hatte man hinter der Bühne hoffentlich angenommen, daß sie sich um die jungen und alten Zuschauer kümmerte. Was sie zweifellos auch hätte tun sollen, obwohl sie aussahen, als könnten sie sich auch sehr gut allein beschäftigen. Sarah versuchte, sich auf den Rest der Vorstellung zu konzentrieren.

Der Zauber war gebrochen. Die ungleichen Partner hatten sich wieder getrennt. Frederick war mit Martha vereint und strahlte wie ein Honigkuchenpferd. Aber vielleicht war er auch nur erleichtert, die Vorstellung heil überstanden zu haben. Marthas Stimmung schien sich ebenfalls gebessert zu haben, sie hatte sich sogar bei ihrem Partner eingehakt und versuchte sich an einigen kleinen Tanzschritten. Auch Alexis und Aline waren wieder zusammen, und Lady Sangazure hatte ihren Sir Marmaduke fest im Schlepptau. Constance Partlet war mit dem rosanasigen Dr. Daley vereint, und der Zauberer war samt seinen bösen Geistern in die Höllenregion unter der Falltür im hinteren Teil der Bühne versunken.

Sarah hatte diese Strafe schon immer als höchst ungerecht empfunden, wenn man bedachte, daß schließlich Alexis den Mann überhaupt erst überredet hatte, den üblen Trank herzustellen. Alexis wirkte selbstgefällig und sonnte sich in seinem Triumph, wie es zu einem Vertreter der Aristokratie paßte, der bekommen hatte, was er wollte, und sich um die Probleme der Arbeiterklasse nicht die Bohne scherte. Parker spielte seine Rolle mit großer Hingabe. Er hatte nicht nur eine schöne Stimme, er war auch ein guter Schauspieler. Sarah fand es interessant, daß ein netter, schüchterner Junge wie Parker Pence soviel Arroganz ausstrahlen konnte. Vielleicht war aber auch seine Schüchternheit nur gespielt, aus welchem Grund auch immer.

Doch sie hatte keine Zeit, sich mit Parker abzugeben, sie tat besser daran, sich auf ihre eigenen Angelegenheiten zu konzentrieren. Sollte sie jetzt schon hinter die Bühne gehen oder lieber warten, bis das Stück zu Ende war? Sie beschloß zu warten, denn sie mochte den Song mit den Semmeln. Eigentlich mochte sie das ganze Stück. Wie hatte sie nur den größten Teil der Vorstellung verschlafen können?

Max konnte manchmal zu den umpassendsten Zeiten einnicken, doch ihr war das bis heute noch nie passiert. Sarah fragte sich sekundenlang, ob Guy ihr vielleicht etwas ins Pfefferminzeis getan hatte, kam jedoch zu dem Schluß, daß sie ganz einfach erschöpft war. Wie Tante Emma es geschafft hatte, jedes Jahr diese Energie aufzubringen, war ihr schleierhaft. Andererseits war sie auch nicht die ganze Nacht auf den Beinen gewesen und hatte Cousin Frederick geholfen, den Mord an ihrem alten Verehrer zu untersuchen.

Dabei fiel Sarah siedend heiß ein, daß sie ja Sergeant Formsby versprochen hatte, sich mit Cousine Mabel in Verbindung zu setzen. Es würde zwar nur eine qualvolle und völlig sinnlose Zeitverschwendung sein, aber versprochen war nun mal versprochen. Außerdem war sie sicher, daß Cousine Mabel genau die richtige Quelle war, wenn es darum ging, etwas Unangenehmes über einen der Darsteller in Erfahrung zu bringen.

Auf der Bühne kam man gerade zum Ende des Finales. Alle hatten ihre Sache großartig gemacht. Der Vorhang fiel und wurde wieder geöffnet, und alle Haupt- und Nebendarsteller sowie die Chormitglieder standen auf der Bühne und verbeugten sich. Nein, nicht alle Hauptdarsteller. Der Zauberer fehlte, und Sarah konnte sehen, daß das Lächeln auf Lady Sangazures Gesicht nur aufgesetzt war. Sarah sprang auf und lief hinter die Bühne.

Sie kamen gerade alle zurück. Die erste Person, die sie traf, war Emma Kelling, inzwischen alles andere als lächelnd.

»Wo ist Ridpath?« keuchte sie.

»Ich weiß es nicht«, sagte ihre Tante. »Er hätte eigentlich durch die Falltür wieder hochkommen müssen. Sieh doch bitte nach, ob sie wieder mal klemmt, während wir anfangen, einzeln auf die Bühne zu gehen.«

Sarah wußte, daß die Falltür mit ein paar leiterähnlichen Stufen in einen T-förmigen Tunnel hinunterführte, durch den die Musiker den Orchestergraben betraten. Da man von dort aus sowohl auf die Seitenbühnen als auch in den Orchestergraben gelangen konnte, war es reichlich unwahrscheinlich, daß Ridpath irgendwo festsaß. Sie sprang förmlich die kleine Treppe hinunter, die von der Seitenbühne hinabführte, und betrat den Tunnel.

»Ridpath, sind Sie hier irgendwo?«

»Ja, hier! Um Gottes willen, Sie müssen mir helfen!«

»Was ist denn passiert? Sind Sie gestürzt?«

»Verdammt noch mal, ich habe mir fast das Genick gebrochen. Sehen Sie selbst!«

Sarah schnappte nach Luft. »Was ist denn mit den Stufen passiert?« Die oberste Stufe hing ganz schief.

»Wahrscheinlich hat sich eine Schraube gelockert«, vermutete Ridpath. »Als ich nach unten gehen wollte, sah alles noch ganz normal aus, aber als ich daraufgetreten bin, hat sie sich gelöst, und ich bin gestürzt.«

»Oh, Ridpath! Können Sie denn überhaupt noch laufen?«

»Ich habe nicht gewagt, es zu versuchen. Können Sie mir helfen?«

Da das Orchester draußen gerade das Finale schmetterte, hoffte Sarah, daß Ridpaths Stöhnen darin untergehen würde. Sie half ihm auf die Beine und ließ ihn ein paar Schritte gehen. Soweit sie sehen konnte, war es nur eine Verstauchung.

»Am schlimmsten hat es meine Hose erwischt«, gestand der Zauberer. »Sie ist von oben bis unten aufgerissen. Ich kann damit unmöglich auf die Bühne.«

»Das müssen Sie aber. Sonst denken die Kinder im Publikum noch, Sie wären wirklich tot. Kommen Sie, ich helfe Ihnen.«

Sie schob ihn zurück nach oben, so schnell sie es verantworten konnte, stellte ihn auf der Seitenbühne ab und schnappte sich drei von den Gewändern, die noch vor kurzem die Geister umhüllt hatten.

»Hier, wickeln Sie sich darin ein. Kommt mal her, ihr beiden.«

Zwei kräftig aussehende junge Männer waren mit der Beleuchtung und den Seilen beschäftigt. Sarah warf ihnen kurzentschlossen ein paar phosphoreszierende Gazeschleier über, bat sie, Ridpath von beiden Seiten hochzuheben und auf die Bühne zu tragen, reichte dem Zauberer eine der künstlichen Callablüten, die Aline bei der Verlobungsszene getragen hatte, und schickte sich an, selbst die Scheinwerfer abzublenden. Als Emma stinkwütend von der Bühne gerauscht kam, winkte ihr der Zauberer galant mit seiner Blüte zu und ließ sich von seinen Geistergefährten auf die Bühne tragen. Selbst Cousin Frederick war nicht stürmischer gefeiert worden.

Als er zurückkam, fiel Emma ihm begeistert um den Hals. »Ridpath, du Gauner! Das war einfach wunderbar! Das müssen wir morgen unbedingt genauso machen. Wie bist du denn bloß auf diese tolle Idee gekommen?«

»Not macht eben erfinderisch«, erklärte er. »Seid bedankt, tapfere Begleiter. Morgen abend werde ich zwei von meinen Gläubigern mitbringen. Die haben sowieso schon seit Jahren ein Päckchen an mir zu tragen. Keine Sorge, liebe Emma, bloß ein alter Witz, den ich immer schon mal anbringen wollte. Du brauchst mir also wirklich kein Darlehen anzubieten. Du solltest dich allerdings mal um die Stufen unter der Falltür kümmern.«

»Wie meinst du das? Ich habe sie heute nachmittag noch höchstpersönlich inspiziert. Ridpath, du bist doch wohl nicht etwa ausgerutscht und gefallen?«

»Nicht ganz. Ist schon gut, Emma. Vergiß es.«

»Eine Schraube hat sich gelockert, die Stufe hat sich gelöst, und er hat sich den Knöchel verstaucht«, warf Sarah schnell ein. »Sobald Sie sich umgezogen haben, stecken Sie Ihren Fuß am besten sofort in einen Eimer mit kaltem Wasser, Ridpath. Willst du vor der Abschlußbesprechung mit dem Ensemble noch rasch dein Kostüm ausziehen, Tante Emma?«

»Natürlich. Das wollen wir doch wohl alle, damit wir danach ohne viel Federlesens nach Hause können. Bitte hängt eure Kostüme vorsichtig auf, damit wir sie nicht morgen wieder bügeln müssen. Sobald alle umgezogen sind, treffen wir uns auf der Bühne. Wir wollen schließlich nicht die ganze Nacht hier verbringen.«

Einige Leute fragten Ridpath nach den Einzelheiten seines Unfalls, doch Emma brachte sie schnell zum Schweigen und scheuchte sie in die Garderobe wie eine in die Jahre gekommene Gänsemagd ihre Gänseschar. Sarah war froh, daß sie endlich allein auf der Seitenbühne war und sich hinsetzen konnte. Der Geruch der Schminke und die vielen Menschen, die sich auf so engem Raum aneinanderdrängten, machten sie nervös.

»Soll ich sie auch noch abschminken?« erkundigte sie sich bei ihrer Tante.

»Bloß wenn sie um Hilfe schreien. Ich fange gleich auch an zu schreien, wenn ich nicht bald aus dieser Zwangsjacke herauskomme. Ich hatte ja keine Ahnung, daß eine Turnüre so viel Verantwortung mit sich bringt.«

»Was steckt denn da hinten an deinem Notsitz, Emma«, fragte Ridpath Wale. »Ich kann mich nicht erinnern, daß es schon da war, als du von der Bühne gekommen bist.«

»Wovon sprichst du überhaupt?« Emma griff nach hinten, so weit sie konnte. »Wie merkwürdig. Sarah, was ist das für ein Ding, das ich da fühle?«

»Ich glaube, da hat sich jemand einen Scherz mit dir erlaubt.« Sarah spürte, wie ihr Mund auf einmal ganz trocken wurde. »Es ist ein Zettel, der mit einer altmodischen Hutnadel festgesteckt ist. Ich nehme an, es steht ›Tritt mich‹ oder etwas ähnlich Intelligentes darauf. Nein, Ridpath, gehen Sie nur schon vor und verarzten Sie

Ihren Knöchel. Ich kümmere mich um den Zettel. Wenn die Nadel hängenbleibt, könnte es passieren, daß der alte Taft reißt.«

Sie wollte auf keinen Fall, daß er herausfand, was es mit der angeblichen Hutnadel wirklich auf sich hatte. Sie hatte sie sofort erkannt. Eines von Onkel Beds kleinen Spielen hatte immer darin bestanden, sie mit einem Finger über das Spiralmuster streichen zu lassen und sie dabei »Ga-riffelter Ga-riff« sagen zu lassen. Aber er hatte ihr nie erlaubt, die Klinge seines Brieföffners zu berühren, denn kleine Mädchen durften nicht mit gefährlichen scharfen Gegenständen spielen, weil sie sich sonst in ihre zarten Fingerchen schneiden konnten.

Sarah wartete, bis Ridpath hinter einer der spanischen Wände verschwunden war, mit denen man die Garderoben improvisiert hatte, bevor sie das Messer aus der Turnüre zog. Dann wartete sie, bis ihre Tante die Tür zu ihrer Garderobe hinter sich zugezogen hatte, denn Emma Kelling hatte wie immer die einzige richtige Garderobe für sich selbst reserviert. Erst jetzt faltete Sarah den Zettel auseinander, den jemand an Emmas Kleid gespießt hatte.

Diesmal war es ein getippter Brief: »ZWEI ERLEDIGT, EINER FEHLT NOCH. BEZAHLEN SIE, SONST WERDEN SIE MEHR VERLIEREN ALS NUR IHR GEMÄLDE!«

Emma starrte auf das Papier. »Sarah, was hat denn das wieder zu bedeuten?«

»Willst du wirklich jetzt darüber reden?«

»Sarah Kelling, wenn du etwas weißt, was ich nicht weiß, dann erzähl es mir bitte auf der Stelle.«

»In Ordnung. Ich befürchte, es bedeutet, daß Ridpath Wale seinen Sturz nicht überleben sollte. Cousin Frederick und ich glauben außerdem, daß Charlie Daventers Tod kein Unfall gewesen ist.«

»Hilf mir sofort aus meinem Kostüm.«

Sarah gehorchte und löste die Häkchen und Ösen und machte die winzigen Knöpfchen auf, während sie weitersprach. Emma stand da in ihrem Walfischknochengerüst und den Petticoats, stoisch wie ein römischer Soldat in Pompeji, der die glühende Lava, die ihm um die Füße brodelt, einfach nicht beachtet. Als Sarah innehielt, um Luft zu holen, sagte sie nur: »Erzähl weiter.«

Sarah erzählte weiter, bis es nichts mehr zu erzählen gab. Schließlich sagte Emma nur: »Laß bloß mein Kleid nicht auf den Boden fallen, es sei denn, du hast Lust, es nachher zu bügeln. Stell dich auf den Stuhl da und zieh es mir über den Kopf, und sieh bitte vorher nach, ob die Stuhlbeine auch fest dran sind.«

Kapitel 12

Diese ausschließliche Konzentration auf die Inszenierung wurde Sarah allmählich unheimlich. Was würde geschehen, wenn die Aufführung vorbei war und Emma Kelling sich auf die Suche nach dem Mörder ihres alten Verehrers machte? Daß sie genau dies tun würde, stand außer Frage. Der Gedanke ging Sarah nicht aus dem Kopf, während sie die komplizierten Verschlüsse der Turnüre öffnete und Emma in einen pinkfarbenen plissierten Kimono half, damit sie sich abschminken konnte, ohne ihre Kleidung zu gefährden.

Jetzt, wo die Katze aus dem Sack war, zeigte Sarah ihrer Tante auch die andere Nachricht, die sie auf den Bändern der Turnüre entdeckt hatte. Als sie den Text durchlas, fiel ihr auf, wie dumm und lächerlich diese Nachricht doch im Vergleich zu dem aufgespießten getippten Drohbrief war.

Emma teilte diese Meinung. »Was für ein unnötiger Aufwand, findest du nicht?«

Sarah nickte. »Zwei Briefe an ein und derselben Turnüre scheint mir wirklich ein bißchen viel. Und dann auch noch zwei so grundverschiedene. Scheint ganz so, als ob –«

Sie wurde durch ein Klopfen an der Tür unterbrochen. Jenicots Stimme rief: »Mrs. Kelling?«

»Ja, bitte, Jenny?«

Die Tür ging auf, und der Kopf des jungen Mädchens erschien. »Mutter hat mich geschickt, um Ihnen auszurichten, daß alle fertig sind. Oh, Entschuldigung. Ich wußte nicht, daß Sie noch nicht angezogen sind.«

Sie verschwand wieder und schloß die Tür. Sarah fand Jenicots Verhalten amüsant.

»Ich hatte keine Ahnung, daß du eine so strenge Zuchtmeisterin bist, Tante Emma. Das Mädchen schien ja eine Heidenangst vor dir zu haben.«

»Es ist allgemein bekannt, daß ich es nicht leiden kann, wenn man mich in der Garderobe stört«, murmelte Emma durch eine Schicht Fettcreme. »Reichst du mir bitte mal die Schachtel mit den Kosmetiktüchern?«

Die Diskussion über die beiden Briefe war damit erledigt. Emma ließ sich rasch in ihre Kleider helfen und eilte wieder zurück auf die Bühne, um der postoperativen Besprechung vorzustehen, wie Sebastian Frostedd das Ganze beharrlich nannte. Sarah war froh, daß er nicht Leichenschein sagte. Sie mußte zu ihrem Leidwesen feststellen, daß man von ihr nicht nur erwartete, daß sie an der Besprechung teilnahm, sondern auch, daß sie intelligente Bemerkungen über das, was sie vom Zuschauerraum aus hätte sehen sollen, abgab. Das bereitete ihr einiges Kopfzerbrechen, denn sie wollte die Darsteller natürlich nur ungern wissen lassen, daß sie den größten Teil der Vorstellung verschlafen hatte.

Aber schließlich fiel ihr doch noch etwas ein, und sie schlug Gillian vor, darauf zu achten, sich nicht wieder so zu plazieren, daß Dame Partlet gezwungen war, dem Publikum den Rücken zuzukehren. Dieser kleine Seitenhieb verschaffte ihr sowohl eine flüchtige Genugtuung als auch einen zustimmenden Blick von Cousin Frederick, der anscheinend außer seinen zahlreichen Schulkindern jetzt auch Martha unter seine Fittiche genommen hatte. Sie durchforstete ihr Gedächtnis nach weiteren Erinnerungsfetzen, um ihren wenig überzeugenden Beitrag mit einigen ausschmückenden Details abrunden zu können, und fügte zum Schluß wahrheitsgemäß hinzu, daß sie die Vorstellung wirklich genossen habe, und zog sich mit einem Kompliment für Cousin Fredericks Starauftritt, das ihn ganz schön in Verlegenheit brachte, elegant aus der Affäre.

Es war zwar interessant zuzusehen, wie Emma Kelling die gesamte Vorstellung auseinandernahm und wieder zusammensetzte, ohne die Gefühle der anderen zu verletzen, aber Sarah war trotzdem heilfroh, als ihre Tante endlich fertig war. Erst als sie die Bühnenbeleuchtung abgeschaltet hatten und zum Parkplatz gingen, begann Emma die Fassung zu verlieren.

»Frederick, es wäre mir sehr lieb, wenn du mitkommen und heute nacht bei uns im Haus schlafen würdest.«

»Und wieso sollte ich das?« fragte Frederick mit dem ihm eigenen Charme.

»Weil wir dich brauchen. Bitte, Frederick.«

Es war ganz und gar untypisch für Emma, jemanden um einen Gefallen zu bitten. Frederick sah sie scharf an und nickte. »Ich muß nur vorher schnell nach Hause und mein Rasierzeug holen.«

»Du kannst doch das von Bed benutzen.«

»Ich benutze aber lieber mein eigenes«, brummte er. »Und wie steht's mit einem Schlafanzug?«

»Ich kann dir einen von Bed juniors alten Schlafanzügen geben, die passen dir bestimmt. Ich habe sie aufgehoben für den Fall, daß einer der Enkel bei mir schläft. Also reg dich ab, Fred. Es wird dir bestimmt an nichts fehlen.«

Sie verfrachtete ihn in Sarahs Auto, denn Heatherstone war bereits vor geraumer Zeit fortgeschickt worden, um sich für den morgigen Tag auszuruhen. »So, jetzt können wir endlich reden. Sarah hat mir die furchtbare Neuigkeit über den armen Charlie erzählt. Glaubst du, daß es stimmt, Fred?«

»Hätte ich sonst die Polizei zugezogen? Für wie blöd hältst du mich eigentlich?«

»Oh, Fred, stell dich bitte nicht so an. Du weißt, daß ich deinem Urteil genauso vertraue wie meinem eigenen. Ich kann es nur irgendwie noch nicht fassen. Was sollen wir denn jetzt bloß tun?«

»Abwarten, was die Polizei herausfindet, würde ich vorschlagen. Dieser Sergeant Formsby scheint mir alles andere als dämlich zu sein.«

»In Ordnung, wie du meinst. Aber was ist mit der Beerdigung? Wir beide sind doch Charlies Testamentsvollstrecker, nicht wahr?«

»Sehr richtig. Ich habe Muffenson in der Sache bereits gesprochen. Gott sei Dank ist das Testament ziemlich eindeutig. Dir hat er seine ganzen Möbel, die du sowieso nicht brauchst, hinterlassen, und mir seine Bücher, die ich natürlich gern übernehme. Außer ein paar kleinen Beträgen hat er sein ganzes Geld meiner Schule vermacht, was verdammt anständig von ihm ist. Tausend Dollar gehen an das Boston Symphony Orchestra, tausend an die Horticultural Society, seiner seligen Mutter zum Andenken und so'n Kram. Wir können es in allen Einzelheiten durchgehen, wenn es Zeit ist, mit dem Geld herauszurücken. Und begraben werden will er übrigens nicht.«

»Hat er das tatsächlich in seinem Testament festgehalten? Überraschen tut es mich, ehrlich gesagt, nicht. Charlie hat immer gesagt, wenn es nach ihm ginge, brauche man ihn nur gut zu verpacken und irgendwohin zu verschicken. Oh, Fred, ich werde ihn schrecklich vermissen!«

»Jetzt fang bloß nicht an zu flennen, Emma. Es ist schon spät, und ich bin hundemüde, verdammt noch mal. Charlie hat beschlossen, daß er eingeäschert werden will. Seine Asche soll dann in deinem Rosengarten verstreut werden, in der frommen Hoffnung, daß er sich dadurch positiv auf die Umwelt auswirkt.«

»Du liebe Zeit. Ich glaube nicht, daß ich es ertrage, kleine Stückchen Charlie im Mulch wiederzufinden.«

»Humbug. Kein Grund, sentimental zu werden. Wenn es Charlie egal war, warum zum Teufel machst du dann so ein Theater? Komisch, was für gefühlsduselige Ideen die Leute immer kriegen, wenn es um ihre ausgedienten Kadaver geht, nicht? Erinnerst du dich noch an das ganze Trara, als Joe Pomfret damals gestorben ist? Er wollte unbedingt, daß seine Asche im Hafen verstreut wird. Aber das war lange, bevor man angefangen hat, Boston Harbor zu reinigen, und Joe hat wohl nicht gewußt, auf was er sich da einläßt, als er sein Testament verfaßt hat.

Jedenfalls sind Bed und ich runter zum T-Kai und haben uns einen alten Opa geschnappt, der uns in seinem stinkigen Mietskutter rumgefahren hat. Den ganzen lieben Tag sind wir rumgekurvt und haben nach einer Stelle gesucht, die nicht durch Ölschlick oder ungeklärte Abwässer total verdreckt war. Schließlich haben wir aufgegeben und sind wieder zurück zum Kai, halb erfroren, und immer noch mit der verfluchten Urne in der Hand.

Schließlich hat Bed gesagt, zum Teufel mit dem ganzen Krams, wir gehen jetzt erst mal einen trinken. Also sind wir zurück zur South Station, haben uns zum Austernbüffet geschleppt, uns ein paar Martinis reingeschüttet und jeder einen Austernteller verkimmelt. Dann sind wir zurück zur Fort Point Bridge und haben Joe über das Geländer gekippt, als die Flut gerade zurückging. Inzwischen war es so dunkel, daß wir nicht mehr sehen konnten, auf was er gelandet ist, und wir waren so besoffen, daß es uns sowieso total egal war.«

Frederick kicherte bei der Erinnerung an diese Episode aus seiner Vergangenheit, doch dann wurde er wieder ernst. »Nichts von dem Firlefanz, wenn ich mal abtrete, Emma. Ich will eine billige Holzkiste, und ich will in die Familiengruft neben Mutter, Vater und Lucy. Warum sollen die armen Würmer auf ihr Essen verzichten, bloß weil es heute nicht mehr stilvoll ist, seine Knochen bei seiner Familie zu deponieren?«

»Ja, Frederick. Ich werde dafür sorgen, vorausgesetzt, daß du mich nicht vorher unter die Erde bringen mußt. Und wir werden natürlich Charlies Wunsch respektieren. Hast du schon alles mit dem Bestattungsinstitut abgesprochen?«

»Habe ich. Wir sollen morgen früh am Krematorium sein. Punkt zehn.«

»So früh schon?« seufzte Emma. »In Ordnung. Wir beide und Sarah, falls sie überhaupt mitkommen möchte, obwohl ich mir wirklich nicht vorstellen kann, warum sie dazu Lust haben sollte. Und wer sonst noch?«

»Vielleicht die Tippletons? Charlie hat zwar immer behauptet, Jack sei ein absoluter Schwachkopf, aber Martha hat er immer gern gemocht.«

»Dann soll auch nur Martha kommen. Eigentlich brauchen wir sonst niemanden mitzunehmen, bloß damit sie mit uns am Ofen stehen, oder wie immer das auch abläuft. Es wäre viel netter, in unserem Haus eine kleine Gedenkfeier für ihn zu veranstalten, vielleicht Sonntag nachmittag, wenn wir uns alle ein bißchen von der Vorstellung erholt haben. Drinks und ein paar kleine Sandwiches, wißt ihr, und das Orchester kann ein paar von den Melodien spielen, zu denen wir früher immer getanzt haben. Wir bitten alle, ihre alten Fotos von Charlie mitzubringen, und lassen sie herumgehen und plaudern über die guten alten Zeiten. Oh, Fred!«

»Jetzt hör endlich auf, Emma. Ich werde den alten Gauner genauso vermissen wie du, aber deswegen werde ich mich noch lange nicht gehen lassen. Jetzt komm schon, Kopf hoch und Haltung bewahren!«

»Steck dir deine Haltung doch an den Hut!« Emma schniefte ein paarmal, schnaubte kräftig in ihr Taschentuch und richtete sich wieder auf. »Frederick, warum bist du eigentlich so sicher, daß Charlie ermordet worden ist?«

Für Gefühlsduseleien hatten die Kellings noch nie viel Zeit verschwendet. Frederick erzählte, Emma nickte.

»Ja, natürlich. Ich hätte es bestimmt selbst herausgefunden, wenn du mir nicht zuvorgekommen wärst. Charlie hat mir von seinem kleinen Arrangement erzählt, als ich ihn mal gefragt habe, wie er denn nachts so zurechtkommt, wie man eben so fragt. Wir haben uns über sein Familienerbstück köstlich amüsiert. Er wollte es übrigens der Massachusetts Historical Society vermachen. Natürlich auf Hochglanz poliert, nehme ich an.«

»Ich weiß. Das steht auch in seinem Testament. Außer diesem Cousin dritten Grades gibt es keine Daventers mehr, und was Charlie von Lemuel gehalten hat, brauche ich dir sicher nicht zu sagen. Er hat ihm exakt zwei Dollar hinterlassen, damit er sich ein Sexblättchen davon kaufen kann.«

»Das ist doch nicht dein Ernst, Frederick!« Emma lachte und schluchzte gleichzeitig.

»Steht schwarz auf weiß in seinem Testament. Menschenskind, Emma, warum heulst du denn nicht endlich, wenn du dich danach besser fühlst.«

»Später«, sagte Emma Kelling. »Im Moment versuche ich gerade, mich daran zu erinnern, wo ich die Schlafanzüge hingelegt habe.«

Kapitel 13

Falls in dieser Nacht sonst noch etwas passierte, bemerkte Sarah jedenfalls nichts davon. Als sie schließlich eine Kanne Schlummer-gut miteinander geleert und Frederick in das alte Zimmer von Bed junior verfrachtet hatten, war sie mehr als bereit, das Schläfchen, das sie im Theater begonnen hatte, fortzusetzen.

Doch sie wachte schon früh wieder auf, stellte fest, daß es ein schöner Tag werden würde, und verspürte das Bedürfnis, aufzustehen und sich nützlich zu machen. Da fiel ihr siedend heiß ein, daß sie heute auch Cousine Mabel besuchen mußte, und sie wünschte sich sofort, gar nicht erst aufgewacht zu sein. Selbst Henry Wadsworth Longfellow hätte für diese Heimsuchung nicht viel übrig gehabt, sinnierte sie, während sie sich die Zähne putzte.

Doch es blieb ihr wohl nichts anderes übrig, als in den sauren Apfel zu beißen. Sie hoffte nur, daß es Ridpath Wales Knöchel wieder etwas besser ging. Es war vielleicht möglich, den Zauberer mit Krücken auftreten zu lassen, auch wenn der dramatische Effekt dadurch nicht gerade gesteigert wurde.

Die lockere Schraube in der Stufe der Falltürtreppe ging ihr einfach nicht aus dem Kopf. Ridpath war nicht allzu tief gefallen. Und selbst wenn er mit dem Kopf aufgeschlagen wäre, hätte er außer einer leichten Gehirnerschütterung und einem gebrochenen Schlüsselbein wohl kaum Verletzungen davongetragen. Andererseits hätte er sich aber auch genausogut den Hals brechen können. Und der Inhalt des Briefes, der auf Tante Emmas Turnüre aufgespießt worden war, ließ befürchten, daß man Ridpaths Ableben durchaus eingeplant hatte.

Die Nachricht mußte demnach vor Ridpaths Unfall geschrieben worden sein. Hinter der Bühne gab es keine Schreibmaschine, im ganzen Theater gab es keine, soweit sie sich erinnern konnte, und sie hatte während der letzten paar Tage bei der Ausführung der diversen Aufträge ihrer Tante so ziemlich jede Ecke des Gebäudes kennengelernt. Sie fragte sich, ob der Brief auf der Schreibmaschine unten in der Bibliothek getippt worden war, denn von dort stammte schließlich auch das Messer. Die Sache mit dem Messer war schon recht merkwürdig. Derjenige, der es genommen hatte, mußte gewußt haben, daß Emma ihr Eigentum sofort wiedererkennen würde. Sarah war sich ziemlich sicher, daß sie den Brieföffner am Mittwoch noch auf Onkel Beds Schreibtisch gesehen hatte, als sie nach Spuren eines Einbruchs suchte, kurz bevor sie den Zettel am Fenster entdeckt hatte.

Und warum hätte das Messer nicht kurz danach weggenommen werden können, vielleicht sogar, während sie im Geräteschuppen eingesperrt gewesen war? Sie war danach nicht zurück in die Bibliothek gegangen. Das ganze Ensemble - Darsteller, Chor und Orchester - hatte sich zu diesem Zeitpunkt im Haus aufgehalten. Tante Emma war mit den Proben beschäftigt gewesen, und die Heatherstones hatten sich ganz auf das Büffet konzentriert. Um all dies zu bewerkstelligen, ohne bei der Probe vermißt zu werden, mußte man gut zu Fuß sein. Es schien immer wahrscheinlicher, daß mindestens zwei Personen an dieser üblen Sache beteiligt waren. Inzwischen deutete auch immer mehr darauf hin, daß alles mit der Aufführung in Zusammenhang stand, was ihr ziemlich rätselhaft vorkam.

Es sei denn, die Tippletons waren die Täter. Vielleicht war es Jenicots Auffassung von Familieneintracht, daß die Familie, die zusammen stiehlt, auch zusammenhielt. Was wiederum bedeuten würde, daß Jacks Schwärmerei für Gillian Bruges und seine Gleichgültigkeit Frau und Tochter gegenüber nur gespielt waren. Und das glaubte Sarah keine Sekunde lang. Jack war ein geiler alter Bock, Martha sein Fußabtreter, und Jenicot eine Tochter mit Problemen, die auf ein Happy End hoffte, das sie wohl nur erleben würde, wenn sie es schaffte, ihr Leben selbst in die Hand zu nehmen.

Wenn man natürlich anfing, in den Familien nach Verdächtigen zu suchen, gehörten auch einige andere Personen dazu, die Sarah bisher ausgeschlossen hatte. Vielleicht steckte Parker Pences Vater nicht nur hinter seinen Kesselpauken, sondern auch hinter dem ganzen Coup, während sein Sohn die Drecksarbeit erledigt und seine Gattin den Brieföffner in ihrem Flötenkasten weggetragen hatte? Es waren schon merkwürdigere Dinge passiert, wenn auch nicht gerade in Emma Kellings Wohnzimmer. Würden ehrenwerte Eltern ihre Sprößlinge in so ruchlose Taten verstricken? Würden vernünftige Eltern allen Ernstes glauben, daß ihre Kinder taten, was sie ihnen aufgetragen hatten, und dann auch noch Stillschweigen darüber bewahrten? Nicht daß man Parker als Kind bezeichnen konnte, dachte Sarah, doch er wirkte noch so schrecklich unerfahren.

Und wenn er tatsächlich unschuldig war? Guy Mannering machte auf Sarah auch nicht gerade den Eindruck eines kaltblütigen Verschwörers, aber er hatte immerhin zwei Freunde, die schwierige Fächer am College studierten. Ein Philosoph konnte als Kopf der Bande die Planung übernehmen, ein Elektroingenieur für die technische Umsetzung sorgen. Guy selbst hatte als Kulissenmaler die ideale Ausrede, sich in Emmas Haus aufzuhalten und die Lage auszukundschaften. Gemeinsam würden sie ein hervorragendes Team abgeben. Sie hatten zwar gesagt, sie wollten nicht zur Probe kommen, was aber noch lange nicht bedeutete, daß sie es nicht doch getan hatten. Einer von ihnen hätte schon gereicht.

Skip vielleicht, dachte sie, er war wendig genug, sich an die unmöglichsten Stellen zu schlängeln. Er hätte, als sie die Kulissen aufluden, den Brieföffner verschwinden lassen und im richtigen Moment in die Turnüre bohren können, als Emma an ihm vorbeieilte, in Gedanken ganz und gar mit der Vorstellung beschäftigt. Während der Schlußszene, als alle anderen auf der Bühne waren, hätte er leicht Gelegenheit gehabt, sich wieder aus dem Staub zu machen. So ein Streich paßte eigentlich genau zu seinem kruden Sinn für Humor, den sie ja selbst kennengelernt hatte, als sie zusammen essen gewesen waren.

Noch eine Möglichkeit also, die in Betracht gezogen werden mußte. Sarah stieg aus der Dusche und rubbelte sich mit einem Handtuch trocken. Heute würde sie keine abgetragene Hose und keinen alten Pullover anziehen. Cousine Mabel verstand es als persönlichen Affront, wenn man nicht fein herausgeputzt bei ihr erschien. Das allerdings verstand sie leider ebenfalls als persönlichen Affront, doch daran war nun einmal nichts zu ändern. Der naturfarbene Leinenrock, der dazu passende Blazer und die blaue Seidenbluse erschienen Sarah ein annehmbarer Kompromiß. Wenn Tante Emma sie etwas im Haus erledigen lassen wollte, konnte sie sich immer noch einen Kittel überziehen.

Die Erkenntnis, daß nach der intensiven Arbeit einer ganzen Woche am heutigen Abend alles vorbei sein würde, wirkte wie ein Schock auf sie. Nach all den aufwendigen Vorbereitungen hätte man meinen sollen, daß sie zumindest drei oder vier Vorstellungen geben würden, doch vielleicht gehörte auch das zu Emma Kellings geheimnisvoller Aura. Da sie ihre Musicals nur ein einziges Mal aufführte, wollte alle Welt mit Kind und Kegel unbedingt dabeisein. Das Theater würde heute abend zum Bersten gefüllt sein. So war es auch bisher immer gewesen. Sarah knöpfte sich die Bluse zu und ging nach unten.

Heatherstone wollte gerade mit dem Tablett nach oben kommen. Sarah nahm ihre Tasse in Empfang und trug sie ins Sonnenzimmer. Der Raum war noch kühl, obwohl die Sonne schon schien. Bald würde es warm werden. Sarah hoffte nur, daß es die Sonne auch am Sonntag zu Charlies Gedenkfeier noch gut mit ihnen meinte.

Doch selbst bei schlechtem Wetter würde es kein trübsinniges Fest werden, dazu würden zu viele Kellings anwesend sein. Die meisten Kellings liebten Beerdigungen. Diesmal war es natürlich nur halb so schön, weil der Ehrengast in ihrer Mitte fehlte, doch man würde sicher auch so das Beste daraus machen. Dolph würde sich würdevoll geben, Onkel Theodore würde mit zitternder Stimme »So jung hat er von uns gehen müssen« sagen, und Tante Priscilla würde darauf bestehen, daß es »eine Erlösung« für ihn gewesen sei, während Tante Appie außer sich sein würde, weil sie dem lieben Verstorbenen nicht die letzte Ehre erweisen konnte, was in ihrem Fall bedeutete, daß sie sich schluchzend über den offenen Sarg beugte und auf die sorgfältige Arbeit des Leichenbestatters eine Flut von Tränen und Haarnadeln riesel ließ. Cousine Theonia, auch wenn sie nur angeheiratet war, leistete für gewöhnlich ebenfalls ihren Beitrag zu derartigen traurigen Anlässen, indem sie wie die Trauertaube, *Zenaidura macroura,* »Welch herber Verlust für die armen Hinterbliebenen« gurrte.

In Charlies Fall waren die trauernden Hinterbliebenen hauptsächlich Emma und Frederick, soweit Sarah wußte, es sei denn, der allseits verhaßte Lemuel erschien unerwartet auf der Bildfläche. In diesem Fall war Tante Appie zweifellos gutherzig genug, auch ihn mit ihren Tränen zu überschwemmen. Cousin Frederick hatte ihm sicher aus reiner Pflichterfüllung bereits ein Telegramm geschickt, und Sarah ahnte auch schon, was darin stand: »CHARLES TOT. BLEIB WO DU BIST. DU KRIEGST SOWIESO NICHTS.«

Der heiße Tee schmeckte gut, machte allerdings hungrig. Sarah ging nachsehen, ob Mrs. Heatherstone schon angefangen hatte, das Frühstück vorzubereiten, fand sie beim Pfannkuchenbacken und nahm sich einen heißen Fladen aus der Pfanne. Mit echtem Ahornsirup, wie Tante Emma sie am liebsten mochte, waren sie zwar sehr lecker, doch Sarah mochte sie noch lieber zusammengerollt und innen mit Butter und Konfitüre bestrichen.

»Hier, bind' dir die Schürze um, damit du dir keine Flecken auf deine schöne Bluse machst«, schimpfte Mrs. Heatherstone. »Und iß ihn bloß hier in der Küche. Sonst tropfst du mir noch das ganze Haus mit geschmolzener Butter voll.«

»Ja, Mrs. Heatherstone«, antwortete Sarah kleinlaut und setzte sich wie ein braves Mädchen mit ihrem Teller an den Tisch. Morgen abend fuhr sie wahrscheinlich wieder nach Hause, dann konnte sie essen, wo es ihr paßte. Max liebte es, sich einfach hinzusetzen und zu essen, wann immer er Lust dazu hatte, und sie hatte diese Angewohnheit von ihm übernommen. Was er wohl gerade essen mochte, fragte sie sich, wo er wohl war, und wann er wohl nach Boston zurückkommen würde?

Sarah wurde bewußt, daß sie seiner Rückkehr mit gemischten Gefühlen entgegensah. Sie sehnte sich zwar nach ihm, hatte aber Angst, ihn schon wieder mit einer Familienkrise behelligen zu müssen. Als Alexander noch gelebt hatte, war es genauso gewesen, alle hatten immer von Sarahs Ehemann erwartet, daß er ihnen aus der Patsche half, so daß er für Sarah nie Zeit gehabt hatte. Sie seufzte und holte sich noch einen Pfannkuchen.

»Wenn du so weitermachst, junge Dame, hast du gleich keinen Hunger mehr auf dein Frühstück.« Mrs. Heatherstone schien völlig vergessen zu haben, daß Sarah inzwischen erwachsen und bereits zum zweitenmal verheiratet war. »Jetzt komm und hilf mir beim Tischdecken, sei ein braves Mädchen.«

Sarah gehorchte ihr, wie sie es immer getan hatte. Sie konnte sich nicht mehr genau erinnern, wann ihre Eltern sie das erstemal bei Tante Emma abgesetzt hatten. Beim letztenmal jedenfalls war sie zehn Jahre alt gewesen, ihre Eltern hatten damals eine lange Reise quer durch Europa unternommen. Ihre Mutter hatte kurz zuvor erfahren, daß sie bald sterben würde, und hatte beschlossen, endlich all die Dinge zu tun, die sie immer wieder aufgeschoben hatte, als sie noch gesund gewesen war. Keiner hatte sich die Mühe gemacht, Sarah die Situation zu erklären. Aber es hatte ihr nichts ausgemacht, zurückgelassen zu werden, denn wenn man sie mitgenommen hätte, hätte sie bestimmt alle möglichen Reiseführer auswendig lernen müssen, um ihre kulturellen Erfahrungen auch bis ins kleinste Detail auszukosten. Hier in Pleasaunce hatte sie statt dessen Onkel Beds Detektivromane lesen dürfen.

Heute wußte sie, wie unschuldig diese Lektüre gewesen war, es hatte darin keinen Sex gegeben und weniger Gewalt als in ihren Märchenbüchern, aber eine Menge ernsthafter Überlegungen, die häufig auf erstaunlich merkwürdigen Prämissen fußten. Wenn Onkel Fredericks Beweisstück nicht so unfein wäre, würde die derzeitige Heimsuchung der Kellings eigentlich hervorragend in einen von Onkel Beds vornehmen Thrillern passen, ein wertvolles Familienporträt wie vom Erdboden verschluckt, ein Mord, der als ganz gewöhnlicher Unfall getarnt war - geradezu die perfekte Kulisse für Miss Maud Silver. Sie hätte ihren zweitbesten Hut abgesetzt, ihre Holzbrosche angesteckt, es sich mit ihrem Strickzeug bequem gemacht und begonnen, das Geheimnis zu lüften.

Doch wie viele Geheimnisse gab es überhaupt? War es vernünftig, Charlies Tod mit Ernestinas Verschwinden in Zusammenhang zu bringen, nur weil beides in ein und derselben Nacht geschehen war? Und weil Charlie bei der Diskussion um den Wert des Bildes auf dem heutigen Schwarzmarkt dabeigewesen war? Und weil die letzte und schrecklichste Mitteilung »Zwei erledigt, einer fehlt noch« gelautet hatte?

Was sollte man von diesen Briefen überhaupt halten? Was bezweckten die vagen Drohungen, die keinerlei Anweisungen enthielten, was die Geldübergabe betraf? Was führten die Gauner wirklich im Schilde?

Vielleicht waren es auch gar keine richtigen Gauner. Vielleicht hatte die Wackere Jane wieder einmal zugeschlagen? Sarah konnte sich ein Lächeln nicht verkneifen, als sie das Besteck und die Servietten auf die blaßgrünen Platzdeckchen aus Leinen legte. Sie hatte die Wackere Jane in dem Sommer, als sie zehn Jahre alt gewesen war, hier in Onkel Beds Bibliothek entdeckt. Jane gehörte zu den emanzipierten Frauen aus den Anfängen der Kriminalliteratur. Sie war eher eine Art weiblicher Robin Hood als eine Detektivin und hatte, was sie den geizigen Reichen abgenommen hatte, den rechtschaffenen Armen gegeben.

In einem ihrer Abenteuer hatte Jane unter beinahe unmöglichen Bedingungen ein riesiges Kunstwerk aus der Galerie eines schwerreichen Mannes entwendet und den hartherzigen Besitzer gezwungen, sein Eigentum durch eine großzügige Spende an eine philanthropische Gesellschaft, der er Geld vorenthalten hatte, freizukaufen. Nach Einlösung des Schecks hatte sie ihm die Nachricht zukommen lassen, er solle doch das Rouleau am Fenster herunterlassen. Und hier fand der Mann dann sein wertvolles Gemälde, aus dem Rahmen herausgeschnitten und außer Sichtweite gerollt.

Sie hatte diese Geschichte vor kurzem Max erzählt, und er war förmlich an die Decke gegangen. Zunächst einmal hatte er sie darüber aufgeklärt, daß Jane das Bild wahrscheinlich total ruiniert hatte, indem sie es einfach aus dem Rahmen herausschnitt, und dann wäre auch noch die gottverdammte Oberfläche des Gemäldes beschädigt worden, denn sie wäre todsicher überall gesprungen und gerissen, wenn Jane sie auf das gottverdammte Rouleau gerollt hätte. Drittens hätte das Rouleau durch die dicke Leinwand völlig an Form verloren. Der Eigentümer hätte mit Blindheit geschlagen sein müssen, um diese Deformation zu übersehen. Viertens hätte es Jane nie und nimmer geschafft, ohne fremde Hilfe an das Gemälde heranzukommen. Wenn der Besitzer tatsächlich so ein geschmackloser Trottel war, wie der Autor behauptete, hätte er das Bild bestimmt so hoch gehängt, daß es fast die Decke berührte, was zufällig auch noch dem zeitgenössischen Geschmack entsprochen hätte. Und das wären mindestens vier Meter gewesen und somit für Jane unerreichbar, es sei denn, sie hätte eine lange Holzleiter angeschleppt, die sie wiederum schlecht in ihren spitzenbesetzten Unterhosen hätte verstecken können.

Max hielt nicht allzu viel von Detektivromanen. Er war nicht bereit, um einer spannenden Geschichte willen sein logisches Denken auszuschalten, glaubte allerdings durchaus an Eingebungen. Aber vielleicht hatte Sarah genau das gerade gehabt? Hätte sie überhaupt an die Wackere Jane gedacht, wenn Jane ihr damit nicht etwas sagen wollte? Einmal angenommen, sie konnte sich nur deshalb nicht erklären, wie das Gemälde aus dem Haus geschafft worden war, weil es gar nicht erst weggschafft worden war? Aber falls dies wirklich zutraf, wo konnte es dann sein?

Jedenfalls nicht in einem Rouleau. Auch nicht hinter einem der Wandbehänge, sonst hätte Heatherstone es bestimmt schon längst bemerkt. Und Gott sei Dank hatte man es auch nicht aus dem Rahmen herausgeschnitten, sonst würden sich darin noch Reste befinden.

Irgendwo unten im Keller wäre wohl das wahrscheinlichste Versteck, oder zumindest ein Ort, der unauffällig genug war, um Dieben zuzusagen. Dort unten lagerten die Sachen von Generationen, selbst Dinge, von denen sich schon Onkel Beds Urgroßeltern nicht hatten trennen können, weil man schließlich nie wissen konnte, ob man sie nicht doch irgendwann einmal brauchte. Wenn Kinder und Enkel umzogen, heirateten oder ihre Wohnungen oder Häuser neu einrichteten, wurde jedesmal wieder alles umgestellt, Verschiedenes fortgenommen und Neues dazugestellt, wo immer sich ein freies Plätzchen fand. Selbst Gegenstände von der Größe Ernestinas konnte man unauffällig dort verschwinden lassen, besonders jetzt, wo nur noch die Heatherstones und eine Halbtagshilfe, die nicht im Hause wohnte, hier waren, um Emmas komplizierten Haushalt zu führen. Keiner hatte mehr die Zeit, auf Kleinigkeiten zu achten. Sarah faltete die Servietten zu schwimmenden Schwänen, wie Mrs. Heatherstone es ihr vor vielen Jahren beigebracht hatte, stellte einen Topf mit Tante Emmas Lieblingsprimeln auf den Tisch, um dem ganzen Arrangement wenigstens einen Hauch von Frühling zu verleihen, und schlich sich durch den hinteren Korridor in den Keller.

Als sie unten ankam, dachte sie als erstes: »Das kann ja Jahre dauern!« Sie stellte jedoch fest, daß alles viel ordentlicher war, als sie erwartet hatte, und daß es nichts gab, das einem verschwundenen Romney auch nur entfernt ähnlich sah. Was natürlich nicht unbedingt bedeutete, daß Ernestina nicht hier war, denn man hätte sie sicher gut getarnt. Sarah stöberte überall herum, bis sie ihre Tante ungeduldig fragen hörte: »Ist Sarah denn immer noch nicht unten?«, und beschloß, sich besser zu zeigen. Sie wollte allerdings noch nichts von ihrer Eingebung verlauten lassen. Wenn sie tatsächlich recht hatte, war Ernestina hier vollkommen sicher. Und wenn nicht, war es wohl kaum der richtige Zeitpunkt, einem Phantom nachzujagen.

Cousin Frederick schien die Nacht in dem Schlafanzug, aus dem Bed junior herausgewachsen war, gut bekommen zu sein. Wenn sie ihn und Emma so zusammen sah, beide so ziemlich im gleichen Alter, fragte sie sich, warum sie ihn eigentlich Cousin nannte, Emmas Söhne, die beide ein ganzes Stück älter waren als sie, zu ihm dagegen Onkel sagten. Tatsächlich wußte keiner mit Sicherheit, wie genau und um wieviel Ecken sie alle mit Frederick verwandt waren. Typisch für den Kelling-Clan. Die verwandtschaftlichen Beziehungen waren so verworren und kompliziert, daß sich keiner mehr um die genauen Bezeichnungen scherte. Außer natürlich Cousine Mabel, die auf ihre ganz spezielle Weise daran Anstoß nahm, wenn die jungen Leute es wagten, sie als Tante zu bezeichnen. Allen anderen war es herzlich gleichgültig.

Mabel hatte sie zum Lunch eingeladen. Da Sarah sich ziemlich gut vorstellen konnte, was darunter zu verstehen war, beschloß sie, lieber auf Nummer Sicher zu gehen und zum Frühstück genügend Pfannkuchen und Würstchen zu verdrücken. Viel zu sagen brauchte sie sowieso nicht, denn Emma und Frederick waren damit beschäftigt auszudiskutieren, wen sie zur Gedenkfeier am nächsten Tag einzuladen gedachten. Tante Emma war mit ihrem großen Adreßbuch am Frühstückstisch erschienen und trug ihren dünnen, goldenen Stift, der genauso zu ihr gehörte wie die Diamantsolitäre in ihren Ohren, an einer Kette um den Hals. Außerdem war sie mit einem neuen blauen Notizbuch bewaffnet.

Schließlich ließ Emma den Stift wieder zurück an ihre handbestickte graue Seidenbluse schwingen. »Das wäre dann alles, würde ich sagen. Vielen Dank, Fred. Sarah, wenn du keine Lust hat, mit zum Krematorium zu gehen, würde ich dich bitten, hierzubleiben und einige Anrufe für mich zu tätigen. Samstag morgen ist zwar nicht gerade die beste Zeit, Leute zu Hause anzutreffen, aber ich weiß wirklich nicht, wann wir es sonst machen sollen. Wir nehmen den Buick, Heatherstone. Mrs. Heatherstone hat mir mitgeteilt, daß sie auch gern mitkommen möchte. Auf dem Rückweg können wir dann unsere Einkäufe erledigen. Ich kann mir zwar nicht vorstellen, was wir unseren Gästen so auf die Schnelle zu essen vorsetzen sollen, aber es wird uns schon etwas einfallen. Tut mir leid, daß du zu Cousine Mabel mußt, Sarah, aber wenigstens ist eure Verabredung eine gute Entschuldigung, sie nicht zur Einäscherung mitzunehmen. Für morgen werden wir sie wohl trotzdem einladen müssen, fürchte ich, sonst wird sie es mir mein Lebtag nicht verzeihen. Kannst du sie für mich einladen, Liebes? Wenn ich sie nicht persönlich anrufe, ist sie vielleicht so beleidigt, daß sie wegbleibt.«

»Das kannst du vergessen«, knurrte Frederick. »Du weißt ja, was du sie sonst noch alles fragen sollst, nicht, Sarah?«

»Vorausgesetzt, sie läßt mich überhaupt zu Wort kommen.«

»Was könnte Mabel wissen, was ich nicht auch weiß?« fragte Emma.

»Da bin ich überfragt«, sagte Sarah. »Als wir vorgestern abend mit Sergeant Formsby gesprochen haben, sind wir irgendwie auf sie zu sprechen gekommen. Und da hatte er die glorreiche Idee, sie in die Mangel zu nehmen.«

»Was für eine wunderbare Vorstellung.«

»Tante Emma, jetzt aber mal im Ernst. Du weißt doch genau, was passieren wird, wenn wir zulassen, daß ein Polizist anfängt, Cousine Mabel über Charles Daventers Privatleben auszufragen. Sie würde einen solchen Skandal verursachen, daß du die Vorstellung abblasen müßtest. Also bin ich in die Bresche gesprungen und habe es geschafft, ihn davon zu überzeugen, daß ich mehr Glück haben würde, ihr Informationen zu entlocken, als er. Offen gesagt war es nicht sehr schwer, ihn zu überzeugen.«

»Kann ich mir lebhaft vorstellen«, meinte Emma, während sie Frederick das letzte Würstchen auf den Teller legte. »Mabel ruft an ungefähr sechs Abenden pro Woche die Polizei an, um sich über angebliche Spanner zu beschweren. Reines Wunschdenken, wenn du mich fragst. Wirklich schade, daß ihre Eltern zu geizig waren, einen Gärtner einzustellen, mit dem sie hätte durchbrennen können, als sie noch ein junges Mädchen war. Was meinst du, Frederick, sollten wir uns nicht allmählich die Lenden gürten?«

»Meine Lenden sind bereits gegürtet, Emma. Die Fahrt zum Friedhof wird höchstens fünfzehn Minuten dauern, also kann ich ruhig noch ein wenig sitzen bleiben und mein Frühstück verdauen. Ich muß gestehen, daß ich so etwas Gutes nicht alle Tage bekomme. Wenn ich nicht damit rechnen müßte, mir eine Ohrfeige zu fangen, würde ich glatt in die Küche gehen und Mrs. Heatherstone einen Kuß geben.«

»Meine Güte, Fred, was ist denn plötzlich in dich gefahren?«

»Ich bemühe mich nur, mich nicht unterkriegen zu lassen, denke ich. Was bringt es schon, ein langes Gesicht zu ziehen? Charlie hätte das sicher nicht gewollt. Außerdem muß ich ja selbst auch bald abtreten. Ich hoffe bloß, daß ich noch lange genug lebe, um das Schwein zu erwischen, das ihn umgebracht hat. Ich hätte nie gedacht, daß ich so rachsüchtig sein könnte, aber das alles ist weiß Gott mehr, als ich ertragen kann.«

Emma gab ihm einen kleinen Klaps auf die Schulter. »Ich weiß, Frederick. Ich glaube, was ich am schrecklichsten finde, ist die Angst, daß sein Tod irgendwie mit dieser dummen Ernestina-Geschichte zu tun haben könnte. Wenn ich jemals herausfinden sollte, daß Charlie Daventer wegen ein paar Meter Leinwand aus meinem Haus hat sterben müssen, werde ich bestimmt vor Scham tot umfallen.«

»Nein, das wirst du nicht. Du wärst stinkwütend, genau wie ich.« Frederick schob seinen Stuhl nach hinten, stand auf und sah sie fest an. »Emma, du glaubst doch hoffentlich keine Sekunde lang, daß Charlie in den Diebstahl deines Bildes verwickelt war?«

»Frederick! Daran würde ich nicht mal im Traum denken! Ich habe bloß gedacht, da Charlie an dem betreffenden Abend hier war, hat er vielleicht mitbekommen, daß etwas im Busche war. Er war ein verdammt guter Tüftler, weißt du. Er hat immer die ganzen Denkspiele und Kreuzworträtsel in der London Times gelöst, wenn er ein kostenloses Exemplar in die Finger bekommen hat. Aber ich kann mir einfach nicht vorstellen, daß es wirklich wahr sein könnte. Ihr etwa?«

»Emma, es ist doch sinnlos, sich darüber den Kopf zu zerbrechen, wenn wir nicht einmal eine Spur haben, die wir verfolgen können. Wo ist dein Mantel?«

Emma strich sich den dunkelgrauen Rock glatt und knöpfte ihre Jacke zu. Sarah stellte fest, daß sie kein Schwarz trug, wahrscheinlich weil sie überhaupt nichts Schwarzes besaß. Sie hatte schon oft verlauten lassen, daß Schwarz für Frauen über vierzig unvorteilhaft sei, doch sie hatte die dunkelsten Sachen gewählt, die sie hatte.

»Ich werde keinen Mantel tragen, Fred. Im Krematorium müßte es eigentlich warm genug sein, glaubst du nicht? Heatherstone, bitte richten Sie Mrs. Heatherstone aus, daß wir fertig sind, sobald Sie mit dem Wagen vorfahren. Hier ist die Liste mit den Leuten, die du anrufen sollst, Sarah. Sag ihnen kurz, was passiert ist, und bitte sie, morgen nachmittag gegen vier hier zu sein. Oh, und sie sollen Fotos mitbringen, wenn sie welche haben. Ich laufe nur schnell nach oben und hole meinen Hut. Charlie hat immer so gern gesehen, wenn ich ihn getragen habe.«

Tante Emma wollte wahrscheinlich nur ungestört ein paar Tränen verdrücken, dachte Sarah, was mehr als verständlich war. Sie trug, was übrig geblieben war, zurück in die Küche, sagte Mrs. Heatherstone, sie solle es ruhig stehen lassen, da Mrs. Kelling schon dabei sei, sich den Hut aufzusetzen, und ging in die Bibliothek. Wenn sie schon die ganzen Leute anrufen mußte, dann wollte sie es sich dabei wenigstens so gemütlich wie möglich machen. Es würde bestimmt eine ganze Weile dauern.

Sarah kannte die meisten Personen auf Emma Kellings Liste entweder überhaupt nicht oder nur flüchtig. Einige von ihnen konnten sich noch an sie erinnern, war sie nicht das Kind, das bei Emma und Bed gewohnt hatte, als Walters Frau so krank gewesen war? Was für eine Tragödie, daß sie so jung hatte sterben müssen! Sie nahmen an, daß Sarah ihre Mutter schrecklich vermißte, ließen ihr aber keine Zeit, sich dazu zu äußern. Sie waren viel zu sehr damit beschäftigt, ihr mitzuteilen, wie betroffen sie doch alle über den Tod des armen Charlie waren und wie sehr sie sich auf den *Zauberer* freuten. Sarah versuchte, die Gespräche so kurz wie möglich zu halten, ohne dabei unhöflich zu sein, und wählte die nächste Nummer.

Von den Männern erreichte sie nur wenige. Anscheinend waren sie entweder alle zum Angeln oder Golfspielen gegangen, oder sie hatten sich in ihre Arbeitszimmer eingeschlossen und schrieben an ihren Memoiren – oder was die männliche Bevölkerung von Pleasaunce sonst an einem Samstagmorgen so machte. Glücklicherweise hatten die meisten von ihnen Ehefrau, Töchter, Haushälterinnen oder Freundinnen, die zu Hause waren und Sarahs Nachricht entgegegennehmen konnten. Als es schließlich Zeit war, in den sauren Apfel zu beißen und sich für den Besuch bei Cousine Mabel fertigzumachen, hatte sie bis auf wenige Ausnahmen alle Bekannten und Freunde auf Emmas Liste erreicht. Und sie war immer noch nicht zurück in den Keller gegangen, um ihre Suche zu Ende zu führen.

Sie wollte gerade die Haustür hinter sich zuziehen, zögerte jedoch noch, weil sie nicht sicher war, ob sie so einfach gehen und das Haus unbeaufsichtigt zurücklassen konnte, als Emmas Wagen vorfuhr.

»Bist du denn immer noch hier, Sarah? Donnerwetter, du siehst wirklich schick aus! Mabel wird fuchsteufelswild sein. Spring ins Auto, Liebes, Heatherstone fährt dich schnell hin.«

»Aber ich wollte eigentlich meinen eigenen Wagen nehmen«, protestierte Sarah.

Emma wedelte entsetzt mit ihren Handschuhen. »Das wäre aber höchst unklug. Wenn du das machst, bringt Mabel es fertig, sich von dir in ganz Pleasaunce herumkutschieren zu lassen, und dann ist dein Nachmittag futsch. Aber so kann Heatherstone pünktlich um halb zwei mit der Nachricht bei euch eintreffen, daß du hier dringend gebraucht wirst. Damit kannst du guten Gewissens verschwinden, und Mabel kann sich statt dessen über mich aufregen, weil ich eure traute Zweisamkeit gestört habe.«

»Daran habe ich noch gar nicht gedacht, obwohl sie sich todsicher auch über mich aufregen wird. Wo ist Cousin Frederick?«

»Er hat uns gebeten, ihn an Charlies Wohnung abzusetzen. Ich hoffe, er fängt sich bald wieder. Ich weiß wirklich nicht, ob das ganze Detektivspielen so gesund für ihn ist.«

»Ich werde Max einschalten, wenn er kommt. Hier hast du deine Liste wieder zurück. Die Häkchen bedeuten ja, die Kreuze nein, und die Fragezeichen, daß die Betreffenden zurückrufen wollen. Wenn nichts dahinter steht, habe ich keinen erreichen können.«

Sarah gab ihrer Tante einen Kuß und stieg in den Wagen. Im Grunde hatte sie nichts dagegen, sich fahren zu lassen. Sie genoß es, ein paar Minuten nichts zu tun. Außer, dummerweise, sich Sorgen zu machen.

Wonach mochte Frederick wohl jetzt wieder suchen? Vielleicht nur nach Papieren, die mit Charlies Nachlaß zu tun hatten? Sie vergaß immer wieder, daß er Charlies Testamentsvollstrecker war. Trotzdem war ihr nicht wohl bei dem Gedanken, daß er ganz allein in der Wohnung war. Die Bemerkung von Tante Emma: »Ich weiß nicht, ob das so gesund für ihn ist«, war irgendwie ungewöhnlich. Normalerweise war Emma nicht taktlos, es sei denn, man versuchte, ihre Pläne zu durchkreuzen. Und das Schlimmste von allem war, daß sie auch noch recht hatte. Detektiv spielen konnte höchst ungesund sein für einen streitbaren alten Amateur, der keine Ahnung hatte, von wo ihm Gefahr drohte.

»Heatherstone«, sagte sie, »es wäre vielleicht ganz gut, wenn Sie auf dem Rückweg bei Mr. Daventers Wohnung vorbeifahren würden, um nachzusehen, ob Cousin Frederick nicht möglicherweise seine Meinung geändert hat und doch mit meiner Tante zu Mittag essen möchte.«

»Daran habe ich auch schon gedacht, Sarah. Ehrlich gesagt, ist mir gar nicht wohl bei dem Gedanken, daß er ganz allein in der Wohnung ist.«

Sie hätte eigentlich wissen müssen, daß er ihren fadenscheinigen Vorwand durchschauen würde. »Es sind bloß schon so viele schlimme Dinge passiert. Ich wünschte, mein Mann wäre hier.«

»Das solltest du besser nicht zu Miss Mabel sagen. Sonst wird sie noch dafür sorgen, daß du geschieden bist, bevor ihr die Suppe gegessen habt.«

»Wie kommen Sie denn darauf, daß sie mir Suppe anbieten wird? Ist Ihnen überhaupt bewußt, was für eine privilegierte Stellung Sie haben, Heatherstone?«

»Entschuldigung, wenn ich eine unpassende Bemerkung gemacht haben sollte«, erwiderte er ein wenig eingeschnappt.

»So habe ich das doch gar nicht gemeint. Ich meine bloß, daß Sie nie bei Cousine Mabel essen müssen. Wenn sie für das Essen zuständig ist, ist sie nämlich immer streng auf Diät, wissen Sie.«

»Das muß sie wohl, nehme ich an, wenn man bedenkt, wie sie immer reinhaut, wenn sie bei anderen eingeladen ist. Mrs. Heatherstone kocht immer doppelt soviel, wenn Miss Mabel kommt, und bis jetzt ist sie noch nie auf irgendwelchen Resten sitzengeblieben. Nicht daß es ihr etwas ausmacht oder daß Mrs. Kelling jemandem eine anständige Mahlzeit mißgönnen würde. So, da wären wir, Sarah-Mädchen. Am besten, ich steige aus und halte dir die Wagentür auf, sonst kommt sie noch nach unten und erinnert mich daran, daß ich dafür bezahlt werde, meine Herrschaft zu bedienen.«

»Vor mir tut sie das bestimmt nicht. Vielen Dank, Heatherstone. Bis später also. Warten Sie einfach draußen und hupen Sie, wenn Sie wieder da sind.«

Mit diesen ermunternden Worten ließ Sarah sich von ihm stilvoll aus dem Wagen helfen. Sie unterließ es diesmal aus taktischen Gründen, ihrem Chauffeur zum Abschied zuzuwinken, und schwebte den Weg zum Haus hoch, die Nase in der Luft und das Herz in den Kniekehlen.

Kapitel 14

Bevor es in Mode kam, viktorianische Häuser zu restaurieren, hatte einer von Emma Kellings Bostoner Freunden Pleasaunce als eine Stadt bezeichnet, in der die architektonischen Sünden der Väter an den Kindern heimgesucht würden. Anscheinend gab es wirklich eine unverhältnismäßig große Zahl übriggebliebener Sprößlinge, die hier in den veranda- und türmchenverzierten klapprigen Riesenhütten ihrer Vorfahren hausten. Mabel Kelling war einer davon.

Während Emma und Beddoes durch wohlüberlegte Veränderungen und geschmackvolle Renovierungen aus ihrem Haus ein richtiges Schmuckkästchen gemacht hatten und Frederick das seine durch Selbstverleugnung in eine wahre Quelle der Philanthropie verwandelt hatte, war Cousine Mabel fest entschlossen, die Anhäufung von Buntglas und schokoladebraunen Schindeln genauso zu bewahren, wie man sie ihr hinterlassen hatte. Und das, was man ihr hinterlassen hatte, war ausgesprochen scheußlich.

Mabels längst verstorbene Großeltern hatten in weiser Voraussicht Tapeten gewählt, auf denen man keinen Dreck sehen konnte. Da die Tapeten immer noch nicht übermäßig viel Schmutz erkennen ließen, als Mabels Eltern das Haus übernommen hatten, war auch von besagten Eltern alles beim alten belassen worden. Ob sich der Zustand der Tapeten inzwischen geändert hatte, konnte man nur mit Mühe feststellen. Wie auch immer das Muster einst ausgesehen haben mochte, inzwischen erinnerte es lebhaft an halbrohe Schweineleber.

Mittels diverser Erbschaften und Beutezüge hatte Mabel eine Unmenge von Möbeln angehäuft. Im Gegensatz zu Emma lagerte sie jedoch den Überschuß nicht im Keller. Wie sie oft genug betonte, zog sie es vor, sich an allen ihren Schätzen zu erfreuen. Welchen ästhetischen Genuß man jedoch an drei Hutständern mit

Haken aus echten Hirschhufen, drei Sofas mit abgeschabten Bezügen, der Bronzestatue eines Atlas, der einen Leuchtglobus auf den Schultern trug und dessen Geschlechtsteile diskret durch ein in den Unterleib eingebautes Barometer verdeckt waren, empfinden konnte, gehörte zu den Geheimnissen, die nicht einmal Max Bittersohn zu entschlüsseln wagte.

Sarah war gezwungen, mehrere Minuten auf einem der Sofas zu warten, während Zeriah, das Hausmädchen, ein besonders verkniffen dreinblickendes Prachtexemplar aus der Wildnis des nördlichen New Hampshire, nachschauen ging, ob ihre Herrschaft zu Hause war. Zeriah pflegte sich damit zu brüsten, daß vor ihr sogar ein Tiger die Flucht ergriffe, und arbeitete anscheinend nur für Mabel, um in Form zu bleiben. Wenn Sarah nicht auf die Sekunde pünktlich gewesen wäre, hätte Mabel sicher schon stinksauer vor der Tür gestanden und auf sie gewartet.

Zu gegebener Zeit ließ sich die Dame des Hauses schließlich herab, sie zu begrüßen. Wie Tante Emma war Mabel eine stattliche Frau, wenn auch bedeutend extravaganter gekleidet. Im Laufe der Jahre hatte sie die Garderobe von verschiedenen dahingeschiedenen Verwandten einkassiert und wollte natürlich auch diese Schätze gebührend genießen. Heute war sie in einen Frühlingstraum aus grünem und gelbem Chiffon gehüllt, mit wehenden Ärmeln, losen Besätzen an den Schultern und diversen langen Volants hier und dort, die sie alle heftig umflatterten, als sie mit ihren soliden braunen Schnürschuhen in die Eingangshalle marschierte. Mit ihrem geröteten Gesicht und der viel zu starken Dauerwelle sah sie aus wie eine gigantische Pfingstrose im Sturm, dachte Sarah. Nur daß die Pfingstrose natürlich bedeutend hübscher aussehen würde.

»Da bist du ja endlich, Sarah«, lautete die freundliche Begrüßung. »Ich bin überrascht, daß du dir die Zeit genommen hast, mich zu besuchen.«

Mit ihren hervortretenden blauen Augen fixierte sie Sarahs Taille, während sie weitersprach. »Noch immer kein Familienzuwachs in Aussicht, wie? Du hast wirklich nicht viel Glück mit deinen Ehemännern, wie es scheint.«

»Oh, das würde ich nicht sagen«, erwiderte Sarah mit einem hintergründigen kleinen Lächeln, das sie eigens für derartige Gelegenheiten einstudiert hatte. »Du siehst gut aus, Cousine Mabel. Und du hast wirklich ein interessantes Kleid an.« Mabel Kelling ließ sich von Schmeicheleien nicht täuschen. Sie haßte es, wenn man ihr sagte, sie sehe gut aus, es war beinahe genauso schlimm, als wenn man ihr sagte, sie sehe schlecht aus. Sie schilderte Sarah daher eingehend, wie sie erst vor kurzem gerade noch dem Tode entronnen war, ein lebensgefährlicher Fall von Magenverstimmung, womit sie zweifellos gleichzeitig bezweckte, das karge Mahl zu rechtfertigen, das sie für Sarah vorgesehen hatte, und ihr mit ein wenig Glück vielleicht sogar völlig den Appetit zu verderben.

Sarah störte dies wenig, denn sie war schließlich nicht hergekommen, um zu essen. Sie schlängelte sich zwischen den Betkissen und Hockern hindurch zum Frühstückszimmer, ließ sich von Mabel einen der zahlreichen Stühle zuweisen und wartete geduldig darauf, daß Zeriah hereinkam und ihnen widerwillig das übliche Pfützchen scheußlichen Sherrys in einem von Großtante Berengarias rubinroten Pokalgläsern servierte.

Mabel selbst suchte sich den besten Stuhl aus, verbrachte einige Zeit damit, es sich bequem zu machen, und kam dann gleich auf den Punkt. »Ich nehme an, bei Emma ist diese Woche einiges los. Bestimmt läßt sie wieder alle für sich schuften, damit sie sich nachher im Ruhm sonnen kann.«

»Ein Zuckerschlecken ist es wirklich nicht«, sah sich Sarah gezwungen zu antworten, kam jedoch sofort geschickt auf ihr eigentliches Thema zu sprechen. »Ich vermute, du hast schon gehört, was mit dem armen Charlie Daventer passiert ist.«

»Ist sturzbetrunken in der Badewanne ausgerutscht und hat sich den Schädel eingeschlagen«, antwortete Cousine Mabel mit sichtlicher Schadenfreude. »Ich habe gehört, er soll splitternackt gewesen sein, wenn man von den schwarzen Strapsen und einem Paar unechter Ohrringe einmal absieht.«

»Cousine Mabel, wer in aller Welt hat dir das denn erzählt? Ist es nicht scheußlich, was für gemeine Sachen sich die Leute ausdenken? Fragst du dich nicht manchmal, wer diese haarsträubenden Lügengeschichten in die Welt setzt?«

»Du hast es gerade nötig, Sarah! Wenn man bedenkt, welche Skandale du schon hinter dir hast, sollte man wirklich annehmen, du wärst inzwischen etwas realistischer. Jeder weiß schließlich, was Charlie Daventer war. Was glaubst du wohl, warum er nie geheiratet hat? Daß er Emma verehrt haben soll, ist der reinste Schwachsinn! Ha!«

Mabel führte das Sherryglas an ihre Lippen und setzte es wieder ab, ohne die Pfütze auch nur im geringsten verkleinert zu haben. »Stimmt es, daß er sein ganzes Geld einem jungen Spund hinterlassen hat, mit dem er sich in der letzten Zeit immer herumgetrieben hat?«

»Um Gottes willen, wo hast du das denn wieder her? Natürlich nicht! Er hat es der Schule für behinderte Kinder hinterlassen. Ich weiß es hundertprozentig, weil Cousin Frederick der Testamentsvollstrecker ist und es mir selbst erzählt hat.«

»Aha, ich verstehe. Dann ist es bestimmt einer von den Lehrern dort gewesen.« Mabel gönnte sich einen richtigen Schluck Sherry. »Ich kann nicht sagen, daß es mich sonderlich überrascht. Ich hatte immer schon das Gefühl, daß mit dem Haus einiges nicht stimmt. So viele Wohltäter zusammengesperrt mit einem Haufen kleiner Krüppel. Beim nächsten Tag der offenen Tür muß ich unbedingt hingehen und mir mit eigenen Augen ansehen, was sich da so alles abspielt.«

»Mabel, das ist doch hoffentlich nicht dein Ernst?«

»Sarah, eine Frau in meiner Position hat die Pflicht, ein wachsames Auge auf die Moral dieser Stadt zu werfen. Dir fehlt es für so etwas natürlich an Verständnis. Noch etwas Sherry? Na, dann können wir ja mit dem Mittagessen anfangen«, fügte Mabel hinzu, ohne Sarah die Möglichkeit zu geben, ja oder nein zu sagen.

»Frederick ist bestimmt stocksauer, daß Charlie ihm nichts hinterlassen hat«, bemerkte sie, während sie ihre Flatterteile unter der Serviette verstaute. »Nicht daß Fred es nötig hätte, beileibe nicht. Er hat schon die ersten Dividenden, die er je bekommen hat, sicher auf einem Schweizer Bankkonto deponiert, um die Einkommenssteuer zu sparen – wie Dolph dir bestimmt schon längst erzählt hat.«

»Nein, das hat er mir nicht erzählt. Dolph hält nicht viel von böswilligen Verleumdungen.«

»Verleumdungen? Was hat das denn wieder mit Charlie Daventers Geld zu tun? Du wirst wirklich von Tag zu Tag deinem Vater ähnlicher. Ich hoffe, du kannst Sardinen vertragen?«

Sarah dachte, daß sie das könne, da sie davon nur ein einziges einsames Exemplar auf ihrem Teller vorfand, garniert mit einer hauchdünnen Tomatenscheibe, einem halben Gürkchen, einem Fitzelchen Salat und einem Klacks Mayonnaise. Sie bemerkte, das sehe ja richtig köstlich aus, und wechselte das Thema, auch wenn sie sich nicht viel davon versprach. »Kommst du heute abend zu der Vorstellung?«

»Bis jetzt ist mir noch keine Ehrenkarte angeboten worden.« Mabel biß ihrer Sardine den Schwanz ab und ließ dabei ihr großes weißes Gebiß gut hörbar zuschnappen.

»Du weißt doch, daß Tante Emma nie jemandem Ehrenkarten gibt. Wenn sie das täte, wäre das Haus voll, und es würde kein Geld mehr für wohltätige Zwecke zusammenkommen.«

»Ich dachte immer, Nächstenliebe finge in der eigenen Familie an. Wen beabsichtigt sie denn diesmal mit ihrem Geld zu beglücken? Will Dolph vielleicht ein Heim für pensionierte Kneipenhocker eröffnen, jetzt wo er die ganzen leeren Bierflaschen hortet?«

»Oh, er hortet gar keine mehr. Seit es das neue Gesetz gibt, haben die beiden ein Vermögen mit dem Flaschenpfand verdient.« Sarah beobachtete mit Genugtuung, wie sich Mabels Gesicht schmerzlich verzog. »Das Recycling-Zentrum trägt sich inzwischen selbst. Sie haben jetzt auch einen Raum mit vielen bequemen Stühlen eingerichtet, in dem man sogar eine Kleinigkeit essen kann. Mary sagt, eines der Probleme von Obdachlosen besteht darin, daß man sich nirgendwo hinsetzen könne, wo es wirklich bequem ist. Aber um wieder auf Tante Emma zurückzukommen, sie sammelt diesmal für den Krücken- und Rollstuhlfonds des Häuslichen Pflegedienstes. Ich hoffe bloß, Ridpath Wale muß ihre Hilfe nicht schon heute abend in Anspruch nehmen. Er ist bei der Generalprobe gestürzt und hat sich den Knöchel verstaucht. Du kennst doch Ridpath, nicht?«

Cousine Mabel warf verächtlich den Kopf in den Nacken, wie es Königin Elizabeth I. bei der Erwähnung des Namens Lord Burleigh getan haben mochte. »Das kann man wohl sagen. Er ist mir jahrelang mit seinen ewigen Heiratsanträgen auf die Nerven gegangen, was du offenbar noch nicht weißt.«

Davon hatte Sarah in der Tat noch nie etwas gehört, aber Mabel hatte ihr schon mehrfach ähnliche Vertraulichkeiten über andere unwahrscheinliche Verehrer erzählt. Doch vielleicht sollte man Mabel nicht vorschnell verurteilen, einige ihrer Geschichten hatten möglicherweise einen wahren Kern. Schließlich war Mabel das einzige Kind reicher Eltern. Und Dolph hatte einst treffend ausgedrückt, daß eigentlich jedes Mädchen wunderschön aussehe, wenn es auf einer Million Dollar throne.

Mabels Vermögen mußte inzwischen bedeutend größer sein als an dem Tag, als sie es geerbt hatte. Es war geradezu unvorstellbar, daß sie je einen Penny davon ausgegeben oder viel von ihren Zinseinkünften verbraucht haben könnte. Spekulationen darüber, wem Mabel dereinst ihr Geld hinterlassen würde, gehörten an Regentagen bei den diversen Zweigen des Kelling-Clans zum beliebtesten Zeitvertreib.

»Ich habe mich schon gefragt, warum Ridpath wohl nicht verheiratet ist«, erwiderte sie heuchlerisch. »Wie romantisch, Cousine Mabel. Aber warum hast du ihn denn nicht erhört? Ridpath hat doch so gute Manieren, und er sieht auch hervorragend aus, findest du nicht?«

»Auf das Aussehen allein kommt es schließlich nicht an!« Mabel hielt ihr Gürkchen an einem Ende hoch und knabberte daran wie ein gigantisches Streifenhörnchen an einer winzigen Nuß. »Ich würde nie im Leben einen Spieler heiraten.«

»Oh! Nein, natürlich nicht. Ist Ridpath denn ein notorischer Spieler?«

»An dem Tag, als mir zu Ohren gekommen ist, daß er Aktien von dieser zweifelhaften Firma gekauft hat, die angeblich Kameras herstellt, die ihren Film selbst entwickeln können, wußte ich genau, daß er nicht der Richtige sein konnte. Ich erinnere mich noch genau, wie mein seliger Vater mir an meinem vierten Geburtstag meinen ersten Safeschlüssel überreichte und dabei gesagt hat: ›Bleib bei Rentenpapieren, Mabel, und halte dich vom Aktienmarkt fern. Das ist kein Ort für eine anständige Frau.‹ Also hat Ridpath schließlich eine andere geheiratet, bloß um mir eins auszuwischen.«

»Aber jetzt ist er doch nicht mehr verheiratet, oder?«

»Nein, sie hat ihn schon vor Jahren verlassen. Natürlich haben sie alles unter den Teppich gekehrt, es war eine dieser unsinnigen Scheidungen im gegenseitigen Einvernehmen nach dem Zerrüttungsprinzip. Ha! Sie hat sich nicht damit abfinden können, daß er sein Geld zum Fenster hinauswirft, das ist der wahre Grund, und er sich nicht damit, daß sie es mit jedem getrieben hat, der ihr in die Klauen geraten ist. Außerdem trinkt er. Wie ein Loch«, fügte Mabel hinzu und schwenkte dabei, um ihrer Feststellung Nachdruck zu verleihen, ihre Gabel mit den traurigen Resten der Sardine herum.

»Tatsächlich?« sagte Sarah. »Das ist mir noch gar nicht aufgefallen.«

Mabel schnaufte. »Eine besonders gute Beobachtungsgabe scheinst du ja nicht zu haben, sonst hättest du sicher schon längst herausbekommen, wen dein neuer Ehemann immer auf seine sogenannten Dienstreisen mitnimmt, von denen er offenbar nicht genug bekommen kann.«

»Meistens nimmt er mich mit. Und einen Privatdetektiv kann ich wohl kaum auf ihn ansetzen, da er schließlich selbst einer ist, oder?«

Sarah aß ihre Sardine auf und nahm dann das welke Stückchen Salat in Angriff, weil sie wußte, daß sie sich todsicher einen Vortrag über die hungernden Menschen in Afrika anhören mußte, wenn außer dem Muster noch etwas auf ihrem Teller zurückblieb. »Wegen Max brauchst du dir wirklich keine Sorgen zu machen, Cousine Mabel. Er würde nie eine andere Frau mitnehmen, es sei denn, es gäbe eine Möglichkeit, sie auf sein Spesenkonto zu setzen, und selbst das würde sich kaum lohnen, denn im Endeffekt bezahlt er sowieso meistens alles aus eigener Tasche. Was weißt du eigentlich über Jack Tippleton? Er scheint mir ein richtiger Schürzenjäger zu sein, wenn ich mir so ansehe, wie er sich an die Schauspielerinnen heranmacht, aber Tante Emma behauptet, er sei nur ein großer Schwätzer mit nichts dahinter.«

Mabel war noch nicht bereit, über Jack Tippleton zu reden, da sie das Thema Ridpath Wale noch nicht abgeschlossen hatte. »Wie hat er es denn geschafft, sich den Knöchel zu verrenken?«

»Ich glaube nicht, daß er sich den Knöchel verrenkt hat, wahrscheinlich ist er nur verstaucht. Er ist über eines der Versatzstücke gestolpert.« Es entsprach zwar nicht ganz der Wahrheit, doch sie hatte keine Lust, Mabel von der präparierten Stufe zu erzählen. »Und getrunken hatte er übrigens nichts. Es gab weit und breit keinen Tropfen Alkohol.«

»Mach dich doch nicht lächerlich! Ich bin sicher, daß überall in den Kulissen Flaschen versteckt sind, du bist nur viel zu dumm, sie zu sehen. Also, das überrascht mich wirklich, das muß ich zugeben. Ridpath behauptet immer, er sei so ein fabelhafter Tennisspieler, da sollte man doch annehmen, daß er geschickt genug ist, nicht über seine eigenen Füße zu fallen. Er spielt den ganzen Winter über in einem dieser Clubs Hallentennis, um sich fit zu halten, wozu das gut sein soll, weiß ich auch nicht. Die Mitgliedsbeiträge in diesen Clubs sind sündhaft hoch, aber das ist ihm ja egal. Wie gewonnen, so zerronnen.«

Mabel schob ihren Stuhl nach hinten und stand auf. »Ich wußte ja, daß du keinen Nachtisch wolltest, also habe ich Zeriah gesagt, sie soll sich die Mühe sparen. Ihr jungen Frauen seid alle gleich, denkt nur an eure Figur, obwohl ihr sowieso schon ausseht wie wandelnde Skelette. Du mußt aufpassen, daß du nicht auch noch Anorexia nervosa bekommst, das ist momentan gerade in Mode. Man hungert, bis man nur noch ein Schatten seiner selbst ist. Wir nehmen unseren Tee im Salon ein, Zeriah.«

Während Mabel sie durch ihr Minenfeld aus Schätzen führte, gelang es Sarah, einen Blick auf ihre Armbanduhr zu werfen. Sie wußte aus Erfahrung, daß man keiner von Mabels Uhren trauen konnte, sie waren noch unzuverlässiger als die Informationsquellen ihrer Besitzerin. Ein Uhr. Noch eine halbe Stunde, bevor Hilfe zu erwarten war. Sie tat gut daran, das Ganze als charakterbildende Übung anzusehen.

Mabel machte einen Riesenwirbel um das Tablett mit dem Tee. Ihr Tee war zwar nichts Besonderes, aber er half wenigstens, den fischigen Nachgeschmack der einsamen Sardine hinunterzuspülen.

»So«, sagte Mabel, nachdem sie ihr Getränk mit einem Tropfen Milch und fünf Zuckerkörnchen verfeinert hatte. »Du hast dich eben nach Jack Tippleton erkundigt. Einer der wenigen Menschen, die einem wirklich leid tun können.«

»Ach ja?« Sarah hätte beinahe ihre Tasse fallen gelassen. »Wieso das denn, Cousine Mabel?«

»Jack Tippleton ist das Opfer eines der grausamsten Täuschungsmanöver, die mir je zu Ohren gekommen sind, und das will viel heißen, das kannst du mir glauben. Das Ganze hat sich in den vierziger Jahren zugetragen. Jack ist damals direkt nach dem College zur Navy gegangen. Er war schon vorher im Reserve Officers' Training Corps, daher hat man ihn sofort zum Lieutenant gemacht. Ich glaube zwar nicht, daß er je aktiv gekämpft hat oder befördert worden ist, aber das tut nichts zur Sache. Er war noch in Uniform, als er heimkehrte, und war natürlich auch sofort der Schwarm aller Debütantinnen. Ein Traum von einem Mann, weißt du – er sah gut aus, war wohlhabend und der wildeste Tangotänzer von ganz Pleasaunce.«

Mabel goß sich noch ein wenig Tee ein, übersah dabei allerdings Sarahs Tasse. »So lief es eine ganze Weile, Jack ging mal mit diesem, mal mit jenem Mädchen aus, doch keinem ist es gelungen, ihn an Land zu ziehen. Dann ist plötzlich diese Martha Sorter in unserer Stadt aufgetaucht, mit ihrem Rüschenkleidchen und ihren großen braunen Augen, und hat die Pences, die Großeltern von Parker

Pence, besucht. Die alte Mrs. Pence und Marthas Mutter waren Stubenkameradinnen im Internat oder so etwas. Jedenfalls war Marthas Mutter inzwischen verstorben, und der Vater litt an Depressionen. Was wohl bedeutete, daß er eine Neue hatte und seine Tochter ihm im Wege war. Wie dem auch sei, Ellen Pence hat das Mädchen eingeladen, und eines Tages war sie eben da.«

Mabel nippte an ihrem Tee, der allmählich kalt wurde. »Jack Tippleton hat sich bis über beide Ohren in Martha verliebt. Ein paar andere Burschen übrigens auch, frag mich bloß nicht, wieso. Auch Frederick hat sich angestellt wie ein Idiot, wenn ich mich recht erinnere, aber natürlich würde kein Mädchen, das halbwegs klar im Kopf ist, Fred auch nur eines Blickes würdigen, wenn es Jack haben könnte. Natürlich haben die Tippletons Erkundigungen über sie eingezogen, konnten aber nichts finden, was gegen sie sprach. Alte Familie aus Philadelphia, Geschäft des Vaters tadellos in Ordnung, die Tochter Alleinerbin, also haben sie der Verbindung ihren Segen gegeben.

Sorter hat eigens einen Zug gemietet, um die Tippletons und die Pences nach Philadelphia zu holen, wenn ich mich recht entsinne. Oder vielleicht war es auch nur ein Einzelabteil. Jedenfalls war es ein Riesenbrimborium.« Mabel rümpfte die Nase, um kundzutun, was sie von privaten Eisenbahnabteilen hielt. »Sie haben also geheiratet und ein paar Jahre im siebten Himmel geschwebt und geschnäbelt und geturtelt, was das Zeug hielt, und die Tippletons haben überall erzählt, wie gut es ihr Jack doch mit seiner Herzdame getroffen hat. Und dann stand eines schönen Tages ein Bericht im *Wall Street Journal,* der durchblicken ließ, daß Sorters Firma vor dem Bankrott stand. Und kurz darauf stürzt sich Sorter in New York aus einem Hotelfenster und klatscht mausetot auf den Bürgersteig.«

»O nein!« stieß Sarah entsetzt hervor.

Mabel nickte, in angenehme Erinnerungen versunken. »Sie mußten ihn mit einer Schaufel vom Boden kratzen und in einem Eimer beerdigen. In einem Armengrab, jedenfalls beinahe, wenn es die Gläubiger geschafft hätten, sich zu allem anderen auch noch die Familiengruft unter den Nagel zu reißen. Da stand der arme Jack nun mit einer Ehefrau, die keinen Penny mehr besaß. Kannst du dir etwas Schlimmeres vorstellen?«

»Allerdings, es gibt eine Menge Schlimmeres«, sagte Sarah. Mit Cousine Mabel verheiratet zu sein, beispielsweise, auch wenn sie zu höflich war, es zu sagen. »Ich war in einer ganz ähnlichen Zwangslage, weißt du, und ich bin auch wieder heil herausgekommen.«

»Das muß sich erst noch zeigen. Außerdem hattest du schließlich noch Walters Geld. Martha hatte nichts mehr, nur die Rechnung des Bestattungsunternehmens, aber Cousin Beddoes hat darauf bestanden, sie zu begleichen, als die Tippletons sich geweigert haben, sie auch nur anzurühren. Frag mich nicht, warum er das getan hat, obwohl ich schon oft gedacht habe, daß Marthas zweiter Sohn um die Augen herum Bed ein wenig ähnlich sieht. Aber das sagst du Emma besser nicht.«

»Ich würde nicht im Traum daran denken«, versicherte Sarah. »Dann hat Jenicot also noch zwei ältere Brüder. Das wußte ich gar nicht.«

»O ja, drei sogar. Wenn die Söhne nicht wären, hätte Jack sicher schon längst Mittel und Wege gefunden, die Ehe aufzulösen, als er endlich erkannt hat, welchen furchtbaren Fehler er gemacht hatte, doch das konnte er kaum riskieren, weil es außer seinen Söhnen keine Enkel in der Familie gab und sein Vater unbedingt wollte, daß der Name Tippleton weiterlebt. Das Vermögen der Tippletons ist wirklich solide, weißt du. Ich will damit nicht sagen, daß Jack besonders intelligent ist, aber man muß ihm zugestehen, daß er immer seinen Vorteil erkennt. Seine Eltern konnten kaum etwas gegen seine Ehe sagen, denn schließich hatte Jacks Mutter ja Martha genau unter die Lupe genommen und sein Vater Sorters Finanzen durch Dun & Bradstreet überprüfen lassen. Alles in allem haben sie sich Martha gegenüber sehr anständig verhalten, aber sie konnten ihr danach natürlich nicht mehr dieselben Gefühle entgegenbringen wie vorher.«

Mabel schwenkte die Teekanne geistesabwesend in Sarahs Richtung und stellte sie dann wieder auf den Tisch. »Natürlich ging es Jack nicht anders. Er hatte zwar seit Marthas erster Schwangerschaft schon ein paar Seitensprünge gemacht, sich bis dato aber immer höchst diskret verhalten. Doch als die Rose verblüht war, hat ihn nichts mehr zurückhalten können, auch wenn er meines Wissens noch nie richtig in der Klemme gesteckt hat.«

»Das hättest du natürlich sofort erfahren«, murmelte Sarah. Mabel verstand das als Kompliment und lächelte. »Mich kann man so leicht nicht hinters Licht führen. So geht das nun jedenfalls schon eine ganze Zeit. Martha hat alles Menschenmögliche versucht, um ihn zu halten, aber es hat ihr nicht viel genützt. Sie war eben nur eine dieser Jugendschönheiten, die ihr gutes Aussehen verlieren, sobald sie Kinder kriegen.«

»Ich finde sie immer noch wunderschön.«

»Humph. Deine Meinung hilft ihr herzlich wenig. Um Himmels willen, Sarah, fang bloß nicht an, genauso ein Sonnenschein zu werden wie Appie. Ein Exemplar in der Familie ist für uns andere mehr als genug.«

Mabel stieß ihr Universalschnauben aus, das ihre ganze Verachtung für die Verrücktheiten der Welt zum Ausdruck bringen sollte. »All ihre Güte und Freundlichkeit haben Martha nicht das geringste genützt. Sie war sogar töricht genug, ihr letztes Kind in einem Alter zu bekommen, in dem man es eigentlich besser wissen müßte. Ich nehme an, sie hat sich gedacht, eine süße kleine Tochter würde es schaffen, Jack abends zu Hause zu halten. Was auch funktioniert hätte, wenn sie die süße kleine Tochter von jemand anderem wäre. Ich habe Martha immer wieder gesagt, sie soll die Hoffnung endlich aufgeben, weil sie sowieso nichts daran ändern kann, ganz egal, was sie auch tut, aber das hätte ich mir ruhig sparen können. Da versucht man, zu jemandem nett zu sein, und was ist der Dank?«

»Diese Prüfungen sind uns nun einmal auferlegt, Cousine Mabel.« Sarah schaute wieder auf ihre Armbanduhr und versuchte diesmal nicht, diskret zu sein. »Erzähl mir mal etwas über Sebastian Frostedd. Ist er wirklich so schlimm wie sein Ruf?«

Nein, anscheinend war er noch sehr viel schlimmer. Mabel machte gerade Hackfleisch aus ihm, als Heatherstone mit einer völlig überflüssigen Decke über dem Arm an der Tür erschien, um Sarah zum Wagen zu eskortieren. Ihr Besuch bei Mabel endete in einem Hagel von Gemeinheiten.

Kapitel 15

»Wie war das Mittagessen, Sarah?«

»Nicht viel anders, als ich erwartet hatte.«

Sarah ließ sich in das graue Samtpolster sinken und lächelte Heatherstones Rücken an, während sein Besitzer die betagte Limousine bedächtig mit einer Geschwindigkeit von dreißig Meilen die Stunde heimwärts lenkte. Heatherstone hatte sich ausnahmsweise sogar in seine feine graue Livree geworfen, im Krematorium hatte er noch wie gewöhnlich seinen schwarzen Rock getragen. Zweifellos hatte er die mit Litzen besetzte Jacke und Mütze absichtlich angezogen, um Cousine Mabel zusätzlich in Rage zu bringen. Die Heatherstones hatten offenbar gelegentlich eine Menge Spaß bei der Ausübung ihrer Arbeit. Vielleicht traf dies auch auf Zeriah zu, selbst wenn Sarah sich das schlecht vorstellen konnte.

»Was macht meine Tante denn inzwischen?« fragte sie.

»Sie ist mit ihrem kleinen Flitzer weg. Sie wollte sich noch um ein paar Dinge im Theater kümmern und beim Gärtner Blumen für morgen abholen. Sie möchte nicht noch mehr aus dem Garten nehmen. Er sieht schon ganz kahl aus.«

»Warum nimmt sie die Körbe nicht nach der Vorstellung mit nach Hause?«

»Oh, sie will sie dem Altenheim oder so schenken. Du kennst ja Mrs. Kelling. Wenn wir heute abend ein Ensemblefest geben würden, könnte ich mir vorstellen, daß sie sie mitnehmen würde. Zu schade, daß wir alles abblasen mußten, aber es ging halt nicht anders. Ich glaube allerdings, daß die meisten statt dessen morgen kommen werden. Sie hat erwähnt, daß du dich um die Blumen kümmern sollst, wenn sie zurückkommt. Falls es dir nichts ausmacht.«

»Überhaupt nicht, ich tu' es wirklich gern. Soll ich in der Zwischenzeit sonst noch etwas erledigen?«

»Nicht daß ich wüßte. Warum nutzt du nicht die Zeit und ruhst dich ein bißchen aus? Heute abend und morgen hast du dazu sicher keine Zeit. Zur Gedenkfeier erwarten wir jetzt schon ungefähr hundert Gäste, und ich vermute, im Laufe des Tages wird sie sicher noch ein paar Dutzend mehr einladen.«

»Wie halten Sie beide das bloß aus?« wunderte sich Sarah.

»Oh, wir sind daran gewöhnt und möchten es auch gar nicht anders haben. So ist es wenigstens nie langweilig. Unser Sohn will uns immer überreden, uns zur Ruhe zu setzen und zu ihm zu ziehen, aber wir sagen ihm jedesmal, wie glücklich und zufrieden wir hier bei Mrs. Kelling sind, und daß wir nicht eher aufhören wollen, bis sie uns rauswirft.«

»Sie wissen doch, daß sie das nie tun würde. Ich hoffe, Sie werden noch sehr lange zusammenbleiben.«

Allmählich wurde sie sentimental. Sie brachte ihn bestimmt in Verlegenheit. Sarah wechselte das Thema.

»Heatherstone, sind Sie während der letzten zwei Tage zufällig unten im Keller gewesen?«

»Bloß um Wein zum Essen zu holen. Warum fragst du?«

»Ich habe mir bloß Gedanken über Ernestina gemacht. Sie ist viel zu sperrig, als daß man sie einfach wegtragen kann, daher habe ich mich gefragt, ob man sie nicht vielleicht irgendwo im Haus versteckt hat. Und wenn die Diebe erst einmal das Lösegeld kassiert haben, vorausgesetzt, sie kommen irgendwann dazu, uns mitzuteilen, wo und wann dies vonstatten gehen soll, brauchen sie bloß zu sagen: ›Sehen Sie doch mal hinter Ihrem Heizkessel nach!‹ oder was weiß ich.«

»Hinter dem Heizkessel ist sie bestimmt nicht, das weiß ich genau. Aber sonst ist das tatsächlich keine schlechte Idee, Sarah. Es gibt Sachen, die gehören laut Mrs. Kelling nicht zu unseren Pflichten, und darunter fällt auch, den Keller in Ordnung zu halten. Normalerweise lassen wir immer ein- oder zweimal im Jahr einen Studenten kommen, der alles sauber macht und in Ordnung bringt. Wenn nicht jemand aus der Familie herkommt und anfängt, alles zu durchwühlen, du weißt schon, was ich meine, könnte man wahrscheinlich das Bild einfach irgendwo dazwischenschieben, und es würde bestimmt monatelang niemand etwas merken. Aber ich verrate dir mal, was ich getan hätte: Ich hätte sie auf den Speicher geschafft. Da oben ist es schön trocken, dort kann sie auch nicht so leicht Mehltau ansetzen.«

»Gute Idee. Sobald wir zu Hause sind, werde ich oben nachsehen. Ich bin sicher, Sie und Ihre Frau haben alle Hände voll zu tun, um für morgen alles vorzubereiten.«

»Na ja, du weißt ja, wie das so ist. Mrs. Heatherstone wird den ganzen Morgen mit Backen beschäftigt sein, und ich muß mich um das Silber und alles andere kümmern. Außerdem hat Mrs. Kelling Frederick und die Tippletons vor der Vorstellung zum Abendessen eingeladen, und wir versuchen, alles so vorzubereiten, daß wir sofort nach dem Nachtisch losbrausen können. Man muß früh da sein, wenn man einen guten Platz ganz vorn haben möchte.«

»Stimmt ja, es gibt keine Platzreservierungen, nicht?«

»Nein, keine einzige. Mrs. Kelling weiß genau, daß ihre Freunde sie auf der Stelle aufkaufen würden, und das wäre den anderen gegenüber nicht fair. Wer zuerst kommt, mahlt zuerst, so war das immer schon, und so wird es auch bleiben, so lange deine Tante das Sagen hat. Was bedeutet, daß Mrs. Heatherstone und ich genau dieselbe Chance haben wie alle anderen auch. Wer früh da ist, hat auch ein Anrecht auf einen guten Platz, so sehe ich das jedenfalls.«

»Sehr richtig«, stimmte Sarah zu. »Ich kann nur hoffen, daß heute alles reibungslos abläuft. Ihnen kann ich es ja ruhig sagen: Ich werde erst aufatmen können, wenn Tante Emma gesund und munter ihre Vorhänge genießt.«

Auch wenn es das letzte Mal sein würde. Doch Emma würde zweifellos rasch eine neue Aufgabe finden, auf die sie sich stürzen konnte. Falls ihr nicht vorher etwas zustieß.

Sarah blieb im Wagen sitzen, bis Heatherstone in das Kutscherhaus gefahren war. Sie schaute sich genau um, konnte aber kein mögliches Versteck für Ernestina ausmachen. Alles war zu offen und übersichtlich, und es fuhren schließlich ständig Wagen hinein und heraus. Hier konnte das Bild leicht entdeckt werden, selbst wenn es noch so gut getarnt war.

Sie hielt auch nicht allzuviel von Heatherstones Speichertheorie, doch sie hätte es ihm nie gesagt, weil sie auf keinen Fall seine Gefühle verletzen wollte. Den schweren Keilrahmen mit der kostbaren, empfindlichen Leinwand zwei Treppen hoch zu schleppen, vorbei an zwei Schlafzimmern, in denen sich Personen befanden, die vielleicht - oder vielleicht auch nicht - durch die Wirkung des präparierten Schlummer-guts den Schlaf der Gerechten schliefen, wäre reichlich riskant gewesen. Das ganze Ensemble mußte wissen, daß Emma häufig nach oben ging, um nach Requisiten zu suchen.

Wie konnte man also sicher sein, daß sie nicht plötzlich wieder Lust bekam, dort nach einer Federboa zu graben, um ihre Turnüre besser zur Geltung zu bringen, und dabei über Ernestina stolperte?

Trotzdem ging Sarah sofort, nachdem sie sich umgezogen und das gute Kostüm weggehängt hatte, auf den Speicher und schaute sich um. Wie erwartet, fand sie nichts, das nicht auch schon vor einer Woche dort gewesen war. Mit Ausnahme einer frischgeschlüpften Spinnenfamilie vielleicht, auf deren nähere Bekanntschaft sie nicht gerade versessen war. Jetzt hatte sie Heatherstone gegenüber ihre Pflicht erfüllt und konnte sich wieder in aller Ruhe dem Keller widmen.

Doch auch der Keller stellte sich als Fehlanzeige heraus, wie Sarah schließlich zugeben mußte, nachdem sie über eine Stunde lang erfolglos die ausrangierten Zeugnisse der Vergangenheit in alle Richtungen gezogen und geschoben hatte und ausgiebig darunter herumgekrochen war. Was sollte sie als nächstes tun? Etwas essen, beschloß Sarah. Cousine Mabels Sardine hatte nicht lange vorgehalten. Sie ging nach oben, begab sich in den Wintergarten, befreite sich am Waschbecken von Staub und Spinnweben und ging dann in die Küche.

»Hallo, Mrs. Heatherstone. Würde es Sie sehr stören, wenn ich mir schnell ein Butterbrot mache?«

»Obwohl du gerade erst ein opulentes Mahl bei Miss Mabel hattest?« Mrs. Heatherstone lächelte, als sie ein Blech mit Blätterteigpasteten in den Backofen schob. »Wie wär's mit einer Scheibe Lammbraten von gestern abend? Und dazu vielleicht ein wenig Chutney? Oder ich könnte dir einen Teller Suppe aufwärmen.«

»Lamm wäre sehr gut, danke. Lassen Sie sich bitte nicht von mir bei der Arbeit stören. Ich habe gehört, daß meine Tante die Kontrolle über ihre Gästeliste verloren hat und sich nicht mehr bremsen konnte.«

»Daran sind wir gewöhnt, das stört uns nicht. So haben wir wenigstens eine kleine Entschädigung für das ausgefallene Ensemblefest. Was hat Ihro Majestät dir denn Feines vorgesetzt, wenn du mir die Frage verzeihst?«

»Eine Sardine.«

»Eine ganze Sardine? Ganz für dich allein? Sie wird ja richtig leichtsinnig auf ihre alten Tage! Ich nehme an, Miss Mabel hat sich die Sache mit Mr. Daventer sehr zu Herzen genommen.«

Sarah schüttelte den Kopf. »Falls das wirklich stimmen sollte, hat man es ihr jedenfalls nicht angemerkt. Sie war sogar äußerst boshaft.«

»Das wundert mich aber. Immer, wenn ich die beiden zusammen gesehen habe, hat sie nämlich an ihm gehangen wie Giftsumach an einer Mauer. Möchtest du ein Schlückchen Tee, um dir die Kehle anzufeuchten? Das Wasser hat gerade gekocht.«

»Nur wenn Sie eine Tasse mittrinken.« Sarah wußte, daß ihre alte Freundin ihr Arbeitstempo nur deshalb so gut meistern konnte, weil sie regelmäßig ihre Teerationen tankte wie ein Rennwagen seinen Sprit.

Mrs. Heatherstone füllte zwei ihrer alten blauen Debham-Tassen, die mit Girlanden aus weißen Kaninchen verziert waren, reichte Sarah eine davon, setzte sich mit der anderen an das Kopfende des Tisches und drehte ihren Stuhl so, daß sie den Backofen im Blick behalten konnte.

»Bei diesen Blätterteigpasteten muß man aufpassen wie ein Luchs«, erklärte sie. »Meine Zeit, Sarah, ist das schön, dich wieder mal hier zu haben. Genau wie früher. Erinnerst du dich noch, wie du nie deine Milch trinken wolltest, wenn ich sie dir nicht in einer dieser ›Häschentassen‹ gegeben habe, wie du sie immer genannt hast?«

Sarah lachte. »Natürlich erinnere ich mich daran! Zu Hause hätten sie das nie durchgehen lassen. Ihr habt mich hier nach Strich und Faden verwöhnt, und das war einfach wunderbar. Ich weiß noch genau, wie ich geweint habe, als Vater mich abgeholt hat. Er war nicht sehr glücklich darüber, wenn ich mich recht entsinne.«

»Ich glaube, er war damals über kaum etwas glücklich.« Mrs. Heatherstone nippte an ihrem Tee. »Du hattest wirklich kein einfaches Leben, nicht. Aber jetzt geht es dir wieder besser, oder?«

»O ja. Seit ich Max geheiratet habe – ich kann Ihnen gar nicht sagen, wie sehr sich mein Leben seitdem verändert hat.«

»Nur schade, daß er so oft weg muß.«

»Cousine Mabel hat auch etwas in der Art gesagt, nur in einem ganz anderen Ton. Aber ich kann ihn sehr oft begleiten, wissen Sie, und das macht einfach Riesenspaß. Früher bin ich nie gereist. Und wenn er allein fahren muß, bringt er mir immer wunderschöne Geschenke mit. Hört sich schrecklich an, nicht? Aber meine Eltern haben von solchen Leichtsinnigkeiten nie viel gehalten und

Alexander auch nicht. Er hat mir nur ab und zu Milky Ways gekauft.«

Sarah schwieg und dachte an das letzte Mal, als Alexander ihr Milky Ways gekauft hatte. Mrs. Heatherstone lehnte sich über den Tisch und streichelte ihre Hand.

»Na, na, Liebes. Alexander war ein feiner Kerl, und ich weiß, daß du sein ein und alles gewesen bist, aber mit dem besten Freund deines Vaters verheiratet zu sein, war für ein hübsches junges Mädchen wie dich wirklich nicht das Richtige. Ich sage immer, so ist es viel besser, und Mr. Heatherstone sagt das auch. Hast du Lust auf ein Plätzchen?«

»Au ja. Ich nehme es mit und lasse Sie in Ruhe weiterarbeiten. Keine Sorge, man hat mir eingebläut, keine Krümel auf den Boden fallen zu lassen.«

Sarah gab Mrs. Heatherstone einen flüchtigen Kuß auf die Wange und verließ die Küche. So viele Erinnerungen stiegen in ihr auf. Die Zeiten, die sie hier in diesem Haus verbracht hatte, waren bis zum vorigen Sommer ihre schönsten gewesen. Vielleicht sollte sie schnell noch um der alten Zeiten willen den Löwen im Wohnzimmer guten Tag sagen.

Du lieber Himmel! Sie mußte mit Blindheit geschlagen gewesen sein! Sarah blinzelte – und rannte los. Sekunden später kauerte sie unter dem Eßtisch und blickte hoch auf ein riesiges Stück schmutzige alte Leinwand.

Sie konnte Ernestina zwar nicht sehen, doch sie war eindeutig da, verborgen zwischen den großen geschweiften Zargen, ihr breiter Rahmen ruhte auf den Kurbelgriffen aus Messing, mit denen man den oberen Teil des Tisches öffnen konnte, damit die Einsatzplatten hineingelegt werden konnten. Es war alles so einfach, so logisch. Es war geradezu komisch, und Sarah begann zu lachen.

Heatherstone hörte sie bis in die Anrichte. Er kam ins Zimmer, das Silberputztuch noch in der Hand.

»Worüber lachst du denn so, Sarah? Was machst du denn bloß da unten unter dem Tisch?«

»Ich begrüße gerade Ernestina. Bücken Sie sich mal und sehen Sie selbst.«

Der alte Diener zog langsam und vorsichtig seine Hose an den Knien etwas hoch und gehorchte. »Du liebe Güte! Wer hätte das gedacht! Darauf wäre ich in tausend Jahren nicht gekommen!«

»Ich hätte eigentlich schon viel früher darauf kommen müssen, wenn ich bedenke, wie oft ich hier Onkel Beds Kriminalgeschichten versteckt habe, damit Tante Emma nicht merkte, was ich alles las. Mrs. Heatherstone und ich haben eben Erinnerungen ausgetauscht, und da hat es auf einmal bei mir geklickt. Kommen Sie, wir sagen es ihr. Sie kann ihre Pasteten nicht unbeaufsichtigt lassen.«

»Dafür läßt sie sogar ihre Pasteten im Stich. Warte, versuch bloß nicht, Ernestina allein da herunterzuholen. Elsie! Elsie! Komm doch mal ganz schnell her!«

Es war das erste Mal, daß Sarah hörte, wie einer der beiden in Gegenwart eines Kelling den Vornamen des anderen benutzte. Sie mußte wieder lachen, aber diesmal nur ganz leise, weil sie um nichts in der Welt die Gefühle des alten Mannes verletzen wollte.

»Was ist denn los?« Seine Frau stürzte ins Zimmer, ihre Blätterteigpasteten hatte sie offenbar tatsächlich im Stich gelassen. Sie hatte sogar ihre Schürze ausgezogen, hielt sie aber immer noch in der Hand. »Ist dir was passiert?«

»Mir geht es blendend. Sarah hat Ernestina gefunden.«

»Wo denn? Zeig sie mir, damit ich sie mit eigenen Augen sehen kann!«

»Hier unten«, rief Sarah aus ihrem Versteck. »Unter der Tischplatte!«

»Na so was!« Mrs. Heatherstone bückte sich und starrte Sarahs Fund an. »Das ist ja unglaublich! Dabei habe ich heute morgen noch den Tisch abgestaubt. Wie in aller Welt bist du denn bloß auf diese Idee gekommen, Sarah?«

»Durch Sie und Ihre Häschentassen, vermute ich. Glauben Sie, Sie beide könnten den Rahmen festhalten, während ich versuche, ihn von den Griffen zu schieben? Ich möchte nicht, daß mir Ernestina auf den Kopf kracht und ich sie wohlmöglich noch als Kragen um den Hals trage.«

Wahrscheinlich sahen sie schrecklich albern aus, dachte Sarah, wie sie alle drei unter dem riesigen Tisch hockten wie Kröten unter einem Pilz, aber gemeinsam gelang es ihnen, Ernestina zu befreien und sacht auf den Teppich gleiten zu lassen.

»Um sie da hochzubekommen, war bestimmt eine ganze Affenhorde nötig«, knurrte Heatherstone, als er sich wieder aufrichtete und den Staub von seiner Hose klopfte. »Dann wollen wir uns das Mädchen mal ansehen. Hoffentlich hat sie keinen Kratzer abbekommen.«

Jemand hatte Ernestinas Gesicht sorgfältig mit Zeitungspapier bedeckt, um die Oberfläche des Bildes zu schützen. Es war der *Pleasaunce Pathfinder* vom Mittwoch, wie Sarah feststellte. Die Zeitung mußte in der Nacht, in der das Gemälde verschwunden war, im Wohnzimmer gelegen haben. Sie nahm die Seiten herunter und legte sie beiseite.

»Kein einziger Kratzer, soweit ich sehen kann. Sie sind offenbar sehr vorsichtig gewesen. Glauben Sie, wir könnten sie zu dritt in den Rahmen hieven?«

»Sei mir nicht böse, Sarah, aber es wäre mir lieber, wir würden es gar nicht erst versuchen«, gestand Mrs. Heatherstone. »Mr. Heatherstone darf wegen seines hohen Blutdrucks nichts Schweres heben, auch wenn er es nicht gern hört. Ich schlage vor, wir lassen Ernestina, wo sie ist, bis wir jemanden finden, der weiß, wie man so was am besten macht. Solange sie unter dem Tisch liegt, wird niemand auf sie treten, und wenn sie jemand bemerkt, können wir immer noch behaupten, wir hätten sie selbst dort hingelegt, was ja nicht mal gelogen ist.«

»Da haben Sie recht«, stimmte Sarah zu. »Ich dachte nur, es wäre vielleicht eine nette Überraschung für Tante Emma, wenn sie nach Hause kommt und Ernestina wieder an ihrem gewohnten Platz hängt.«

»Ich glaube, Mrs. Kelling hat in den letzten Tagen schon genug Überraschungen erlebt. Außerdem gefällt ihr dein Bild viel besser. Mir übrigens auch. Wenn ihr mich jetzt bitte entschuldigen würdet, ich muß schnellstens zurück zu den Blätterteigpasteten.«

»Und ich zu meinem Silber«, sagte Heatherstone. »O nein, da läutet das verflixte Telefon schon wieder. Bist du so lieb und hebst ab, Sarah? Es ist sicher wieder jemand, der Mrs. Kelling sprechen möchte.«

Womit er zwar recht hatte, doch die Anruferin hatte auch nichts dagegen, ihr Herz statt dessen Sarah auszuschütten.

»Hier ist Marcia Pence. Parkers Mutter, wissen Sie. Es tut mir schrecklich leid, Sie mit einem so lächerlichen Problem behelligen zu müssen, wo Sie doch bestimmt auch so schon bis zum Hals in den Vorbereitungen für heute abend und morgen stecken. Meine Mutter wohnt hier bei uns, müssen Sie wissen. Es geht ihr nicht gut, und sie kommt kaum vor die Tür. Vor ein paar Tagen hat sie Mrs. Heatherstone ein kleines Präsent zukommen lassen – die beiden haben sich schon immer gut verstanden, und sie hat sie aufgrund ihrer Krankheit seit längerem nicht besuchen können. Und jetzt hat Mutter die ganze Zeit gewartet, daß Mrs. Heatherstone sie anruft oder ihr ein paar Zeilen schreibt. Sie wissen ja, wie alte Leute sind, sie nehmen jede Kleinigkeit unheimlich wichtig. Aber sie hat nichts von ihr gehört und befürchtet daher, daß Mrs. Heatherstone ihr Geschenk gar nicht bekommen hat. Aber ich bin sicher, Mrs. Heatherstone hat bloß keine Zeit finden können, hier anzurufen, bei der vielen Arbeit mit der Aufführung und allem.«

»Das kann ich mir gar nicht vorstellen. Sie hätte sich bestimmt die Zeit genommen, egal wie beschäftigt sie auch war. Könnte es sein, daß es vielleicht auf dem Postweg verlorengegangen ist?«

»Wir haben es überhaupt nicht mit der Post geschickt. Ich hatte ursprünglich vor, meine Mutter mit dem Auto zu Ihnen zu fahren, damit sie es persönlich abgeben konnte, doch an dem betreffenden Tag ging es Mutter gar nicht gut. Jenicot Tippleton war zufällig mit Parker hier, und sie hat Mutter gegenüber erwähnt, daß sie und Parker auf dem Weg zur Probe in Emmas Haus wären, und da hat Mutter sie gebeten, das Päckchen mitzunehmen. Es war übrigens bloß eine Schachtel Pralinen.«

Sarah erinnerte sich. »Doch nicht etwa Maraschinokirschen?«

»Doch, genau. Sie ziehen sich immer gegenseitig damit auf, daß sie beide verrückt auf Maraschinokirschen sind. Mutter hatte voriges Wochenende Geburtstag und hat sage und schreibe vier Schachteln bekommen, daher wollte sie ihre Schätze gern mit jemandem teilen. Dann hat Jenicot also doch nicht vergessen, sie abzugeben?«

Sarah zog es vor, diese Frage nicht direkt zu beantworten. »Mrs. Heatherstone hat die Kirschen zwar bekommen, aber ich fürchte, sie weiß nicht, daß sie von Ihrer Mutter stammen. Ich glaube, sie hat sie genau in dem Moment in Empfang genommen, als Tante Emma ihr mitgeteilt hat, daß sie sich auf ein paar zusätzliche Gäste zum Abendessen einstellen sollte, daher ging alles ein bißchen drunter und drüber. Am besten, ich erkläre ihr gleich alles.«

Maria Pence sagte, das sei sehr nett von ihr und sie würden sich dann ja bei der Aufführung sehen, sie fürchte jedoch, daß die Aussichten auf einen kleinen Plausch nicht die besten seien, da sie die meiste Zeit eine Flöte am Mund haben würde. Wie schade es doch sei, daß es diesmal nach der Aufführung kein Ensemblefest gebe, aber natürlich habe sie vollstes Verständnis, wie Emma zumute sein müsse, und sie verspreche, morgen nachmittag zu kommen, es sei denn, Mutters Zustand habe sich verschlechtert. Sarah sagte etwas Höfliches und legte ziemlich verwirrt auf.

Was zum Teufel hatten sich Jenicot und Parker bloß dabei gedacht, die Kirschen Sebastian Frostedd mitzugeben? Er war früher hier eingetroffen als der junge Held und die junge Heldin, wenn sie sich recht erinnerte, wenn auch nicht viel früher. Vielleicht hatten die beiden vorgehabt, auf dem Weg noch etwas zu erledigen, und hatten nicht gewußt, wie lange es dauern würde, doch was hätte es schon ausgemacht, Mrs. Heatherstone die Kirschen ein wenig später zu geben?

Wie konnte dieser Geizhals Sebastian Frostedd sich nur Mrs. Heatherstone gegenüber so gemein verhalten, daß er hinging und das Geschenk ihrer alten Freundin als sein eigenes ausgab? Max hätte ihn als einen hundsgemeinen Mistkerl bezeichnet, dachte Sarah, und hätte damit mal wieder den Nagel auf den Kopf getroffen. Sie ging in die Küche, überbrachte Martha Pences Nachricht und versuchte, dabei möglichst neutral zu bleiben.

Aber Mrs. Heatherstone sah die Sache sowieso völlig anders. »Na so was. Mr. Frostedd hat sich bestimmt gewundert, daß ich mich wegen eines kleinen Gefallens so überschwenglich bei ihm bedankt habe. Und dann hat er das Mißverständnis nicht aufgeklärt, weil er mich nicht blamieren wollte. Die gute alte Mrs. Sabine, ist es nicht lieb von ihr, an mich zu denken? Ich mache schnell noch ein paar Obsttörtchen und bitte Mr. Heatherstone, sie auf dem Weg zum Theater schnell bei ihr abzugeben. Mrs. Sabine war schon immer ganz wild auf meine Obsttörtchen.«

Damit war das Problem aus der Welt geschafft, und Sarah hatte einen weiteren Beweis dafür, daß Sebastian Frostedd tatsächlich genauso niederträchtig war, wie immer behauptet wurde. Jetzt fragte sie sich erst recht, ob es nicht doch möglich war, daß Sebastian Charles Daventer einen späten Besuch abgestattet hatte. Er hätte sich leicht eine Ausrede einfallen lassen können, um bei ihm vorbeizuschauen und einen Schlummertrunk zu schnorren. Er wußte bestimmt, daß Emma ihren alten Freund schon früh nach Hause geschickt hatte. Vielleicht hatte er sogar Charlie noch in den Schlafanzug geholfen, bevor er ihm einen Schlag auf den Kopf verpaßt und dann den Unfall vorgetäuscht hatte.

Doch das hätte bedeutet, daß Sebastian auch Fredericks wichtigstes Beweisstück manipuliert hatte, und das war schwer vorstellbar.

Ob er wirklich einen derart makabren Sinn für Humor hatte? Und wäre er wohl lange genug am Tatort geblieben, um ein so üppiges Andenken zu hinterlassen?

Andererseits hätte er mit Charlie zusammensitzen und etwas mit ihm trinken können, um auch ganz sicherzugehen, daß sein Gastgeber völlig benebelt war. Dann hätte er Charlies Wohnungsschlüssel an sich nehmen und später heimlich zurückkehren können, um ihn im Schlaf umzubringen. Aber warum hätte er ihn überhaupt töten wollen? Warum hatte überhaupt jemand Charlie Daventers Tod gewollt?

Warum stellte sie sich eigentlich all diese dummen Fragen? Warum setzte sie sich nicht einfach ganz ruhig und vernünftig hin und versuchte, den Fall systematisch anzugehen?

Kapitel 16

Also gut, aber was wußte sie denn überhaupt? Allzu viel war es nicht. Sie wußte, daß Ernestina das Haus nie verlassen hatte. Sie wußte, daß an der ›Entführung‹ wenigstens zwei Personen beteiligt gewesen sein mußten. Nein, das wußte sie eigentlich gar nicht, sie hielt es lediglich für sehr wahrscheinlich. Das riesige Gemälde auf den vier Messinggriffen zu verstauen, ohne die Schutzschicht aus losem Zeitungspapier, die man über das Gemälde gelegt hatte, in Unordnung zu bringen oder zu beschädigen, war schon für mehrere Personen nicht einfach, für eine Einzelperson wäre es schlichtweg unmöglich gewesen.

Außerdem vermutete Sarah, daß zumindest einer der Diebe sich im Haus ihrer Tante genau auskennen mußte. Wie hätte er sonst wissen können, daß unter dem Eßtisch zwischen den Zargen soviel Platz war, daß man das Bild dort verstecken konnte und daß es dort Kurbelgriffe gab, auf die man es legen und somit verschwinden lassen konnte? Normalerweise krochen Gäste nicht unter den Eßtischen ihrer Gastgeber herum, aber es war schließlich möglich, daß jemandem die Serviette oder sonst was auf den Boden fiel, der Betreffende beim Aufheben die Messingteile entdeckte und diese Information in einer seiner Gedächtnisschubladen aufbewahrte, aus der er sie später bei Bedarf wieder hervorziehen konnte. Und dann die Kannen mit dem Schlummer-gut. Ja, auch das ließ darauf schließen, daß jemand über die Gewohnheiten von Emma Kelling sehr genau im Bilde war.

Sarah wußte außerdem, daß fünf verschiedene Drohbriefe – denn das waren sie im Grunde schließlich alle gewesen – auf unterschiedlich dramatische Weise aufgetaucht waren und daß keiner der Briefe auch nur eine nützliche Information enthalten hatte, bis auf den einen, in dem eine lächerlich kleine Summe gefordert wurde, wenn auch ohne nähere Angaben, wo die Übergabe vonstatten gehen sollte. Diese ganze unsinnige Mantel-und-Degen-Korrespondenz war wohl das Merkwürdigste von allem. Es sah ganz so aus, als seien die Erpresser weniger daran interessiert, den Rahm abzuschöpfen, als vielmehr daran, Emma die Suppe zu versalzen. War Ernestina am Ende bloß ein Mittel zum Zweck? Hatte jemand die Absicht, Emma Kelling zu schikanieren? Wollte jemand sie mit Hilfe eines Komplotts aus ihrem Haus vertreiben? Und was veranlaßte die Täter zu der Annahme, daß sie sich so etwas ohne weiteres gefallen lassen würde?

Immer mehr Fragen und immer weniger Antworten. Aber da kam Tante Emma auch schon mit ihren Sträußen. Sarah gab ihre Spekulationen auf und nahm die Blumen in Empfang.

»Wir haben eine Überraschung für dich, Tante Emma.«

»Hoffentlich etwas Erfreuliches. Wenn nicht, brauchst du es mir gar nicht erst zu erzählen. Was ist es denn?«

»Ernestina. Wir haben sie gefunden.«

»Wo?«

»Unter dem Eßzimmertisch.«

»Nicht zu fassen! Wie kommt sie denn da hin?«

Sarah erklärte alles, so gut sie konnte. Emma Kelling schüttelte den Kopf. »Absolut lächerlich! Woher wollen die denn wissen, ob ich nicht plötzlich spontan eine kleine Dinnerparty gebe und den Tisch ausziehe?«

»Frag mich nicht, das Bild war jedenfalls da.«

»Also, ich muß schon sagen, das scheint ja wirklich ein äußerst dilettantisches Unternehmen zu sein.«

Emmas Hand tastete nach dem goldenen Bleistift, der auf ihrem üppigen Busen ruhte. Sarah schoß der verrückte Gedanke durch den Kopf, daß sie jeden Moment forteilen würde, um eines ihrer blauen Notizbücher zu holen und die Sache selbst in die Hand zu nehmen.

»Wir haben Ernestina unter dem Tisch gelassen; sie liegt auf dem Teppich«, berichtete sie ihrer Tante. »Sie war so schwer, daß die Heatherstones und ich sie nicht wieder zurück in den Rahmen hängen konnten.«

»Um Himmels willen, was für eine Vorstellung! Das würdet ihr sowieso nie im Leben schaffen. Aber wo sie jetzt einmal unten ist, könnte ich sie auch direkt zum Reinigen weggeben. Erinnere mich bitte trotzdem daran, morgen die Tür zum Eßzimmer abzuschließen, für den Fall, daß zufällig jemand ein Kind mitbringen sollte.

Der Eßzimmertisch zieht sie an wie ein Magnet, ich weiß auch nicht warum. Normalerweise lasse ich die Kleinen natürlich immer nach Lust und Laune dort spielen. Es gibt dort nichts, das sie kaputtmachen könnten, und außerdem sind sie dort keinem im Weg. Aber ich hoffe inständig, daß niemand ein Kind mitbringt. Ich weiß nicht, wie es dir geht, ich fühle mich jedenfalls allmählich etwas erschöpft. Aber jetzt zu den Blumen, Sarah. Am besten, wir lassen sie über Nacht im Wintergarten stehen, und du kümmerst dich morgen früh darum. Meinst du, du schaffst das?«

»Kein Problem. Sonst habe ich ja nicht mehr viel zu tun, oder?«

»Momentan fällt mir zwar nichts ein, aber wie ich mich kenne, wird sich bestimmt noch etwas ergeben. Bring sie einfach alle in den Wintergarten. Da haben wir doch die Eimer hingestellt, nicht?«

»Ich geh' mal nachschauen.«

Sarah nahm die bunten Sträuße und schnupperte beim Gehen an den Fresien. Tante Emma wählte Schnittblumen immer sehr sorgfältig aus und achtete dabei nicht nur auf ihre Schönheit, sondern auch auf den Duft, ganz im Gegensatz zu Tante Appie, die Sarah und Max neulich einen Korb mit Weihnachtsgrün geschenkt hatte, der wie ein liebestoller Kater duftete, als sie ihn in ein warmes Zimmer gestellt hatten.

»Vergiß nicht, daß wir heute abend früher essen«, rief Emma ihr hinterher. »Wenn du dich noch umziehen willst, solltest du dich beeilen.«

Das war ein Wink mit dem Zaunpfahl. Sarah befreite die Blumen rasch von überflüssigen Blättern, schnitt die Stiele schräg an und stellte sie ins Wasser. Dann ging sie nach oben, zog ein weites dünnes Baumwolltop an und wählte dazu einige Schmuckstücke aus Silber, Achat und Türkis, die Max ihr in Santa Fé gekauft hatte. Für Emma Kellings Tisch war sie damit elegant genug angezogen, und auch für jeden anderen Tisch, an den sie möglicherweise geladen wurde. Trotzdem waren die Sachen bequem genug für ihre Arbeit als Maskenbildnerin. Sie freute sich schon darauf, heute abend wieder die Darsteller zu schminken.

Als sie schließlich ihr Haar frisiert hatte und nach unten kam, waren Cousin Frederick und die drei Tippletons bereits eingetroffen. Jack versuchte gerade halbherzig, Emma mit seinem lässigen Charme zu beeindrucken, widmete sich jedoch in der Hauptsache seinem Drink. Frederick konzentrierte sich auf Martha. Für jemand, der nie flirtete, schien er erstaunlich erfolgreich zu sein.

Martha sah vergnügter aus, als Sarah sie je zuvor gesehen hatte. Ihre Wangen waren gerötet, und sie lächelte über etwas, das Frederick ihr gerade erzählte. Ihre riesigen dunklen Augen strahlten zwar nicht gerade, vermittelten jedoch den Eindruck, daß sie es gern täten.

Jenicot saß ganz allein auf einem von Emmas kleinen Brokatsofas und starrte ihre Mutter an, als sei Martha ein merkwürdiger Geist, der gerade einer Flasche entstiegen war. Sarah ging zu ihr und setzte sich neben sie.

»Alles startklar für heute abend, Jenicot?«

»Ich glaube schon. Wenn ich nur meinen Text nicht vergesse.«

»Das werden Sie bestimmt nicht. Gestern abend bei der Probe ist doch alles ganz toll gelaufen. Oh, Mrs. Heatherstone hat ihre Pralinen übrigens bekommen.«

»Pralinen?« Jenicots Augen wurden noch größer als die ihrer Mutter. »Was für Pralinen?«

»Die Schachtel Maraschinokirschen, die Mrs. Pences Mutter Ihnen und Parker mitgegeben hat. Mrs. Heatherstone hatte sich noch nicht bei Mrs. Sabine bedankt, weil Sebastian Frostedd sie ihr überreicht hatte und sie gedacht hat, sie seien von ihm.«

»Ach so, die meinen Sie. Hatte ich ganz vergessen. Ich fand sie total unwichtig. Sollten wir nicht besser anfangen zu essen, damit wir früh genug zum Theater fahren können?«

»Keine Sorge, ich bin sicher, daß Tante Emma alles auf die Minute geplant hat.«

Sarah hätte gern etwas ganz anderes gesagt. So ein kleines Biest! Für Mrs. Sabine waren die Pralinen ganz und gar nicht unwichtig gewesen, und für die Person, die sie damit hatte beschenken wollen, auch nicht. Jenicot Tippleton gehörten die Ohren langgezogen.

Aber Sarah war nicht in der Stimmung, diese Aufgabe selbst zu übernehmen, jedenfalls nicht heute abend. Jenicot war nervös genug, und sie wollte auf keinen Fall ihr Lampenfieber in einen Nervenzusammenbruch verwandeln. Sie ließ ein paar oberflächliche Bemerkungen fallen, auf die Jenicot einsilbig reagierte. Dann sagte Cousin Frederick etwas, und Martha Tippleton lachte herzlich. Ein Laut, den Sarah nie von ihr erwartet hätte.

»Ihre Mutter ist heute abend ja richtig in Hochstimmung«, sagte sie zu Jenicot. »Ich habe sie noch nie so aufgekratzt gesehen.«

»Sie ist die schönste Frau auf der Welt.« Jenicots Stimme klang erstaunlich bewegt. Das Mädchen hatte also doch Gefühle. »Finden Sie nicht auch, Sarah?«

Selbst wenn sie gewollt hätte, wäre es Sarah unmöglich gewesen, diese Frage unbeantwortet zu lassen. »Sie ist wirklich wunderschön«, erwiderte sie wahrheitsgemäß. »Das habe ich eben beim Mittagessen noch zu einer meiner Cousinen gesagt.«

»Welche war es denn?«

»Mabel.«

»Ach die.« Jenicot starrte wieder mit finsterer Miene auf den Kaminvorleger. Erst nach einer ganzen Weile fing sie wieder an zu sprechen. »Also Mama – na ja, sie war nicht mehr ganz so jung, als ich geboren wurde. Mein Bruder Marsden ist schon fast vierzig, wissen Sie.«

»Das wußte ich gar nicht. Kaum zu glauben, daß Ihre Mutter einen Sohn hat, der schon so alt ist.«

Genau das wollte Jenicot hören, doch sie war immer noch nicht ganz zufrieden. »Ihre Cousine Mabel glaubt, daß Mama gräßlich aussieht. Das hat sie ihr selbst gesagt.«

Sarah lachte. »Meine Güte, das nehmen Sie doch hoffentlich nicht ernst, oder? Mabel hält jeden für gräßlich. Hier, nehmen Sie sich noch eine Käsestange.«

»Ich weiß, aber ...« Jenicot knabberte lustlos an ihrer Käsestange. »Was ist, wenn – Sie wissen schon – andere Leute ...«

Was es auch war, das Jenicot ihr gerade hatte anvertrauen wollen, Sarah würde es nie erfahren. Jemand klingelte so stürmisch an der Tür, daß sie alle zusammenfuhren, und kurz darauf kam Gillian Bruges ins Zimmer gestürzt.

»Mrs. Kelling! Mrs. Kelling!«

Schluchzend und schreiend torkelte sie über den Teppich. Heatherstone eilte ihr nach und murmelte aufgeregt vor sich hin. Ein junger Mann, der ein rotes T-Shirt und eine Art Uniformmütze trug, lief neben ihr her, redete laut und schnell und fuchtelte dabei wild mit den Armen. Sarah hatte kaum genug Zeit zu registrieren, wie furchtbar Gillian aussah, als die unerwartete Besucherin sich auch schon in Mrs. Kellings Arme warf und ihr Gesicht in deren Schulter vergrub.

Emma versuchte gleichzeitig, sie zu stützen, sie abzuwehren und sie dazu zu bewegen, vernünftig zu reden, hatte jedoch wenig Erfolg. »Gillian, was ist denn passiert? Hatten Sie einen Unfall?«

»Sie ist überfallen worden.«

Der fremde junge Mann hatte das Wort ergriffen. Ihm wurde bewußt, daß er seine Mütze noch trug, und er riß sie sich vom Kopf. »Ich hab' sie an der Ecke Main und Temple Street aufgelesen. Ich bin Taxifahrer, müssen Sie wissen. Ich war auf dem Weg zur Garage, und da sah ich diese Frau hier mitten auf der Straße stehen und winken. Sie sah aus, als wäre sie von einem Lastwagen angefahren worden. Ich halte also an und frage sie, was los ist, und sie sagt, daß sie von zwei Typen von der Straße gedrängt worden ist. Dann haben die beiden sie aus dem Wagen gezerrt und zusammengeschlagen und sind einfach mit ihrem Auto davongerast. Sie war total hysterisch, genau wie jetzt. Ich sage, am besten, ich fahre Sie zur Polizei, aber sie hat immer bloß geschrien: ›Nein! Nein! Ich will zu Mrs. Kelling!‹ Da habe ich mir gedacht, daß sie vielleicht Sie meint. Ich hoffe, das ist okay so.«

»O ja, alles in Ordnung.« Emmas Stimme klang ein wenig angestrengt. »Ganz ruhig, Gillian, Sie sind ja in Sicherheit. Geben Sie ihr einen Brandy, Heatherstone. Oh, und geben Sie bitte diesem freundlichen Herrn sein Fahrgeld.«

»Nein, nein. Ist schon okay. Ich will kein Geld. Das kann ich nicht annehmen. Ich habe ihr doch nur geholfen.«

Der Mann ging wieder zur Tür und hielt die Mütze mit beiden Händen vor seinen Körper gepreßt. »Ich wollte nur sicher sein, daß sie heil ankommt. Sie legen sich besser ein bißchen Eis auf Ihr Auge, Miss.«

In dem ganzen Wirrwarr von »vielen Dank« und »wie schrecklich aber auch«, war er schon verschwunden, bevor Heatherstone, der versuchte, Gillian etwas von dem Brandy einzuflößen, ihn zur Haustür bringen konnte. Nach ein paar Schlucken hatte sich Gillian wieder soweit beruhigt, daß sie es wagte, ihr Gesicht zu zeigen. Sie sah furchtbar aus. Man hatte sie offenbar niedergeschlagen und mit dem Gesicht in den Schotter gedrückt. Ein häßlicher Kratzer verunstaltete ihre linke Wange. Das linke Auge war rot und geschwollen, Gillian würde bestimmt bald ein anständiges Veilchen bekommen. Sie war schmutzig, zitterte und stand anscheinend immer noch unter Schock.

»Er hätte sie zur Polizei fahren sollen«, tadelte Cousin Frederick.

»Oder ins Krankenhaus«, meinte Martha. »Soll ich einen Krankenwagen rufen?«

Gillian wurde wieder hysterisch. »Nein! Bitte nicht! Ich will hier bleiben. Es geht mir schon besser. Ehrlich, Mrs. Kelling.«

»Aber wir müssen Ihren Wagen doch als gestohlen melden.«

»Das hat der Taxifahrer schon getan. Er hat einen Streifenwagen angehalten. Die Polizei weiß Bescheid. Sie haben mir alle möglichen Fragen gestellt. Ich habe ihnen meine Fahrzeugpapiere gezeigt.«

»Wo hatten Sie sie denn?«

Gillian starrte sie nur an.

»Wenn man Sie ausgeraubt und Ihren Wagen gestohlen hat«, erklärte Sarah langsam, »wie kommt es dann, daß Sie Ihre Papiere noch haben? Wo hatten Sie sie denn?«

»In meiner Handtasche. Die haben sie mir nicht gestohlen. Sehen Sie?«

Sie zeigte ihnen ein längliches kleines Gebilde aus lila Leder, das an einem unsagbar dünnen Riemen über ihrer Schulter hing. Außer Lippenstift, Kamm, Schlüsselbund und einem schmalen Kartenetui befand sich nicht viel darin.

»Ist Ihr Geld auch gestohlen worden?«

»Ich hatte nicht viel dabei. Nur einen Zehndollarschein. Vielleicht haben die deshalb so hart zugeschlagen. Ich –« Bevor jemand sie auffangen konnte, glitt Gillian zu Boden.

Jack Tippleton verhielt sich seiner leidgeprüften Angebeteten gegenüber nicht gerade wie ein Gentleman, stellte Sarah fest. Heatherstone und Cousin Frederick waren diejenigen, die sie aufs Sofa legten, und Jenicot lief, um Eis zum Kühlen zu holen. Gillians Auge war inzwischen fast völlig zugeschwollen und verfärbte sich lila.

»So kann sie unmöglich auftreten«, sagte Martha, nahm ihrer Tochter den Eisbeutel ab und legte ihn auf Gillians Gesicht.

»Aber ich muß auftreten!« Gillian stieß das Eis weg, richtete sich auf und sank wieder nach hinten zurück. »Wenn bloß mein Kopf nicht so weh tun würde!«

»Hoffentlich hat sie keine Gehirnerschütterung«, sorgte sich Emma. »Heatherstone, Sie rufen besser doch einen Krankenwagen.«

»Nein, bitte nicht«, bettelte Gillian. »Es geht mir bestimmt gleich besser, ich muß mich nur etwas ausruhen.«

»Aber Gillian, wir können doch unmöglich alle gehen und Sie ganz allein zurücklassen.« Jack Tippleton hatte endlich seine Stimme wiedergefunden.

»Ich kann bei ihr bleiben«, schlug Sarah vor.

»Nein, das kannst du nicht«, sagte Emma Kelling. »Du mußt die Constance singen.«

»Ich? Tante Emma, das kann doch nicht dein Ernst sein!«

»Und ob das mein Ernst ist. Du hast dich neulich abends mit dem armen Charlie hervorragend geschlagen. Sarah, außer dir kommt für die Rolle niemand in Frage. In zwei Stunden müssen wir auf der Bühne stehen, und meine Entscheidung steht fest. Und jetzt kommt bitte alle zu Tisch. Gillian, meinen Sie, Sie könnten auch etwas essen?«

»Ich glaube, dann müßte ich mich übergeben. Ich möchte mich nur ein wenig ausruhen.«

»Das halte ich auch für das Beste«, sagte Frederick. »Also los, Emma, Fütterung der Raubtiere. Na, komm schon, Sarah. Ein voller Bauch gibt Selbstbewußtsein.«

Kapitel 17

Das Essen, das Mrs. Heatherstone im Frühstückszimmer für sie vorbereitet hatte, war recht einfach und bestand in der Hauptsache aus Clam Chowder, Obst und Käse. Doch selbst das war Sarah noch zuviel. Sie knabberte versuchsweise an einem Cracker und aß ein oder zwei Löffel Suppe, doch sie hatte einen Kloß im Hals und konnte kaum einen Bissen herunterbekommen. Nachdem sie es mehrmals vergeblich versucht hatte, gab sich schließlich auf.

»Tante Emma, würdest du mich bitte entschuldigen? Wenn ich wirklich die Constance singen soll, muß ich mir vorher unbedingt noch meinen Text ansehen.«

»Natürlich, Liebes. Aber mach bitte nicht zu lange. Wir müssen in fünfzehn Minuten los, wenn wir uns noch vorher umziehen wollen. Ach herrje, ich fürchte, du wirst trotzdem noch beim Schminken helfen müssen.«

Frederick, der seine Suppe mit dem Tempo eines Junggesellen ausgelöffelt hatte, der es gewöhnt ist, nur hin und wieder etwas Ordentliches zu sich zu nehmen, schob seinen Stuhl nach hinten. »Ich komme mit, Sarah.«

»Willst du denn nichts mehr essen?« fragte Emma.

»Nein. Von Obst bekomme ich Blähungen und von Käse Verstopfung. Komm, Sarah, wir proben die Szene, in der du mir sagst, daß du verrückt nach mir bist.«

»In Ordnung, aber wir dürfen Gillian nicht stören. Wir können ins Eßzimmer gehen und die Tür zumachen.«

Aber als sie allein waren, fing Sarah nicht an zu singen, sondern führte Frederick zu der Stelle, wo Lady Ernestina mit ihrer Taube lag und die Unterseite des Tisches anstarrte. »Komm, wir hängen sie wieder da hin, wo sie hingehört«, flüsterte sie.

»Warum?« zischte Frederick zurück.

»Ich möchte nur sehen, ob wir es allein schaffen.«

»Ach so, verstehe, Detektivarbeit. Bravo.«

Sie krochen unter den Tisch und machten sich an Ernestinas Reinstallation. Es war erstaunlich leicht, wenn man erst einmal herausgefunden hatte, wie es ging. Zuerst mußte man eine Seite des Rahmens hochheben und an einem Ende des Tisches über die Griffe schieben, dann das gleiche mit der anderen Seite, so daß der Rahmen über die Griffe am anderen Ende des Tisches gleiten konnte. Auf die Art brauchten sie nie das volle Gewicht des Gemäldes zu halten. Innerhalb von zwei Minuten hatten sie Ernestina wieder zwischen die Zargen gehängt, wobei sie die ganze Zeit laut sangen, damit die Leute im Frühstückszimmer auch auf ihre Kosten kamen.

Dann hielt Frederick das Buch fest, während Sarah ihren Text für die Eröffnungszene durchging. Kurz darauf wurden sie bereits gerufen: »Jetzt kommt schon, ihr zwei, wir haben keine Zeit mehr.«

Es war Emma, die ihre Schäfchen zusammentrieb. »Mal überlegen. Hier ist die Liste mit Telefonnummern für Gillian und das drahtlose Telefon, das mir Bed junior zum Geburtstag geschenkt hat. Ach ja, sie braucht noch Aspirin und den Eimer mit Eis. Für ihr Gesicht, wißt ihr. Das arme Mädchen, wie furchtbar, daß ihr das ausgerechnet heute passieren mußte. Sarah, du glaubst doch hoffentlich nicht, daß die Sache irgend etwas mit - du weißt schon was - zu tun hat? Oder doch? Ich habe sogar schon mit dem Gedanken gespielt, die ganze Show abzublasen«, murmelte sie so leise, daß nur Frederick und Sarah sie verstehen konnten.

»Das kannst du doch nicht machen«, meinte Sarah. »Wir hatten schon mehr als genug Katastrophen heute abend, wenn du mich fragst. Ich kann mir nicht vorstellen, daß im Theater noch etwas schiefgehen könnte.«

»Ich hoffe wirklich, daß du recht hast.«

»Wehe, wenn nicht«, sagte Frederick. »Ich habe persönlich zwei von Sergeant Formsbys Männern angeheuert, damit sie während der gesamten Vorstellung hinter der Bühne Wache stehen. Falls sie versagen, können sie sich ihr Geld an die Mütze stecken, und das wissen sie auch.«

»Fred, das hast du alles für mich getan? Mein Lieber, ich bin ja richtig gerührt.«

»Jetzt werd bloß nicht sentimental, Emma. Ich habe es ebenso für mich getan. Ich hänge schließlich auch in der Geschichte mit drin, weißt du. Sieh schnell noch mal nach deiner Patientin, und dann laß uns fahren.«

Sie gingen in den Salon, wo Gillian Bruges immer noch regungslos unter einer Mohairdecke auf einem der Sofas lag. »Gillian, sind Sie wach?«

»Hm? Oh.« Das unverletzte Auge öffnete sich. »Ja, Mrs. Kelling.«

»Meine Liebe, wir müssen jetzt los. Das Telefon steht auf dem Tisch genau neben Ihnen, und hier sind die Nummern von Polizei und Krankenhaus. Und dann noch Aspirin, eine Karaffe mit Wasser und frisches Eis für Ihr Gesicht, falls Sie es brauchen sollten. Sie wissen doch, wo das Badezimmer ist, nicht wahr?«

»Ja, ich komme schon zurecht. Vielen Dank, Mrs. Kelling.«

»Jetzt schauen wir noch rasch nach, ob alle Türen und Fenster verschlossen sind und die Alarmanlage eingeschaltet ist, damit Sie auch ganz sicher sind. Ich wünschte, wir hätten einen Nachbarn, der herkommen und Ihnen ein wenig Gesellschaft leisten könnte, aber ich fürchte, heute kommen alle zur Aufführung.«

»Das macht doch nichts. In meinem Apartment bin ich auch immer allein.«

»Dann ruhen Sie sich nur schön aus. Wir sehen uns später.«

»Hals- und Beinbruch für die Vorstellung. Es tut mir ja so leid, daß ich nicht mitmachen kann.«

Emma strich fürsorglich die Mohairdecke glatt, als letzte mütterliche Geste sozusagen, und ging nach draußen, um nachzuzählen, ob auch alle da waren.

»Mal sehen. Drei, fünf, sechs von uns und die beiden Heatherstones. Zu viele für den Buick. Ihr seid zu Fuß gekommen, nicht wahr, Martha?«

»Ja. Der Parkplatz ist eh schon voll genug. Jenny fährt mit Parker zurück, nehme ich an. Sie kann auf der Hinfahrt bei ihrem Vater auf dem Schoß sitzen.«

»Oh, sie kann doch mit mir fahren«, sagte Sarah. »Max hat gesagt, er will versuchen, zur Aufführung hier zu sein. Wenn er es tatsächlich schaffen sollte, brauchen wir sowieso noch einen zusätzlichen Wagen.«

Reines Wunschdenken, doch Sarah hatte keine Lust, auf engstem Raum neben Jack Tippleton zu sitzen. Sie brauchte Zeit zum Nachdenken.

Die war ihr aber leider nicht vergönnt. Die sonst allzu schweigsame Jenicot redete während der ganzen Fahrt ununterbrochen auf sie ein, meist Sätze wie »Haben Sie nicht furchtbares Lampenfieber, so auf die letzte Minute einspringen zu müssen, ohne auch nur einmal richtig geprobt zu haben?«, was Sarah in ihrer derzeitigen Stimmung nicht gerade moralischen Auftrieb gab. Jenicot hatte selbst alle Mühe, nicht in Panik zu geraten, was sie mit übertrieben häufigem halb-hysterischem Lachen zu übertünchen versuchte. Auch wenn sie die Aussicht auf das, was vor ihr lag, noch so nervös machte, war Sarah froh, als sie die kurze Fahrt endlich hinter sich hatten.

Wenigstens war es nicht besonders schwierig, in das Kostüm des sittsamen Dorfmädchens zu schlüpfen. Sarah zog das Tupfenkleid an, band sich die Schürze um, stellte zu ihrer Freude fest, daß die Korkenzieherlocken und das Häubchen aus einem Stück waren, und zog sie über ihr eigenes Haar. Dann malte sie sich mit Rouge runde Flecken auf die Wangen und ging zu Tante Emma, um ihr in die Turnüre zu helfen.

Sie stellte jedoch fest, daß sie gar nicht gebraucht wurde. Martha Tippleton war schon in Emmas Garderobe, und die beiden schienen sich köstlich zu amüsieren. »Weißt du noch, wie ich das erste Mal in Pleasaunce war und du mich in deine Theatergruppe aufgenommen hast?« fragte Martha gerade. »Ich habe die Lady Windermere gespielt, und du warst meine böse Mutter. Wir fanden das damals alles sehr gewagt. Dreh dich mal um, damit ich an die Häkchen kann. Wußtest du übrigens, daß dir jemand was auf die Turnüre geschrieben hat.«

»Natürlich weiß ich das, irgendein Unsinn, den die Jungs vor Jahren ausgeheckt haben«, schwindelte Emma mit einer Leichtigkeit, die ihre Nichte in Erstaunen versetzte. »Wo ist der Nixenschwanz, der darübergehört, Sarah?«

»Hier. Soll ich ihn überziehen?«

»Nein, das schaffen wir schon. Lauf du nur zu den anderen und hilf ihnen beim Schminken. Kannst du deinen Text auch?«

»Ich glaube schon. Wenn ich steckenbleibe, müssen Sie mir aus der Patsche helfen, Mrs. Tippleton.«

»Nennen Sie mich doch bitte Martha. Ich bin schließlich nur auf der Bühne Ihre Mutter, wissen Sie. Sie schaffen es ganz bestimmt, Sarah. Es ist zwar nicht sehr nett, das zu sagen, aber ich habe mich mit Gillian nie so recht wohl gefühlt. Ganz abgesehen von ihrer Vorliebe für meinen ach so liebenswürdigen Mann natürlich.« Martha wurde rot. »Das war jetzt wirklich geschmacklos. Ich weiß gar nicht, was in mich gefahren ist.«

»Etwas, das du während der letzten dreißig Jahre schon längst hättest brauchen können, wenn du mir meine Offenheit verzeihst«, meinte Emma. »Trotzdem ist es mir gar nicht wohl bei dem Gedanken, Gillian mutterseelenallein im Haus zurückzulassen. Ob ich nun will oder nicht, ich trage schließlich die Verantwortung für sie.«

»Du kannst sie doch während der Pause anrufen.«

»Aber vielleicht ist sie dann ja eingeschlafen. Es wäre schrecklich, sie nur zu wecken, um mein Gewissen zu beruhigen.«

»Dir wird schon etwas einfallen«, sagte Martha. »Dir fällt immer etwas ein. So, der Fischschwanz sitzt. Jetzt versuch, dieses Ding hier anzuziehen.«

Martha stellte sich auf einen Stuhl und nahm die wogende Pracht aus lila Taft mit sich. Sarah sah, daß sie wirklich überflüssig war, und ging zum Schminktisch, wobei sie versuchte, sich an den Text für die Eröffnungsszene zu erinnern. Zwischen ihrer Klage über ihre unerwiderte Liebe und dem Dialog mit ihrer Bühnenmutter gab es eine Menge für sie zu tun. Gott sei Dank hatte Martha noch viel mehr Text als sie, doch Sarah hatte trotzdem keine Lust, sich bloß mit Schluchzen und Seufzen aus der Affäre zu ziehen.

Nach dieser Szene brauchte sie allerdings lange Zeit nicht wieder auf die Bühne. Eine besser vorbereitete Constance hätte vielleicht mit den Dorfmädchen herumspringen können, um die Pausen zwischen ihren Auftritten sinnvoll auszufüllen, doch sie tat besser daran, sich auf den Seitenbühnen aufzuhalten und den anderen nicht im Wege zu sein. Später mußte sie noch herauslaufen und Dr. Daley die Teekanne reichen, doch dabei brauchte sie nichts zu sagen, sie mußte nur wie alle anderen ihren Tee trinken und mit ihnen in ihren Zauberschlaf sinken, bis es Zeit war, wieder aufzuwachen und sich widerwillig mit Cousin Frederick zu verloben. Doch das stand erst nach dem Trio und dem Chorauftritt zu Beginn des zweiten Aktes an.

Sarah hätte gern etwas Zeit gehabt, um sich ungestört mit ihrem Text in eine Ecke zu setzen. Es war schwierig, sich auf eine Rolle vorzubereiten, während man Wangenrouge auftrug und Augenbrauen strichelte. Sogar Jack Tippleton fand sich heute abend an ihrem Tisch ein und erlaubte ihr, ihn in einen echten alten Landedelmann zu verwandeln. Sarah fragte sich, ob er sich wohl die Standpauke zu Herzen genommen hatte, die Emma ihm während der Generalprobe gehalten hatte, oder ob es daran lag, daß Gillian

Bruges nicht mehr da war, um sich von seinem jugendlichen Charme betören zu lassen oder auf das Fehlen desselben bestürzt reagieren zu können. Er hatte es offenbar aufgegeben, sein Glück bei Sarah Bittersohn zu versuchen.

Sarah war das alles herzlich gleichgültig. Zu viele Personen standen bereits Schlange, um von ihrem maskenbildnerischen Geschick zu profitieren. Als sie fast alle fertig geschminkt hatte, stellte sie fest, daß Sebastian Frostedd nicht da war. Vielleicht hatte er beschlossen, sich heute abend selbst zu schminken, jetzt, wo er einmal gesehen hatte, wie sie es machte, vielleicht hielt er es auch bloß für besser zu warten, bis die anderen fertig waren. Er hatte noch genügend Zeit, da er erst ziemlich spät im ersten Akt auftreten mußte.

Sie spielte schon mit dem Gedanken, einen der von Frederick engagierten Wachen nach ihm Ausschau halten zu lassen, als sich Ridpath Wale auf einen Stuhl neben sie sinken ließ, und sie fragte statt dessen ihn. Ridpath knurrte nur: »Höchstwahrscheinlich in der Herrentoilette« und beanspruchte dann ihre ungeteilte Aufmerksamkeit für sein Make-up und noch dazu eine ganze Portion Bewunderung für seine heroische Entscheidung, trotz des verstauchten Knöchels aufzutreten. Anscheinend war ihm entgangen, daß er nur dann humpelte, wenn er sicher sein konnte, daß alle ihn sahen.

Schließlich hatte Sarah alle versorgt, die gewillt waren, sich von ihr anmalen zu lassen, und hatte endlich Gelegenheit nachzudenken, während sie ihrem eigenen Make-up den letzten Schliff gab. Als Lady Sangazure schließlich in ihrer lila Pracht vorbeirauschte, war Sarah sowohl mit ihrem Gesicht als auch mit ihren Überlegungen fertig.

»Tante Emma, ich habe über alles nachgedacht. Nach meinem ersten Auftritt habe ich Zeit bis nach der Pause. Wenn Martha für mich einspringt und Dr. Daley die Teekanne überreicht, hätte ich genug Zeit, schnell nach Hause zu fahren und nach Gillian zu schauen.«

»Mal nachdenken.« Emma tastete nach ihrer goldenen Uhr, die zu den zahlreichen Accessoires gehörte, die Lady Sangazures Busen zierten, und rechnete alles kurz durch. »Ja, du hast recht. Bei der Teekannenszene wird dich bei dem Riesengedränge auf der Bühne sowieso niemand vermissen. Du müßtest zwar eigentlich in der Szene mit der ›Wunderbaren Illusion‹ mit Aline den Sopranpart singen, aber der ist ziemlich schwierig, und du hast ihn kein einziges Mal proben können, daher ist es vielleicht besser, wenn du es gar nicht erst versuchst. Außerdem brüllen wir zum Schluß eh alle aus Leibeskräften, und ich denke nicht, daß es da auf einen Schreihals mehr oder weniger ankommt. Aber du mußt unbedingt für deinen großen Auftritt mit Frederick um Punkt neun Uhr fünfunddreißig wieder hier sein. Und komm um Himmels willen nicht erst auf den letzten Drücker, es sei denn, du willst, daß ich einen Herzinfarkt bekomme und euch das Finale versaue. Und falls du bei der Eröffnungsszene deinen Text vergessen solltest, wirfst du dich einfach an Marthas Schulter und fängst an zu weinen. Sie wird dir dann schon weiterhelfen. Fertig? Also dann, alles auf die Plätze!«

Kapitel 18

Die Ouvertüre war zu Ende, der Vorhang ging auf, die Glocken ließen ihr helles Läuten ertönen, und aus den Kehlen der Männer und Mädchen erklangen diverse Jubellaute. Sarah stand zitternd auf der Seitenbühne. Martha drückte ihr die Hand. Die männlichen Chormitglieder ließen ein letztes Mal verlauten, daß sie alle von »ungetrübter, aufrichtiger Freude« erfüllt seien und gingen von der Bühne. Die beiden Partlets erschienen, die eine niedergeschlagen, die andere beunruhigt, beide der lebende Beweis dafür, wie sehr Männer sich doch täuschen können, wenn es um die Gefühle von Frauen geht.

In vierfüßigen Trochäen beginnend und sich dann zu fünffüßigen Jamben steigernd, erkundigte sich Mrs. Partlet nach den Ursachen der rätselhaften depressiven Verstimmung ihrer Tochter. Constance widersprach aufgeregt und versuchte ihrer Mutter einzureden, daß ihr Erröten und Erbleichen, ihre tiefen Seufzer und ihr Zittern und Zagen nichts zu bedeuten hätten und ihre Mutter sich keine Sorgen zu machen brauche. Unbeeindruckt von diesen Beteuerungen sorgte Mrs. Partlet, wie sicher jede andere liebende Mutter an ihrer Stelle, dafür, daß der Mädchenchor die Bühne verließ, damit sie mit Constance allein sein konnte. Constance sang ihre vierzig Zeilen, ohne zu stocken.

Danach war alles ein Kinderspiel. Tante Emma hatte in letzter Minute den genialen Einfall gehabt, Sarah einen bändergeschmückten Korb zu geben, in dem der sorgsam für sie präparierte Text lag, und Emmas Freundin Millie, die Souffleuse, saß für alle Fälle zischbereit auf der Seitenbühne, doch Sarah schaffte es ohne Hilfe. Das lag hauptsächlich daran, daß sie kaum noch etwas zu sagen brauchte, nachdem Dr. Daley erschienen war und die längst vergangenen glücklichen Tage besang, als er und die Liebe noch gute Freunde gewesen, wobei ihm völlig entging, daß er auch jetzt noch das Objekt der Begierde einer hübschen jungen Dame war. Mrs. Partlet versuchte sich als Kupplerin, blieb dabei jedoch erfolglos, und Sarah sank unglücklich an Marthas Busen und wurde fortgeführt, um sich trösten zu lassen.

Der Applaus des Publikums war wohltuend, aber noch wohltuender waren die Reaktionen der anderen Darsteller, die ihr hinter der Bühne die Hände drückten und aufmunternd auf den Rücken klopften, doch Sarah nahm sich nicht die Zeit, ihren Erfolg richtig auszukosten. Statt dessen zog sie Frederick auf die Seite und flüsterte: »Wo ist der Polizist, den du engagiert hast?«

»Welchen willst du denn?«

»Ganz egal. Es muß nur schnell gehen.«

»Was ist denn los?«

»Ich muß nach Gillian schauen, und ich möchte nicht allein gehen. Außerdem muß ich bis halb zehn wieder zurück sein, also beeil dich bitte und hol mir diesen Polizisten.«

»Ich könnte doch –«

»Nein, das könntest du nicht. Du mußt in etwa zehn Minuten auf die Bühne. Frederick, jetzt geh endlich.«

Frederick murmelte etwas über Cousine Mabel und ging. Er war sofort wieder zurück und hatte einen Mann im Schlepptau, der sich schon die ganze Zeit vergeblich bemüht hatte, wie ein Bühnenarbeiter auszusehen.

»Officer Murgatroyd«, stieß Frederick hervor. »Er gehört dir.«

»Vielen Dank«, sagte Sarah. »Kommen Sie bitte mit, Officer.«

Officer Murgatroyd warf einen Blick auf Sarah mit ihrem gepunkteten Kleid und ihrer Lockenperücke – sie hatte natürlich keine Zeit gehabt, sich umzuziehen, hatte allerdings geistesgegenwärtig ihren Korb hinter der Bühne abgestellt – und folgte ihr bereitwillig nach draußen zu ihrem Wagen.

»Ich vermute, ich hätte Sergeant Formsby sagen sollen, daß ich das Theater verlasse«, bemerkte er, als sie losfuhren. »Aber er hat mir ausdrücklich eingeschärft, daß ich ihn nur stören soll, wenn jemand ermordet worden ist.«

»Nun ja, ich hoffe, das wird uns erspart bleiben«, meinte Sarah. »Vielleicht ist ja auch alles in bester Ordnung. Es gibt da lediglich ein kleines Problem.«

Sie berichtete ihm, was geschehen war, und er nickte. »Verstehe. Einen Verletzten sollte man möglichst nicht allein lassen.«

»Ich weiß, aber es blieb uns leider keine andere Wahl. Miss Bruges wollte sich auf keinen Fall ins Krankenhaus bringen lassen, und ihre Verletzungen sehen zwar schlimm aus, sind aber nicht ernst, und sie stand auch nicht mehr unter Schock, jedenfalls nicht, als wir weggingen. Eigentlich schien sie das Ganze erstaunlich gut verkraftet zu haben«, fügte Sarah etwas sarkastisch hinzu.

»Das kommt öfter vor. Das ist der Schock. Es scheint ihnen alles egal zu sein, aber später klappen sie dann zusammen. Wahrscheinlich schwitzt die Ärmste Blut und Wasser bei dem Gedanken, die beiden Typen könnten plötzlich wieder auftauchen und sie fertigmachen.«

»Ich bin mir nicht sicher, ob diese Angst nicht vielleicht sogar begründet ist«, sagte Sarah. »Daher halte ich es auch für besser, nicht bis unmittelbar vor das Haus zu fahren. Ich will das Ganze nicht dramatisieren, aber es wäre mir lieber, wenn wir den Wagen irgendwo außer Sichtweite abstellen und uns leise ins Haus schleichen könnten.«

»Aber wenn sie allein ist und sich beruhigt hat, wird sie dann nicht einen furchtbaren Schreck kriegen, wenn wir so urplötzlich aufkreuzen?«

»Wenn sie sich wirklich beruhigt hat, schläft sie höchstwahrscheinlich, und wir können uns ganz leise wieder fortschleichen, ohne daß sie überhaupt merkt, daß jemand da war. Meine Tante hat ihr etwas gegen die Kopfschmerzen gegeben. Warum werfen wir nicht einfach schnell einen Blick auf alles? Ich kann den Wagen da vorn hinter der Hecke des Nachbargrundstücks parken.«

»Schaden kann es sicher nicht.« Officer Murgatroyd warf einen ersten Blick und machte sogar eine Entdeckung.

»Sagen Sie mal, gehört der Lieferwagen in der Auffahrt Ihrer Tante?«

»Meine Tante hat keinen Lieferwagen. Ich glaube, wir hatten recht.«

Sarah schaltete die Scheinwerfer aus, parkte den Wagen außer Sichtweite und führte Officer Murgatroyd rasch durch die Hecke um das Haus herum zum Seiteneingang hinter dem Kutscherhaus. Der Spezialschlüssel, den sie bei sich trug, würde die Alarmanlage ausschalten.

Sie bedeuteten einander, so leise wie möglich zu sein, und betraten das Haus. Glücklicherweise trug Constance weiche, flache Slipper. Officer Murgatroyd wurde auf seine Weise mit Emma Kellings poliertem Fußboden fertig, indem er seine kräftigen Schnürschuhe in der Hand trug, die nicht an der Dienstwaffe ruhte.

Sarah verschwendete keine Zeit damit, das Sofa im Salon zu überprüfen. Sie wußte genau, wo Gillian war. Sie führte den Polizisten in das Frühstückszimmer und öffnete vorsichtig die Tür, die ins große Eßzimmer führte. Durch den Türritz konnten sie einen kleinen dünnen Mann in blauen Jeans und Jeansjacke erkennen, der gerade mit professionellem Interesse einen von Emma Kellings silbernen Tafelaufsätzen zu inspizieren schien.

»Stell das sofort wieder weg.« Das war Gillians Stimme, und sie klang keineswegs ängstlich. »Und wisch bloß die Fingerabdrücke ab. Hast du denn keinen Funken Verstand im Schädel? Du klaust hier nichts, nicht mal einen Zahnstocher. Keiner darf merken, daß außer mir noch jemand hier gewesen ist. Wenn die ganze Meute wieder zurückkommt, werden sie mich genau da finden, wo sie mich auch verlassen haben, nämlich auf der Couch, wo ich mein gottverdammtes Auge kühle. Mußtest du eigentlich so fest zuschlagen, Lev?«

»Du hast doch gesagt, wir würden nicht durchkommen, wenn wir nur so tun als ob, weil die alte Tante so viel von Make-up versteht.«

Diese Stimme gehörte einem anderen Mann, und Sarah erkannte sie sofort. Es war der freundliche Taxifahrer, der Gillian nach dem angeblichen Überfall der Autodiebe mitgenommen und sicher hier abgeliefert hatte. »Außerdem«, fuhr er fort, »wollte ich dir schon lange mal richtig eine scheuern.«

»Vielen Dank, Süßer. Irgendwann werde ich dir das schon noch heimzahlen«, Gillian klang viel überzeugender als sonst, dachte Sarah. »Nun macht schon, wir müssen das Ding endlich wegschaffen.«

»Wozu die Eile?« Das war wieder der Dünne mit der nasalen, weinerlichen Stimme. »Du hast doch gesagt, die ganze verfluchte Nachbarschaft sitzt im Theater und guckt sich die Show an, in der du eigentlich mitspielen müßtest.«

»Und was ist, wenn die plötzlich feststellen, daß sie mich doch noch brauchen? Ich will, daß ihr das Bild hier schnellstens rausschafft. Nun macht schon. Jeder nimmt eine Seite.«

Alles, was Sarah von Gillian und ihren Kumpanen sehen konnte, waren zwei schmutzige nackte Füße. Der Mann hatte wohl schwere Stiefel oder Schnürschuhe mit Profilsohlen getragen, folgerte sie, so daß Gillian dafür gesorgt hatte, daß er sie ausgezogen hatte, bevor er ins Haus gekommen war. Auf den Teppichen würden keine Fußabdrücke zu sehen sein, nirgends würde es sichtbare Fingerabdrücke geben, und nichts würde vermißt werden, denn Ernestina war ja angeblich schon längst verschwunden. Es gab keine aufgebrochenen Schlösser, und die Alarmanlage war auch nicht losgegangen, weil Gillian im Haus war und sie abstellen und ihre Handlanger problemlos hereinlassen konnte. Sie würde sie gleich auch wieder herauslassen, die Alarmanlage einschalten und zurück in die Rolle des unschuldigen Opfers schlüpfen. Ein hervorragender Plan, das mußte man ihr lassen.

»Wie zum Henker hast du es bloß geschafft, dieses gottverdammte Riesending hier ganz allein zu verstauen?« knurrte der Taxifahrer.

»Das geht dich gar nichts an«, teilte Gillian ihm freundlich mit. »Paß bloß auf mit dem Rahmen, ein Kratzer und du kannst dich einsargen lassen. Das Ding wird uns möglicherweise zwei Millionen Dollar einbringen, vergiß das nicht.«

»Nett gesagt. Und wo soll die ganze Knete herkommen?«

»Ich habe da meine Beziehungen.«

»Zum Beispiel?«

»Meinst du, ich bin so blöd, das ausgerechnet dir auf die Nase zu binden? Beim letzten Mal ist doch auch alles glatt gegangen, oder etwa nicht? Ich kann mich nicht erinnern, daß du gemeckert hast, als du deine zwanzigtausend abkassiert hast, bloß für zwei Stündchen Arbeit, und keine Spur von Bullen bei der ganzen Sache. Ist das nicht verflucht viel besser, als Cadillacs aus Parkhäusern zu klauen?«

Sarah wartete gar nicht erst ab, was der Mann darauf zu sagen hatte, sondern berührte Murgatroyds Arm, bedeutete ihm, sich nicht vom Fleck zu rühren, und machte ihm mit allerlei Zeichen klar, daß sie zum Telefon gehen und Verstärkung anfordern wolle. Er nickte, und sie ging.

Oben in Tante Emmas Boudoir mit dem dicken Teppich und der dicht schließenden Tür konnte man telefonieren, ohne daß man unten gehört wurde. Trotzdem sprach Sarah so leise wie möglich, als sie meldete, daß sich Diebe in Mrs. Kellings Haus befänden, und dem diensthabenden Officer das Kennzeichen und die genaue Beschreibung des Lieferwagens, der direkt am Haus in der Auffahrt parkte, durchgab.

»Officer Murgatroyd observiert sie gerade. Ich würde vorschlagen, daß Sie am besten möglichst unauffällig herkommen und die Auffahrt zustellen, damit der Lieferwagen nicht weg kann. Ich glaube nicht, daß sie bewaffnet sind, es sei denn, die Waffen befinden sich im Lieferwagen. Sie glauben nämlich, daß weit und breit keiner zu Hause ist, wissen Sie. Für den Fall, daß Sie doch schießen müssen, zielen Sie um Gottes willen auf die Reifen und nicht auf den Tank. Sie stehlen ein sehr großes Gemälde, das äußerst wertvoll ist. Und bitte kommen Sie schnell!«

»Wir sind schon unterwegs.«

»Gut. Ich gehe jetzt wieder nach unten und informiere Officer Murgatroyd.«

Es war höchste Zeit. Gillians Freunde hatten Ernestina schon unter dem Tisch hervorgeholt und wickelten sie gerade in zwei große Transportdecken, wie man sie normalerweise bei Umzügen benutzt. Sie mußten die Decken eigens zu diesem Zweck mitgebracht haben. Sie hatten wirklich an alles gedacht.

Jetzt konnte Sarah auch die Gesichter der beiden Männer sehen. Den Taxifahrer kannte sie ja bereits. Der Kopf des kleineren, dünneren Mannes hatte eine merkwürdige Form, er war sehr schmal, mit einer Nase so scharf wie ein Rasiermesser. Sie würde ihn überall wiedererkennen.

Officer Murgatroyd sicher ebenfalls. Er verhielt sich sehr geduldig, wie ein guter Polizist eben, hatte sein Notizbuch und seinen Stift gezückt und schrieb eifrig alles auf, was die drei sagten und taten. Er würde gar nicht erst versuchen, sie allein festzunehmen, vor allem nicht jetzt, wo er wußte, daß Verstärkung unterwegs war. Er würde sie das Gemälde in aller Ruhe aus dem Haus schaffen lassen, um auch sicherzugehen, daß der Diebstahl tatsächlich stattgefunden hatte, damit sie sich später nicht herausreden konnten. Die Polizei von Pleasaunce hatte anscheinend bereits mehr als genug Erfahrung mit gerissenen Rechtsanwälten, die ihre schuldigen Klienten wieder herausgepaukt hatten.

Jetzt wickelten sie gerade eine starke Schnur um die Decken und verknoteten sie. Gillian inspizierte die Knoten. Sie überließ wirklich nichts dem Zufall.

»In Ordnung, die sind fest genug. Ihr wißt, was ihr zu tun habt. Keine Geschwindigkeitsüberschreitungen. Keine Extratouren, nur an den Ampeln halten. Fahrt einfach auf den Highway und dann immer weiter, bis zu der Ausfahrt, die ich auf der Karte angekreuzt habe. Und danach haltet ihr euch rechts. Es ist ein flaches Holzgebäude mit einem großen Schild vorn, auf dem ›Fritierte Muscheln‹ steht, und darunter noch ein kleineres Schild mit ›zu dieser Jahreszeit geschlossen‹. Achtet auf euren Meilenzähler, von der Ausfahrt aus sind es genau zwei Meilen auf der rechten Seite. Fahrt hinter das Gebäude. Es wird kein Licht brennen, aber ihr werdet erwartet. Hier ist die gefälschte Rechnung über den Kauf. Habt ihr genug Benzin und Öl?«

»Aber selbstredend, liebe Mutter«, sagte der Taxifahrer.

»Keine Waffen im Wagen, für den Fall, daß ihr aus irgendeinem Grund aufgehalten werdet und jemand den Lieferwagen durchsucht.«

Der Dünne schnaubte. »Für wie bescheuert hältst du uns eigentlich? Wir sind doch nicht so dämlich, uns einen Mord aufzuhalsen. Ganz im Gegensatz zu gewissen anderen Leuten.«

»Haltet bloß die Klappe.« In Gillians Stimme schwang etwas mit, das Sarah und Officer Murgatroyd erstaunte Blicke wechseln ließ. »Ich mache nichts, was nicht zu meinem Plan gehört.«

»Zum Teufel damit. Du hast nichts davon gesagt, daß der alte Knacker dran glauben soll, als du uns bequatscht hast, das Bild zu transportieren.«

»Ich soll euch bequatsch haben? Na, das ist ja reizend. Ihr habt mich seit Monaten genervt – aber wir haben für solche Diskussionen jetzt wirklich keine Zeit, Leute. Macht endlich, daß ihr wegkommt.«

Doch die beiden bewegten sich nicht von der Stelle.

»Okay«, gab Gillian zu. »Daventer hat nicht zu meinem Plan gehört, weil ich gar nicht wußte, daß er mit der Sache was zu tun hatte, verdammt noch mal. Als ich es endlich geschafft hatte, die Rolle zu kriegen, hat er mit Gicht oder was weiß ich im Bett gelegen. Bis Mittwoch abend ist er kein einziges Mal bei den Proben erschienen. Und dann taucht er plötzlich auf und erinnert mich daran, daß wir uns damals in Newport auf der Party getroffen haben, als der lieben armen Mrs. Poofenwidget ihre Rembrandtstiche gestohlen wurden. Und ausgerechnet in dieser Nacht kommt jemand und klaut der lieben armen Mrs. Kelling ihren Romney. Das wäre ja wohl ein bißchen sehr auffällig gewesen, oder?«

»Hättest du nicht eine Nacht warten und es jemand anderen machen lassen können, nur für alle Fälle?«

»Nein, das ging nicht. Es ging nur an dem Abend oder gar nicht. Und das gilt auch für euch, entweder ihr schafft das verdammte Ding jetzt hier raus, oder ihr laßt es eben. Also würdet ihr euch bitte etwas beeilen und endlich machen, daß ihr wegkommt?«

»Erst möchte ich noch etwas mehr über Daventer hören«, sagte der Dünne. »Woher willst du wissen, daß sie ihn überhaupt eingeweiht hätte? Ich dachte, du wärst dir so sicher gewesen, daß sie niemandem was von dem Diebstahl sagt und auch nichts von den angeblichen Drohbriefen, weil sie die Aufführung nicht platzen lassen will.«

»Ihn hätte sie bestimmt eingeweiht. Er war doch ihr Freund. Aber egal, es ist ja alles glatt gelaufen. Er hat sich den Kopf aufgeschlagen, als er in der Nacht zum Klo mußte. Kann schließlich jedem passieren. Heute morgen haben sie ihn eingeäschert, Herrgott noch mal. Und Mrs. Kelling hält morgen so eine Art Gedenkfeier für ihn ab. Das würde doch alles gar nicht stattfinden, wenn jemand den Verdacht hätte, daß mit seinem Unfall irgendwas nicht stimmt, oder?«

»Du mußt es ja wissen.« Der Typ war wirklich ein gemeines Luder, dachte Sarah. »Du hast ja bis jetzt immer Glück gehabt, nicht, Gillie?«

»Und das werde ich auch diesmal. Allerdings nur, wenn du jetzt endlich abhaust, Sid. Nun macht schon, beeilt euch ein bißchen.«

»In Ordnung«, sagte der Taxifahrer. »Komm, Sid, nimm du das andere Ende. Also, bis dann, Gillie. Ruh dich nur richtig aus, und mach dir keine Sorgen. Wir sehen uns dann in New York.«

Sie würden sich schon sehr viel früher wiedersehen, dachte Sarah. Sie wartete, bis Gillian die beiden Männer zur Eingangstür hinausgelassen hatte, zurück ins Wohnzimmer gegangen und wieder in die Rolle des armen Opfers geschlüpft war. Dann zeigte sie Officer Murgatroyd ein neues Versteck in der Bibliothek, ließ ihn dort als Wachposten zurück und eilte durch die Hecke zu ihrem Wagen. Inzwischen hatte im Theater bestimmt schon die Pause angefangen. Viel Zeit blieb ihr nicht.

Doch sie ließ den Wagen noch nicht an. Sie wartete besser, bis der Lieferwagen losgefahren war, denn die beiden konnten möglicherweise in Panik geraten und etwas Unüberlegtes tun, wenn sie hörten, wie plötzlich hinter ihnen ein Motor ansprang. Schließlich glaubten sie ja immer noch, die Straße sei menschenleer. Sie wollte auf keinen Fall etwas tun, das die Polizeifalle gefährdete. Doch sie konnte auch nicht untätig herumsitzen und riskieren, daß Tante Emma tatsächlich einen Herzinfarkt bekam. Wo steckte die Polizei bloß so lange? Sie versuchte, in der Dunkelheit etwas zu erkennen - obwohl es so dunkel eigentlich gar nicht war, denn in Pleasaunce sparte man nicht, was die Straßenbeleuchtung anging -, doch sie konnte niemanden sehen. Sie hörte, wie der Lieferwagen ansprang, Emmas Auffahrt hinunterfuhr, unten anhielt, abbog und wegfuhr. Von der Polizei war weit und breit nichts zu sehen.

Kapitel 19

Wenn Sarah Zeit gehabt hätte nachzudenken, hätte sie wahrscheinlich ganz anders gehandelt. Doch es blieb ihr keine Wahl. In genau siebzehn Minuten mußte sie auf der Bühne stehen, und Ernestina war bereits auf dem Weg nach New York. Also trat sie aufs Gaspedal und raste hinter dem Lieferwagen her.

Sie würde nicht so unvernünftig sein, das andere Fahrzeug zu rammen, sie wollte es lediglich von der Straße drängen. Doch wie sollte sie das anstellen? Sie betätigte die Lichthupe und fuhr gleichauf neben den Lieferwagen. Der Fahrer schien anzunehmen, daß sie ihn nur überholen wollte. Und weshalb auch nicht? Bis auf die beiden Fahrzeuge war die Straße wie ausgestorben, alle Bürger von Pleasaunce, einschließlich der jämmerlichen Polizisten, deren Arbeit Sarah hier erledigte, saßen bestimmt gerade in der Vorstellung.

Die beiden Männer schienen offenbar nicht zu verstehen, was sie wollte. Sie blieb weiter neben ihnen und fuhr noch dichter heran. Der Taxifahrer, der am Steuer saß, drehte sich kurz nach ihr um und sah sie an. Sie hupte und kam noch näher. Er wurde ganz kurz langsamer und trat dann aufs Gaspedal. Sie blieb neben ihm, Stoßstange an Stoßstange.

Das konnte gefährlich werden. Sie mußte sofort etwas unternehmen, bevor er noch schneller wurde. Sie beschleunigte bewußt, dachte noch daran, was in aller Welt Max wohl dazu sagen würde, schob sich eine halbe Länge vor den anderen Wagen und riß das Lenkrad herum, um ihm den Weg abzuschneiden.

Neben der Straße befand sich eine große grüne Fläche, die wie eine Wiese aussah. Der Taxifahrer, der anscheinend vorhatte, auszuweichen und den Wahnsinnigen zu überholen, fuhr mit dem Lieferwagen über den Bürgersteig, schrammte jedoch bei seinem Manöver mit der Stoßstange Sarahs Wagen.

Er konnte natürlich nicht wissen, daß Emma Kellings Nachbar ein leidenschaftlicher Vogelnarr war und das gesamte Feld mit einer besonders blühfreudigen Rosenart bepflanzt hatte, die zahlreichen Tieren reiche Nahrung und guten Schutz bot, unvorsichtigen Eindringlingen jedoch nichts als zähe Dornen und Ranken entgegenstreckten, an denen sie unweigerlich hängenblieben. Der Lieferwagen blieb darin stecken. Die Männer sprangen heraus, verfingen sich in den Rosen, hüpften herum und gaben allerlei Unfreundliches von sich, als endlich die Streifenwagen eintrafen.

Sarah hatte gerade noch genug Zeit, um zu rufen: »Sie sind unbewaffnet, und ich muß unbedingt sofort weg«, stieg auf das Gaspedal und schoß davon. Ihr Wagen konnte nicht sehr stark beschädigt sein, denn es gelang ihr mühelos, jeden Geschwindigkeitsrekord zu brechen, den die Stadtväter von Pleasaunce je geahndet hatten. Sie schaffte es gerade noch, hinter der Bühne zu erscheinen, als die Dorfbewohner langsam erwachten. Tante Emma war außer sich.

»Sarah! Ich habe mich schon gefragt, ob ich mich wohl selbst am Ende noch in Frederick verlieben muß. Was hat dich denn bloß so lange aufgehalten?«

»Gillian war - unruhig. Ich mußte warten, bis sich die Situation wieder beruhigt hatte.«

»Mein Gott, das Mädchen wird auch immer schwieriger. Ausgerechnet in so einem Moment durchzudrehen. Ging es ihr wieder besser, als du gegangen bist?«

»Es ging ihr bestens, und sie war auch wieder ganz ruhig. Jetzt ist alles unter Kontrolle.« Das hoffte sie jedenfalls. »Frederick und ich treten gleich nach dem Tanz der Dorfbewohner auf, nicht?«

»Richtig. Komm mal her und laß dir deine Locken in Ordnung bringen. Die Perücke sitzt ganz schief. Und jetzt mach dir mal keine Sorgen, Sarah. Sei ganz ruhig und konzentriert. Weißt du deinen Text noch?«

»Ich muß doch gar nichts mehr sagen, oder? Nur noch das Lied über den schlichten alten Mann. Und wenn wir alle zusammen singen, muß ich nur immer wieder die Zeilen über mein verletztes armes Herz singen, nicht?«

»Ja, ja, genau. Achte bitte darauf, daß du auch laut und deutlich singst. Es ist immer noch deine Nummer, das darfst du nicht vergessen. Laß dich bloß nicht von den anderen übertönen. Und vergiß nicht zu weinen, wenn du auf die Bühne kommst. Wo zum Teufel steckt denn Frederick wieder?«

»Genau hinter dir, Emma«, sagte der schlichte alte Mann. »Jetzt hör schon auf, dich verrückt zu machen, Herrgott noch mal. Alles läuft wie geschmiert, nicht wahr, Sarah?«

»Absolut richtig«, antwortete Sarah laut und deutlich. »Alles in Butter. Wie fühlt man sich eigentlich, wenn man jahrelang Frauen gemieden hat und dann plötzlich verlobt ist?«

Zu ihrer großen Überraschung grinste Frederick wie ein Honigkuchenpferd. »Gar nicht so schlecht. Hast du dir für deinen Auftritt schon die Stimmbänder geölt?«

»Von mir aus kann es losgehen.«

»Kann es nicht. Eine Wange ist viel rosiger als die andere, vielleicht solltest du dich doch vorher rasch nachschminken.«

Sarah eilte zum Schminktisch und brachte das Malheur schnell in Ordnung. Dabei mußte sie wieder an ihren Wagen denken. Sie hatte nicht einmal genug Zeit gehabt, sich den Schaden genauer anzusehen, und sie schauderte bei dem Gedanken, daß er stark beschädigt sein könnte. Nachdem sie sich die ganze Woche nach Max gesehnt hatte, stellte sie mit Verwunderung fest, daß sie sich wünschte, er möge doch noch so lange fortbleiben, bis der Wagen wieder repariert war.

Bestimmt hätte er an ihrer Stelle genau dasselbe getan, nur daß er sich dabei wahrscheinlich viel geschickter angestellt hätte.

»Ich muß gestehn, mein Geist ist ganz verwirrt, und mein Gefühl in Aufruhr.« Diesen Satz würde sie gleich singen, und sie meinte jedes Wort. Diese verfluchte Gillian Bruges oder wie zum Teufel sie auch heißen mochte! Warum war sie keine nette junge Frau, die sich damit zufriedengab, in einer Laienaufführung eine kleine Rolle zu spielen? Warum mußte sie ausgerechnet eine professionelle Gaunerin sein, die lieber Gemälde klaute? Aber die Show ging eben weiter. Sarah zupfte noch schnell ihre Schürze zurecht, zückte ein seidenes Taschentuch - mal wieder typisch für Tante Emma, daß sie sogar an diese Kleinigkeit dachte - und machte sich bereit, schluchzend die Bühne zu betreten.

Kapitel 20

Sarah und Frederick konnten mit ihrem Auftritt eigentlich zufrieden sein. Sie wurden mit gebührendem Applaus belohnt, doch der Star des Abends war zweifellos Emma Kelling. Ihre Lady Sangazure war einfach hinreißend. Als ihre Stimme sie schließlich tatsächlich im Stich ließ, geschah dies ausgerechnet in der Szene, als der von Gewissensbissen gequälte Zauberer die durch den Genuß des Zaubertranks in Liebe zu ihm entbrannte Lady abweist, und das Publikum interpretierte den Vorfall als darstellerische Meisterleistung. Als Lady Sangazure schließlich Sir Marmaduke ihre Hand reichte, tobte die Menge. Und als sie am Ende auf dem Hochrad auf die Bühne rollte, um ihren letzten Vorhang auszukosten, gab es im Theater keinen einzigen, der ihr nicht zujubelte. Es war alles andere als ein Schwanengesang, es war ein beispielloser Triumph, oder, wie Cousin Frederick es recht anschaulich in Worte kleidete, das Wiehern eines großen alten Schlachtrosses beim Sieg im letzten Gefecht.

Die Bühnenarbeiter waren schließlich gezwungen, das Klingelzeichen für den letzten Vorhang zu geben, obwohl das Publikum immer noch *Standing ovations* darbrachte, weil Emma einfach keine Kraft mehr hatte, die Bühne noch einmal zu betreten. Sie hatte sich völlig erschöpft auf einen der Stühle hinter der Bühne fallen lassen und wurde von Mitgliedern des Kelling-Clans und anderen Zuschauern umringt, die inzwischen in Schwärmen hereingeströmt kamen, um ihr die Wangen zu küssen, die Hände zu drücken und ihr immer wieder zu versichern, wie überragend und wundervoll und wahnsinnig toll sie gewesen sei. Cousine Mabel war ebenfalls erschienen und natürlich völlig anderer Meinung, hatte jedoch ausnahmsweise keine Gelegenheit, ihren Standpunkt darzulegen.

Mitten in diesem ganzen Rummel bahnte sich ein großer, gutaussehender Mann mit markanten Zügen, wunderbar vollem, dunklem, welligem Haar und einer sehr geschmackvollen Krawatte aus Finnland seinen Weg bis zu der Ecke, in die Sarah von der Menschenmenge gedrückt worden war.

»So ist das also«, knurrte er in ihre falsche Lockenpracht. »Kaum läßt man dich ein paar Tage allein, läufts du weg zum Zirkus.«

»Max!«

Eine ganze Weile war das alles, was sie sagen konnte. Als sie schließlich wieder Herrin ihrer eigenen Lippen war, erkundigte sie sich nach dem Picasso, der inzwischen den komplizierten Prozeß der Rückkehr zu seinem rechtmäßigen Besitzer durchlief, danach, wie Max es denn geschafft habe herzukommen, was ihm mit Hilfe von einigen von Onkel Jems Kumpeln gelungen war, die ihn in ihrem Wagen mitgenommen hatten, und schließlich noch nach seinem Gesundheitszustand, der, wie Max behauptete, stark darunter gelitten hatte, daß er von seiner Partnerin in Freud und Leid getrennt gewesen war.

»Oh«, sagte Sarah, »apropos Leid. Mach dich auf eine unangenehme Überraschung gefaßt. Ich habe nämlich unseren Wagen kaputtgefahren.«

»Bist du verletzt?« Er begann besorgt, sie auf mögliche Schäden zu untersuchen, sehr zu Cousine Mabels offenkundigem Mißfallen und trotz Sarahs nicht sehr überzeugenden Protestbekundungen, daß sich dies in aller Öffentlichkeit doch nicht zieme.

»Hör endlich auf damit, du dummer Kerl. Es geht mir ausgezeichnet. Sie wären sonst nur entkommen, und irgendwie mußte ich sie ja schließlich aufhalten.«

»Von wem sprichst du?«

»Von den Männern im Lieferwagen. Die Ernestina entführt haben. Ich glaube, wir sollten lieber schnell hinfahren.«

»Wenn du meinst, Kätzele.«

Es war unmöglich, auch nur in Emmas Nähe zu kommen, aber es gelang ihnen schließlich, Heatherstone zu finden und ihm zu sagen, daß sie zurück zum Haus führen. Sarah nahm ihre Kleidungsstücke mit, machte sich jedoch nicht die Mühe, sich vorher umzuziehen. Es wäre sowieso unmöglich gewesen, bei all den vielen Menschen, die überall herumschwirrten. Wahrscheinlich würden sämtliche Darsteller im Kostüm nach Hause fahren, und man mußte später, wenn der Tumult und das Geschrei endlich aufgehört hatten, alles in einer Riesenaktion wieder zusammensuchen. Und vielleicht wurden die Kostüme ja sowieso nie wieder gebraucht, jedenfalls nicht von den Piraten von Pleasaunce. Aber wenigstens hatte Emma ihren Triumph gehabt. Sarah drückte Max' Arm, und sie gingen nach draußen, um nachzusehen, was von ihrem Wagen übriggeblieben war.

Es war zwar nicht so schlimm, wie Sarah angenommen hatte, aber immer noch schlimm genug. Vom vorderen rechten Kotflügel bis zur Mitte der hinteren Tür verlief ein langer tiefer Kratzer. Die Beifahrertür mußte wahrscheinlich komplett erneuert werden.

»Aber er fährt einwandfrei«, beteuerte Sarah.

»Dann ist es ja gut«, sagte Max ein wenig verärgert. »Wie zum Teufel ist denn das passiert?«

»Ich mußte sie rammen. Weil ich ja versuchen mußte, sie von der Straße zu drängen, und der Kerl partout nicht verstanden hat, was ich von ihm wollte, daher blieb mir nichts anderes übrig, als an ihm vorbeizufahren und ihm den Weg abzuschneiden, damit nicht allzuviel beschädigt würde, aber das ist natürlich in so einer Situation nicht ganz leicht.«

»Mein Gott! Du hättest dich dabei umbringen können!«

»Nein, nein, ich war doch ganz sicher, daß mir nichts passieren würde. Der Lieferwagen war ein ziemlicher Klapperkasten, und wir fuhren auch nicht sehr schnell. Das war ja gerade der Trick, weißt du, ihn noch zu erwischen, bevor er schneller wurde. Und ich wußte auch genau, daß sie keine Waffen im Wagen hatten, weil Gillian sie danach gefragt hat.«

Max brummte vor sich hin. Sarah redete wie ein Wasserfall. »Jedenfalls habe ich sie beide erwischt, oder vielmehr die Polizei hat sie geschnappt. Mitten im Rosengarten von Mr. Perkins. Ich konnte nicht länger warten, weil ich nur noch fünf Minuten Zeit hatte, um zum Theater zurückzufahren, denn ich mußte ja auftreten. Vielleicht sollten wir doch besser zur Polizei fahren und denen erklären, daß ich nicht etwa Fahrerflucht begangen habe oder so was.«

»Da könntest du recht haben«, konnte Max gerade noch hervorbringen. »Soll ich fahren?«

»Was ist denn mit dir los? Traust du mir etwa nicht?«

»Sehr lustig. Verdammt noch mal, Sarah, warum hast du denn nicht die Polizei gerufen?«

»Habe ich ja, aber sie sind nicht rechtzeitig aufgetaucht. Jemand mußte doch einschreiten, sonst hätten wir Ernestina verloren. Also habe ich mich gefragt, was würde Max wohl an meiner Stelle tun? Und das habe ich dann getan. Im Grunde ist also alles deine Schuld.«

»Von wegen! Wer ist übrigens diese Ernestina?«

»Tante Emmas großer Romney. Du weißt schon, der, von dem es in Madam Wilkins' Palast eine Fälschung gibt. Siehst du, deshalb habe ich ja auch die Constance gespielt.«

»Sarah, tust du mir bitte einen Gefallen?«

»Ich weiß schon, fang am Anfang an, erzähl bis zum Ende, und dann sei still. Ja, Liebling. Also, angefangen hat alles so ...«

Sie erzählte es ihm. Sie war noch nicht ganz fertig, als sie im Polizeirevier eintrafen, doch das war vielleicht gar nicht so schlecht, weil sie dort nämlich Chief Ruddigore, dem diensthabenden Polizisten und allen anderen, die genug Zeit zum Zuhören erübrigen konnten, sofort die ganze Geschichte noch einmal erzählen mußte. Ihr Publikum war nicht besonders groß, die meisten Polizisten waren noch unten am Theater und versuchten den Verkehr zu regeln, doch die Anwesenden, mit Ausnahme der zwei mürrischen jungen Männer in ihrer Zelle, lauschten wie gebannt.

Ernestina war ebenfalls da, immer noch eingeschnürt in ihre Transportdecken, und machte die Polizisten reichlich nervös. Streng genommen hätte man sie bis zum Prozeß, der zweifellos folgen würde, in Schutzhaft nehmen müssen. Aufgrund ihres hohen Wertes und ihrer Zerbrechlichkeit schickte man sie jedoch in dem Wagen nach Hause zurück, mit dem man Gillian Bruges abzuholen gedachte. Eigentlich sei Gillian die Gefangene von Sergeant Formsby, erklärte man, und die Abteilung sei in diesen Fällen immer auf strenge Einhaltung der Etikette bedacht. Formsby werde so schnell wie möglich dort sein, um die Verhaftete abzuholen, man müsse ihn nur noch aus der Menge der Zuschauer herauspicken, wenn diese das Theater verließen.

»Und Sie glauben wirklich nicht, daß die Gefahr besteht, daß sie sich aus dem Staub macht, Mrs. Bittersohn?«

»Ganz sicher nicht. Ihr ganzer Plan basiert darauf, daß sie die personifizierte Unschuld spielt. Im Grunde war es sogar unser Glück, daß Sie nicht rechtzeitig da waren, um den Lieferwagen unten an der Auffahrt abzufangen. Vielleicht hätte sie den Tumult gehört und in dem ganzen Durcheinander das Weite gesucht.«

»Sehr freundlich, daß Sie die Sache so sehen, Mrs. Bittersohn. Wir wären ja auch rechtzeitig gekommen, wenn Officer Rupert im ersten Wagen nicht eine Biene unter die Brille gekrochen wäre. Sie hat ihn ins linke Augenlid gestochen, woraufhin er vorübergehend die Kontrolle über sein Fahrzeug verloren hat und mit dem linken Kotflügel die Beddoes-A.-Kelling-Pferdetränke gerammt hat. Dadurch hat er wertvolle Minuten verloren und konnte den Tatort dann nicht rechtzeitig erreichen, weil er und sein Partner erst den Kotflügel ausbeulen mußten, um den Reifen wieder freizumachen, damit sie zurücksetzen konnten.«

»Es passieren immer die Dinge, mit denen man am wenigsten rechnet, nicht?« meinte Sarah. »An eine Biene hätte ich nicht mal im Traum gedacht.«

Der Chief sagte, so sei nun mal das Leben, und lobte Sarah für ihre Entschlußkraft und ihre exzellenten Fahrkünste, auch wenn es verdammt schade um den schönen Wagen sei und er sich gut vorstellen könne, wie Max sich fühle.

Max erwiderte gefaßt, daß man Autos glücklicherweise reparieren könne und er verdammt froh sei, daß seine Frau bei dem ganzen Manöver nicht zu Schaden gekommen sei. Dann sagte Sarah, es sei wohl besser, sich auf den Rückweg zu machen, bevor Tante Emma in die Bibliothek käme und Officer Murgatroyd mit gezogener Waffe lauernd hinter der Tür vorfände, da Tante Emma für heute wirklich schon genug Aufregung gehabt hätte, woraufhin sie sich auch tatsächlich auf den Heimweg machten.

Es war auch höchste Zeit. Dolphs Mormon parkte in der Auffahrt, und die Fahrgäste waren bereits ausgestiegen. Sarah hob die Augenbrauen, warf Max einen befriedigten Blick zu und klingelte. Tante Appie öffnete ihnen die Tür.

»Überraschung! Ihr habt bestimmt nicht erwartet, daß euer liebes altes Tantchen hier den Portier spielt, was? Max, wie superfein, dich zu sehen. Ich wußte doch, daß Mabel wieder alles ein bißchen falsch verstanden hat, als sie mir während der Pause all diese Dinge über dich und Sarah erzählt hat. Mabel kann nämlich nicht mehr ganz so gut hören, wißt ihr. Auch wenn sie es nicht gern zugibt.«

»Daß ich nicht lache!«

Dolph Kelling tauchte plötzlich hinter ihnen auf und sah aus wie der Vorsitzende einer Gesellschaft für die Verhütung oder Bekämpfung von dies oder jenem, was er möglicherweise auch tatsächlich war, auch wenn seine Arbeit beim Senioren-Recycling-Zentrum ihm einen stichhaltigen Grund gegeben hätte, sich aus den meisten der allzu verrückten Stiftungen seines verstorbenen Onkels Frederick zurückzuziehen.

»Na, wie geht's denn so, Max. Schön, daß du wieder im Lande bist. Mabel kann übrigens sehr gut hören, sie kann nur nicht zuhören. Wenn es nichts Niederträchtiges ist, schaltet sie einfach ab. Wo ist Emma, Sarah?«

»Als ich gegangen bin, hat sie sich noch in der Bewunderung ihrer zahlreichen Verehrer gesonnt. Hat sie die Heatherstones vorgeschickt?«

»Keinen blassen Schimmer. Ich habe sie nirgendwo gesehen. Wir haben uns weggeschlichen, als die Darsteller ihre Vorhänge bekamen. Ich wußte, daß es ein Riesenchaos auf dem Parkplatz geben würde, wenn alle auf einmal rausfahren. Der Mormon hätte das nie überlebt. Das ständige Halten und Anfahren verträgt er nicht. Kommt allmählich in die Jahre, wißt ihr. Mary liegt mir schon seit Ewigkeiten in den Ohren, ich soll ihn dem Automuseum geben und mich mit dem Gedanken an einen neuen Wagen vertraut machen. Eins von diesen Kombidingern oder wie man die heute so nennt. Darin könnten wir alles mögliche transportieren und auch Leute rumfahren, wißt ihr. Verdammt nette Leute, einige von unseren Mitarbeitern.«

»Ich bin sicher, sie führen ein sehr interessantes Leben«, sagte Appie. »Man weiß schließlich nie, was man alles in einer Abfalltonne findet, nicht?«

Sarah war klug genug, sich dazu nicht zu äußern. »Wer hat euch denn ins Haus gelassen?« fragte sie.

»So ein junges Mädchen mit einem Riesenveilchen«, erklärte Dolph.

»Du weißt nicht zufällig, wann Mrs. Heatherstone zurückkommt, Sarah?« unterbrach Tante Appie. »Ich möchte sie nämlich bitten, mir ein Steak zu geben, um es dem armen Ding aufs Auge zu legen. Rindfleisch enthält nämlich Enzyme, weißt du. Davon geht die Schwellung zurück. Oder war es die Verfärbung? Oder auch beides?«

»Oder auch keins von beidem«, schnaubte Dolph. »Alles Altweibergeschwätz.«

»Nun ja, mein Lieber, ich bin ja auch ein altes Weib. Oder vielmehr eine alte Witwe, seit Sam seine wohlverdiente Ruhe gefunden hat.«

»Ruhe? Wenn er gefunden hat, was er verdient, dann ist er in der –«

Sarah schaltete sich ein, bevor Dolph die zweifellos unfreundliche Bemerkung, die er zu machen gedachte, zu Ende führen konnte. »Das tut doch nun wirklich nichts zur Sache, Dolph. Ich möchte gern wissen, was genau passiert ist, als Gillian euch die Tür geöffnet hat.«

»Gillian? Heißt sie so? Was für ein reizender Name. So altmodisch und so drôllig. Oder sollte man sagen charmant?«

»Halt endlich die Klappe, Appie«, zischte Dolph. »Wie meinst du das, Sarah? Sie hat einfach die Tür aufgemacht, und wir sind ins Haus spaziert. Was zum Teufel hast du denn erwartet? Trommelwirbel und Fanfarengeschmetter zur Begrüßung?«

»Ist die Alarmanlage denn nicht losgegangen?«

»Selbstverständlich nicht. Warum zum Teufel hätte sie auch losgehen sollen?«

Weil Gillian offiziell nicht wissen konnte, wie sie abgestellt wurde. Und dann mußte sie vergessen haben, sie wieder einzuschalten, nachdem sie die beiden Männer mit Ernestina aus dem Haus gelassen hatte. Sarah klopfte ihrem Cousin dankbar auf die Schulter.

»Vielen Dank, Dolph. Du hast gerade wieder einmal der Gerechtigkeit zum Sieg verholfen.«

»Tatsächlich? Wie verdammt nobel von mir. Muß ich sofort Mary erzählen.«

»Nein, warte. Wir wollen eine kleine Feier abhalten, sobald Tante Emma und noch ein paar andere Leute hier eintreffen. Dann werden wir es öffentlich verkünden. Komm, Tante Appie, wir gehen in die Küche und bereiten alles für Mrs. Heatherstone vor. Dolph, du kommst am besten auch mit, damit du uns sagen kannst, was wir falsch machen. Max kann Mary dabei helfen, sich um Gillian zu kümmern. Max ist ein richtiger Spezialist, wenn es um erste Hilfe geht, wißt ihr.«

Max war außerdem ein Spezialist, wenn es um eine Kunstdiebin ging, der es gerade dämmerte, daß sie einen Kardinalfehler begangen hatte, als sie die Haustür öffnete.

Kapitel 21

Doch Gillian war dieser entscheidende Fehler entweder völlig entgangen, oder sie nahm an, daß niemand etwas gemerkt hatte. Sarah, die Dolph und Appie im Gänsemarsch am Salon vorbei trieb, hörte Gillian mit matter Stimme antworten, als Mary ihr Max vorstellte. Sie entschuldigte sich dafür, daß sie nicht in der Lage sei, sich vom Sofa zu erheben, und daß sie so schrecklich aussehe. Womit sie zweifellos recht hatte, denn ihr Auge sah jetzt noch schlimmer aus als vorher. Diesen Teil des Plans hatte der Taxifahrer wirklich gut in die Tat umgesetzt.

Wie immer, wenn Appie in der Küche war, sorgte sie umgehend für Chaos. Sarah entschuldigte sich im stillen bereits bei Mrs. Heatherstone, während sie zusehen mußte, wie ihre Tante bei der erfolglosen Suche nach einem Steak, das sie dem armen Mädchen aufs Auge legen wollte, den Kühlschrank auf den Kopf stellte.

Glücklicherweise blieb Appie keine Zeit, ihre Verwüstung zu Ende zu führen. Emma rauschte triumphierend herein, beladen mit Blumensträußen, die man auf sie hatte herabregnen lassen, gefolgt von Mrs. Heatherstone, Frederick, den Tippletons, diesmal ausnahmsweise sogar *en famille,* und Parker Pence, der anscheinend Jenicot gegenüber die Haltung »Wohin du gehst, da will auch ich hingehen« vertrat. Heatherstone parkte gerade den Buick und den Mormon, da er logischerweise davon ausging, daß Dolph und wer immer auch mit ihm gekommen sein mochte, über Nacht bleiben würden, auch wenn man die Heatherstones vorher davon nicht offiziell in Kenntnis gesetzt hatte. Mary hatte nicht angerufen, weil sie das nicht für ihre Aufgabe hielt; Appie hatte nicht angerufen, weil sie bei der Suche nach Emmas Telefonnummer auf die Babyfotos ihres Sohnes Lionel gestoßen war und den Anruf darüber völlig vergessen hatte, und Dolph hatte nicht angerufen, weil er es für gottverdammt überflüssig hielt. Emma wußte doch genau, daß er weder sich noch dem Mormon zumuten konnte, noch heute nacht den ganzen Weg zurückzufahren.

Die Zimmer waren bereits gerichtet, die Heatherstones warteten nur darauf, ihren Pflichten nachkommen zu können, und Sarah nutzte die Gelegenheit, Dolph und Appie zurück in den Salon zu scheuchen, gerade rechtzeitig zum spannenden Countdown. Chief Ruddigore, der Emma einmal in *Die Piraten von Penzance* gesehen hatte und daher wußte, was sie von ihm erwartete, führte die Prozession an. Direkt hinter ihm kam Officer Ruthven, der mit Handschellen an den Taxifahrer gefesselt war. Als dritter kam Officer Roderick, den Handschellen mit dem Dünnen mit der Messernase verbanden. Als vierter beziehungsweise fünfter folgten die Officer Rupert und Richard, die mit äußerster Vorsicht ein großes, flaches Objekt transportierten, das in dicke Transportdecken eingepackt war. Das dramatische Schlußlicht bildete Sergeant Formsby in seinem besten Anzug, mit einer roten Nelke im Knopfloch, einem Paar leerer Handschellen in der Hand und einem Gesichtsausdruck, der verriet, daß er hochzufrieden war, wozu er schließlich auch allen Grund hatte.

Gillian war zu erschrocken, um es zu verbergen, und sie versuchte es daher gar nicht erst. Sie wand sich wie ein Aal, sie schluchzte, gab vor, ohnmächtig zu werden, doch es blieb ihr keine andere Wahl, als zuzugeben, daß sie die Alarmanlage, von der sie angeblich gar nichts gewußt hatte, abgeschaltet hatte. Gegen die Aussage von Adolphus Kelling, der behauptete, das gottverdammte Ding habe keinen gottverdammten Pieps von sich gegeben, als sie die Tür geöffnet hatte, um ihn und seine Begleiterinnen hereinzulassen, und Marys Bestätigung dieser Aussage konnte sie nichts ausrichten. Niemand, der einmal einen flüchtigen Blick auf Mary Smith Kelling geworfen hatte, würde diese Frau jemals der Lüge bezichtigen.

Gillian versuchte immer noch, mit einem blauen Auge davonzukommen, indem sie behauptete, ihre beiden Angreifer hätten sie zu allem gezwungen, präsentierte dabei ihr geschundenes Gesicht, sozusagen als Beweis *prima facie,* und berichtete, man habe ihr angedroht, sie weiter zu mißhandeln, falls sie es wagte, sich zu widersetzen.

Daraufhin äußerte sich der Dünne mit der Nase. Der einzige Ausdruck, der harmlos genug war, daß man ihn wiederholen könnte, war die Behauptung, Gillian sei eine Lügnerin. Er war offenbar bereit, diese Aussage mit einem schier unerschöpflichen Schwall von Anstößigkeiten zu untermauern, doch der Taxifahrer brachte es fertig, ihn mit lautem Gebrüll zum Schweigen zu bringen.

»Im Grunde geht es darum«, erklärte der Taxifahrer Chief Ruddigore freundlich, »daß mein Partner und ich Opfer eines Komplotts geworden sind. Wir sind gern bereit, eine umfassende Aussage zu machen, sobald man uns erlaubt, von unserem Recht auf einen Anwalt Gebrauch zu machen. Oder nicht, Sid?«

Sid knurrte etwas, das man als Zustimmung deuten konnte, und verfiel danach in Schweigen, woran er gut tat, denn Tante Appie erwog bereits allen Ernstes, nach einem Stück Seife zu suchen, um dem Jungen damit den Mund auszuwaschen.

»Ich glaube nicht, daß Sie mit Ihren Ermittlungen so lange warten müssen, bis die beiden gestehen«, wandte sich Sarah an Chief Ruddigore. »Officer Murgatroyd hat sich die ganze Zeit Notizen gemacht. Würden Sie bitte Ihre Schuhe anziehen und hereinkommen, Officer Murgatroyd?«

Officer Murgatroyd hatte seine Schuhe bereits angezogen und erschien mit seinem vollgeschriebenen Notizbuch. Er begann vorzulesen, und sein Publikum war das aufmerksamste, das Emma Kelling je um sich versammelt hatte. Als er zu der Stelle mit Charlie Daventer kam, unterbrach ihn Emma.

»Das reicht. Mehr will ich gar nicht hören. Chief Ruddigore, entfernen Sie bitte diese Person auf der Stelle aus meinem Haus und sorgen Sie dafür, daß ich sie niemals wiedersehe.«

Gillian Bruges hatte inzwischen den Kampf aufgegeben. Nachdem sie das Glitzern in Emma Kellings Augen gesehen hatte, entschied sie, daß sie im Gefängnis sicherer aufgehoben war als hier.

Sergeant Formsby verhaftete sie offiziell, wie es seine Pflicht war, überließ jedoch Officer Murgatroyd die Ehre, Miss Bruges zum Streifenwagen zu eskortieren. Ihm folgten die Officer Ruthven und Roderick, immer noch an Gillians Komplizen gefesselt, und die Officer Rupert und Richard, wobei Rupert den Käfig zuerst auf- und dann wieder zuschloß und Richard das Fahren übernahm. Formsby selbst blieb ein paar Minuten mit Chief Ruddigore zurück, um ihm beim Auspacken von Ernestina behilflich zu sein und sie von Max überprüfen zu lassen, damit man auch ganz sicher sein konnte, daß sie in einwandfreiem Zustand war, bevor man sie bei ihrer rechtmäßigen Besitzerin zurückließ.

»Stellt sie runter in den Keller oder sonstwohin«, wies Emma Max und Dolph an, nachdem die Polizisten verschwunden waren.

»Ich kann sie bestimmt nie mehr anschauen, ohne Charlie Daventers Blut an ihren Händen zu sehen.«

»Emma, das halte ich aber nicht für sehr vernünftig«, protestierte Jack Tippleton.

»Vernünftig? Du hast es gerade nötig, mir zu sagen, was vernünftig ist. Du hast ja schließlich diese Kreatur für die Rolle vorgeschlagen und sie hier in mein Haus gebracht.«

»Mrs. Kelling, das stimmt doch gar nicht«, protestierte Jenicot. »Gillian ist einfach eines Tage mit einem Empfehlungsschreiben aufgetaucht.«

»Das sie höchstwahrscheinlich selbst geschrieben hatte«, warf Parker ein.

»Jedenfalls hat Daddy sich bloß –«

»Absolut lächerlich gemacht, nachdem sie hier aufgekreuzt ist«, führte Jenicots Mutter den Satz ihrer Tochter zu Ende. »Emma, wenn du vorhast, jetzt die Drinks zu servieren, möchte ich gern einen Manhattan.«

»Einen Manhattan?« Tippleton starrte seine Frau entgeistert an. »Aber Martha, du trinkst doch nie Manhattans!«

»Woher willst du das wissen? Du bist doch nie lange genug zu Hause, um zu sehen, was ich trinke.«

Emma Kelling war eine erfahrene Gastgeberin und duldete nicht, daß es in ihrem Salon zu einem Familienkrach kam. »Ich finde, das ist eine hervorragende Idee. Wir trinken auf den Broadway und die Piraten von Pleasaunce. Wir trinken zuerst alle einen Manhattan, Heatherstone, und danach kann sich jeder aussuchen, was er gern möchte, vorausgesetzt, er mixt es sich selbst.«

Sie schleuderte die Mohairdecke, die Gillian Bruges als Requisite für ihre Vorstellung benutzt hatte, zur Seite und ließ sich auf dem Brokatpolster nieder. »Am liebsten würde ich dieses Sofa exorzieren lassen, bevor wir es wieder benutzen, aber im Moment bin ich so müde, daß mir der ganze Aufwand ehrlich gesagt zuviel ist. Komm, Max, setz dich zu mir. Schön, daß du wieder hier bist, aber ich muß gestehen, ich weiß nicht, was ich die ganze letzte Woche ohne Sarah angefangen hätte. Und ohne Frederick natürlich, aber der gute alte Frederick ist ja schließlich dafür bekannt, daß er immer allen Halt und Stütze ist.«

Momentan stützte der gute alte Frederick gerade Martha Tippleton. Sie hatte ihren Gatten abblitzen lassen, als er versucht hatte, Frieden zu schließen, und Emma gegenüber neben Fred auf einem kleinen Sofa Platz genommen. Jenicot hockte zu Füßen ihrer Mutter auf einem Betkissen und machte ein bekümmertes Gesicht. Parker Pence strich wie ein verlorenes Schaf um sie herum, bis Mary Kelling ihn schließlich freundlicherweise ins Schlepptau nahm und zu dem üppigen Büffet führte, das Mrs. Heatherstone noch rasch vorbereitet hatte, bevor sie sich auf den Weg ins Theater gemacht hatten, weil sie sich denken konnte, daß Mrs. Kelling nicht allein zurückkommen würde. Dolph schloß sich ihnen an und begann, Parker über seine Zukunftspläne auszufragen. Jack Tippleton ging zur Bar und mixte sich erneut einen Drink, diesmal keinen Manhattan.

Sarah hatte sich ebenfalls auf Emmas Sofa gesetzt und in Max' Arm gekuschelt. Heatherstone stellte ein Tablett mit kleinen Sandwiches zusammen und brachte es ihr.

»Das ist für dich, Sarah. Ich habe gesehen, daß du beim Abendessen vor Aufregung keinen Bissen runtergekriegt hast. Du bist sicher schon halb verhungert.« Er bemerkte, daß Max ihn reichlich verwundert ansah und fügte ziemlich steif hinzu: »Wir kennen sie schon, seit sie ein Baby war, Sir.«

»Und sie kann sich glücklich schätzen, Sie zu kennen«, meinte Max. »Vielen Dank, daß Sie sich so nett um sie kümmern. Übrigens, viele Grüße von Jem. Ich soll Mrs. Heatherstone von ihm einen Kuß geben, natürlich nur, wenn Sie nichts dagegen haben.«

»Ich bin sicher, sie wird sich sehr darüber freuen.« Heatherstone und Max grinsten einander verschwörerisch zu, und Heatherstone fuhr fort, Sandwiches herumzureichen.

Emma Kelling hatte ihre alte Gelassenheit wiedergefunden. »Wißt ihr was«, begann sie, nachdem sie ihren Manhattan halb getrunken hatte, »ich verstehe immer noch nicht ganz, was diese albernen Briefe, die überall aufgetaucht sind, zu bedeuten hatten. Wenn Gillian die ganze Zeit vorhatte, Ernestina zu stehlen, warum hat diese abscheuliche Person dann auch noch die Unverschämtheit besessen, so zu tun, als wollte sie Geld von mir?«

»Vielleicht wollte sie Zeit gewinnen«, antwortete Sarah mit vollem Mund. »Sie hat gewußt, daß sie Ernestina erst heute abend aus dem Haus schaffen konnte, weil sie nur heute ungestört sein würde. Also hat sie sich gedacht, daß du die Polizei nicht einschaltest, so lange du Erpresserbriefe bekommst und hoffen kannst, Ernestina auf diesem Wege zurückzubekommen.«

»Aber es hat doch nie eine richtige Lösegeldforderung oder so etwas gegeben«, warf Frederick ein. »Und warum hat man dich in den Geräteschuppen gesperrt, Sarah? Das meiste war doch richtiger Kinderkram. Wie erklärst du dir dagegen das, was sich heute abend hier abgespielt hat? Ich weiß nicht, was Max davon hält, wie Gillian die ganze Sache aufgezogen hat, mir jedenfalls kommt es verdammt gekonnt vor.«

»Ich stimme völlig mit dir überein«, sagte Max. »Diese Frau ist ein Profi, und die Typen, mit denen sie sich zusammengetan hat, ebenfalls. Daraus ergibt sich eine Schlußfolgerung, auf die unsere große Meisterdetektivin sicher auch schon gekommen ist. Sag es ihnen, Sarah.«

»Ja, Liebling. Es scheint mir ganz so, als ob hier unterschiedliche Banden zugange waren. Gillians Leute waren Profis, genau wie Max gesagt hat, die anderen waren blutige Anfänger. Ich bin der Meinung, daß Gillian die ganze Zeit gewußt hat, was die anderen vorhatten, die anderen dagegen von Gillian und ihrem Komplizen keinen blassen Schimmer hatten. Ein weiterer wichtiger Unterschied besteht darin, daß Gillian vor nichts zurückgeschreckt ist – tut mir leid, Tante Emma, aber das ist nun einmal die Wahrheit –, die anderen jedoch im großen und ganzen eher zaghaft vorgegangen sind.«

»Was meinen Sie mit zaghaft?« fragte Parker Pence.

»Zaghaft ist vielleicht nicht ganz das richtige Wort«, gab Sarah zu. »Ich hätte vielleicht sogar ›höflich‹ gesagt, wenn sie mich nicht in den Jutesack gesteckt und im Schuppen eingesperrt hätten. Aber selbst das war nicht besonders überzeugend, denn ich konnte mich sofort wieder befreien.«

Sarah nahm sich noch eins von den kleinen Sandwiches. »Ich bin sicher, es waren die anderen, die Ernestina aus dem Rahmen genommen und unter dem Eßzimmertisch versteckt haben. Sie sind sehr vorsichtig mit ihr umgegangen, wißt ihr, aber eben wie Amateure. Sie haben nicht gewagt, sie aus dem Haus zu schaffen. Als ich sie gefunden habe, war sie sorgfältig mit Zeitungspapier bedeckt. Ich habe sogar den Verdacht, daß die Zeitungen aus Tante Emmas eigenem Papierkorb stammten, denn die Amateure haben nicht daran gedacht, Decken mitzubringen. Die Profis haben es nicht vergessen, wie wir eben gesehen haben. Und was die Briefe angeht, so glaube ich, daß die Amateure sich für klüger gehalten haben, als sie in Wirklichkeit sind.«

»Wie meinst du das?« fragte Mary Kelling.

»Also erst einmal waren die Briefe ziemlich albern. Außer dem ersten haben sie jedesmal, wenn auch nicht sehr überzeugend, versucht, in kalligraphischer Schrift zu schreiben. Der erste ›Brief‹ war ein Zeitungsausschnitt, der mit einer Heftzwecke in dem Rahmen hing, aus dem Ernestina verschwunden ist. Nur in einer Nachricht wurde übrigens von Geld gesprochen, und die geforderte Summe war lächerlich klein, wenn man bedenkt, wieviel Ernestina wirklich wert ist. So ergab alles absolut keinen Sinn. Dann kam ein Kärtchen in einer Blumenschachtel. Der Brief, den man mir im Schuppen wieder abgenommen hat, war mit Büroklammern draußen am Fliegenfenster der Bibliothek angebracht.«

»Mit Büroklammern?« rief Jack Tippleton.

»Ja, man denkt sofort an Ridpath Wale, nicht? Er hat einen Büroklammertick, wie ich herausgefunden habe, er spielt damit wie andere Leute mit einem Stück Kordel oder einem Gummi. Ich frage mich heute, ob diese zweite Nachricht nicht vielleicht der gezielte Versuch war, den Verdacht auf Ridpath zu lenken, doch dann haben es sich die Verschwörer anders überlegt. Der kleine Überfall im Schuppen diente vielleicht einzig und allein dem Zweck, das falsche Beweisstück unschädlich zu machen.«

»Daraus schließe ich, daß Sie es für höchst unwahrscheinlich halten, daß Ridpath der Täter war«, meinte Jack. »Und daß er selbst jeden Hinweis auf seine Person vertuschen wollte.«

»Nein, Ridpath ist es nicht gewesen«, versicherte Sarah. »Sonst hätte Gillian nicht versucht, ihn aus dem Weg zu räumen, indem sie bei der Generalprobe eine der Stufen, die von der Falltür nach unten führen, losschraubte. Er hat Glück gehabt, daß er sich nur den Knöchel verstaucht hat.«

»Wie furchtbar«, stieß Emma hervor. »Warum mag sie das bloß getan haben?«

»Ich weiß auch nicht, ob es pure Gemeinheit war, um den Briefen mehr Druck zu verleihen, oder ob sie etwas gegen Ridpath persönlich hatte.«

»Aber sie hätte damit doch die Aufführung platzen lassen und ihre eigenen Pläne, das Bild wegzuschaffen, ruiniert. Wo hätte ich denn so schnell einen anderen John Wellington Wells hernehmen sollen?«

»Vergiß nicht, daß Gillian neben ihren anderen Talenten auch eine hervorragende und erfahrene Schauspielerin ist. Ich bin sicher, daß sie schon in anderen Gilbert & Sullivan-Aufführungen mitgemacht hat. Bestimmt hatte sie jemanden in petto, der die Rolle des Zauberers beherrschte und für Ridpath hätte einspringen können. Wenn sie dir in letzter Minute einen Ersatzmann angeboten hätte, wärst du ihr doch dein Lebtag dankbar gewesen, oder nicht?«

»Wahrscheinlich hast du recht«, gab Emma zu. »Und das, nachdem sie den armen Charlie umgebracht hat!«

»Gab es danach noch andere Briefe, Sarah?« fragte Mary Kelling schnell.

»O ja, am laufenden Band. Eine Nachricht war mit Tinte auf Tante Emmas Turnüre geschrieben. Interessanterweise hat Gillian die Turnüre ebenfalls als Briefkasten benutzt, aber ihr Brief war getippt und mit Onkel Beds Brieföffner, den sie aus der Bibliothek geklaut hatte, auf die Turnüre gespießt.«

»Sarah hat behauptet, es stünde ›Tritt mich!‹ drauf«, bemerkte Emma leicht verärgert.

»Na ja, es war eine ziemlich gemeine Mitteilung, und ich hatte keine Lust, sie überall im Theater herumzuposaunen. Sebastian Frostedd stand direkt neben mir, und zu dem Zeitpunkt war er einer meiner Hauptverdächtigen. Ich muß schon sagen, unsere Amateurkidnapper haben es hervorragend geschafft, den Verdacht auf ihn zu lenken, denn eine Zeitlang sah es ganz so aus, als habe er in der Nacht, als sie Ernestina gestohlen haben, die Schlaftabletten oder was immer es auch gewesen ist, in das Schlummer-gut getan.«

»Das haben sie wirklich getan?« rief Martha Tippleton.

»Allerdings. Und sie haben gute Arbeit geleistet. Sie haben dafür gesorgt, daß Tante Emma, die Heatherstones und ich friedlich geschlafen haben, während sie hier unten waren und Ernestina aus ihrem Rahmen genommen haben.«

»Das war sicher gar nicht so einfach«, meinte Max und schaute auf das riesige Rechteck aus vergoldetem Holz.

»Das glaube ich auch, aber wenigstens brauchten sie sich nicht den Kopf darüber zu zerbrechen, wie sie das Gemälde aus dem Haus schaffen sollten. Ich bezweifle sogar, daß sie je daran gedacht haben, dies zu tun. Ich bin mir nicht sicher, ob sie nicht vielleicht sogar geglaubt haben, es wäre gar kein richtiger Diebstahl, weil sie Ernestina ja im Haus zurückgelassen haben, oder ob sie sie nur unter den Tisch gehängt haben, weil es so ein ideales Versteck war. Ich frage mich sogar, ob sie Ernestina nicht vielleicht nur deshalb ausgewählt haben, weil sie genau auf die Griffe paßte, denn es wäre sicher sehr viel leichter gewesen, den Renoir oder eines der anderen kleineren Bilder zu stehlen.«

»Was für ein interessanter Gedanke«, bemerkte Tante Appie überrascht. »Es wäre mir nie in den Sinn gekommen, ein Bild vorher abzumessen.«

»Tja, ich glaube, darauf wäre Gillian Bruges wohl auch nicht gekommen. Ich vermute, sie hatte ihr Auge auf etwas ganz anderes geworfen, als sie sich hier eingeschlichen hat, doch dann hat sie herausgefunden, daß unsere Amateurmeisterdiebe das perfekte Verbrechen planten, und beschlossen, dies für ihre eigenen Pläne zu nutzen. Die beiden Männer haben sie heute abend gefragt, wie sie es geschafft habe, Ernestina ganz allein unter dem Tisch zu verstauen. Sie hat bloß gegrinst und gesagt, sie habe eben ihre eigenen Tricks. Offenbar bestand ihre Methode schlicht und einfach darin, die Hände in den Schoß zu legen und andere für sich arbeiten zu lassen. Frederick und ich haben heute nachmittag erfolgreich unter Beweis gestellt, daß zwei Personen es ohne viel Mühe schaffen können, wenn sie den Dreh erst mal heraushaben. Besonders, wenn es zwei kräftige junge Leute sind, die viel Tennis spielen und genau wie ich schon als Kinder unter dem Eßzimmertisch herumgekrochen sind. Wozu haben Sie denn die fünftausend Dollar gebraucht, Jenicot?«

Jenicot Tippleton hatte anscheinend nicht die Nerven für eine Verbrecherkarriere. Sie brach bereits in Tränen aus, bevor Sarah sie richtig ins Kreuzverhör genommen hatte.

»Es war doch für Mami«, schluchzte sie. »Ich wollte das Geld, damit sie sich das Gesicht liften lassen kann.«

»Das Gesicht liften?« brüllte Frederick Kelling. »Wozu in Dreiteufelsnamen sollte sich eine so schöne Frau wie Martha liften lassen?«

»Damit sie jünger aussieht. Daddy ist immer so du-dumm, er jagt all den jungen Mä-Mädchen hinterher, und da hab ich gedacht –«

»O Jenny!« Martha Tippleton wußte anscheinend nicht, ob sie lachen oder weinen sollte. »Emma, es tut mir ja so leid. Sie ist zu alt, um eine Tracht Prügel zu bekommen, und offenbar zu jung, um vernünftig denken zu können. Jenicot Tippleton, falls du auch nur eine Sekunde lang glaubst, daß es auf dieser Erde etwas geben könnte, das deinen Vater davon abhält, jedem Rock nachzulaufen, der an ihm vorbeiflattert, dann hast du dich geschnitten. Durch deine Unvernunft hast du viel Kummer und Schmerz verursacht, und ich bestehe darauf, daß du dich auf der Stelle bei Mrs. Kelling entschuldigst.«

»Entschuldigen Sie bitte! Es tut mir ja so schrecklich leid!«

Jenicot warf sich Emma buchstäblich zu Füßen. »Und bitte geben Sie Parker nicht die Schuld dafür. Ich habe ihn gezwungen mi-mitzumachen. Außerdem würde er für Mami einfach alles tun. Er ist total vernarrt in sie. Es schien einfach eine so - so« - sie unterbrach sich, um sich in einer Cocktailserviette die Nase zu putzen -, »eine so gute Idee.«

Emmas Gesicht blieb weiterhin hart. Sarah Bittersohn kannte den Grund.

»Tante Emma, es ist nicht fair, Jenicot und Parker die Schuld an Charlie Daventers Tod zu geben. Gillian Bruges ist eine rücksichtslose, gemeine, berechnende Person, die sich absichtlich in dein Haus geschmuggelt hat, um hier einen Diebstahl zu begehen. Was die beiden mit Ernestina angestellt haben, kam ihr sehr gelegen, aber wenn die beiden nicht gewesen wären, hätte sie sich bestimmt etwas anderes einfallen lassen. Sie hat Charlie Daventer einzig und allein deshalb umgebracht, weil er sie schon bei ihrem ersten Treffen als die Frau erkannt hat, die sich damals in Newport in dem Haus aufgehalten hat, aus dem die Rembrandtstiche gestohlen wurden. Er hat sie sogar an diesen Vorfall erinnert. Gillian wußte genau, daß Charlie zwei und zwei zusammenzählen würde, wenn sie ihren Plan weiter durchzog, und daß sie dann auffliegen würde. Und sie hatte keine Lust, sich nur wegen eines alten, gichtgeplagten Mannes ein Vermögen entgehen zu lassen.«

»Ich verstehe.«

Emma Kelling streckte die Hand aus und strich über Jenicots glänzendes Haar. »Alles in Ordnung, Jenny. Jeder begeht irgendwann mal eine Dummheit und versucht, das Leben eines anderen Menschen in die Hand zu nehmen. Aber das geht einfach nicht, und darum sollte man es gar nicht erst versuchen. Auch ich habe lange gebraucht, bis mir dies klargeworden ist. Du und Parker, ihr habt Glück, daß ihr es früh genug erkannt habt. Ich hoffe, ihr werdet es nie wieder vergessen.«

»Wie könnten wir das je vergessen?« Jennicot putzte sich erneut die Nase.

»Ich komme mir so idiotisch vor.«

»Ich mir auch«, murmelte Parker. »Wenn es etwas gibt, das wir tun können, um alles wiedergutzumachen -«

»Es gibt tatsächlich etwas.« Emma Kelling war wieder in Hochstimmung. »Jetzt kann ich es euch ja ruhig sagen: Ich habe beschlossen, mich von den Piraten von Pleasaunce zurückzuziehen. Ich bin zu alt, um zu singen, und bald werde ich auch zu alt sein, um Regie zu führen. Von jetzt an werdet ihr beide meine Assistenten. Ich werde euch alles beibringen, was ich weiß, und ich möchte, daß ihr für mich weitermacht, wenn ich aufhöre.«

»Die Fackel reicht sie euch mit schwacher Hand«, erläuterte Dolph, »nun haltet ihr sie hoch!«

»Schön gesagt, Liebling«, sagte Mary, ganz die loyale Gattin.

Parker und Jenicot sahen beunruhigt aus, sagten aber, sie seien bereit, es zu versuchen. Frederick warf ein, das habe er auch verdammt noch mal angenommen. Jack Tippleton, der schmollend im Hintergrund stand, schmollte weiter.

Max, der es nicht ertragen konnte, wenn er etwas nicht verstand, fragte seine Frau: »Und wie ist das Betäubungsmittel nun in euer Schlummer-gut gekommen?«

»Ich nehme an, daß Bonnie und Clyde dir diese Frage besser beanworten können als ich.«

»Es war gar kein Betäubungsmittel«, protestierte Jenicot. »Bloß vier von Mamis Schlaftabletten, zwei für jede Kanne, weil man nie mehr als zwei auf einmal nehmen soll, und wir wollten ja schließlich niemanden vergiften. Wir wußten von dem Schlummer-gut, weil Parker und ich genau wie Sarah schon als kleine Kinder oft hier gewesen sind und uns immer gern bei Mrs. Heatherstone in der Küche aufgehalten haben. Sie ist wirklich sehr nett.«

»Und meine Großmutter hatte uns doch die Schachtel Pralinen für Mrs. Heatherstone mitgegeben«, fügte Parker hinzu. »Da haben wir uns gedacht, daß die Heatherstones sie an dem Abend essen würden und so die Schlaftabletten nicht schmecken würden, also haben wir so lange gewartet. Und dann haben wir zufällig Sebastian Frostedd getroffen und ihn gebeten, Mrs. Heatherstone die Pralinen zu geben. Wir dachten, daß es weniger verdächtig aussehen würde, wenn sie nicht ausgerechnet von uns kämen.«

»Ihr wußtet also genau, daß er sie als sein eigenes Geschenk ausgeben würde, oder?« erkundigte sich Sarah.

Parker grinste unsicher. »Na ja, mit der Möglichkeit haben wir natürlich schon gerechnet. Wir haben es also so gemacht, daß Jenny mir die Tabletten gegeben hat und ich sie in meiner Tasche zur Probe mitgenommen habe. Es waren übrigens Gelatinekapseln. Ich habe sie aufgemacht und das Pulver in einem kleinen Umschlag aufbewahrt. Gillian hat mich gebeten, sie mit dem Wagen mitzunehmen, aber ich habe so getan, als fiele mir im letzten Moment noch ein, daß ich meinen Wagen an dem Tag gar nicht hatte, und dann habe ich sie Sebastian angedreht. Dann habe ich Guy Mannering meinen Wagen geliehen, und er ist damit weggefahren. Er und seine Freunde hatten einen Waschbären gefangen, mit dem sie jemanden überraschen wollten. Ich sage besser nicht, wen. Also habe ich die Gelegenheit genutzt und mich in den Keller geschlichen. Ich wußte, daß ich von der Kellertreppe aus die Küche beobachten konnte. In der Kellertür ist ein Guckloch, und ich dachte, daß Mrs. Heatherstone davon vielleicht nichts weiß.«

»Ach du liebe Zeit«, sagte Emma. »Natürlich! Das hatte ich völlig vergessen. Als Bed neun Jahre alt war, hat er mal mit Walter Spion gespielt und mit einem Eispickel ein Loch in die Tür gebohrt. Ich war ganz schön sauer, als ich es damals entdeckt habe, aber ihr Vater fand es lustig, also haben wir es nie zugemacht. Ich wundere mich nur, daß du es nie entdeckt hast, Sarah.«

»Ich bin nie gern in den Keller gegangen«, gestand Sarah. »Walter hat mir immer Angst gemacht, indem er mir erzählt hat, daß es dort unten menschenfressende Wasserkäfer gibt.«

»Was für Lümmel die Jungs doch waren«, sagte Emma liebevoll. »Erzähl weiter, Parker, was hast du dann mit dem Pulver gemacht?«

»Gewartet, bis Mrs. Heatherstone die Milch aufgesetzt hat und mit dem Nachtisch in die Anrichte gegangen ist. Dann bin ich schnell reingelaufen und habe das Pulver in die Milch getan. Ich habe gut durchgerührt, damit jeder gleich viel davon bekommt. Wir waren wirklich sehr vorsichtig. Und dann bin ich wieder zurück in den Keller gegangen und habe auf Jenny gewartet.«

»Die sich irgendwo im Garten versteckt hatte, als ich von Onkel Frederick zurückkam, möchte ich wetten«, sagte Sarah. »Ich hatte die ganze Zeit das Gefühl, daß mich jemand beobachtet.«

»Ich war hinter dem Kutscherhaus«, gab Jenicot zu. »Und ich wette, ich hatte noch viel mehr Angst als Sie. Parker hat mich reingelassen, sobald Sie drinnen waren, noch bevor Sie die Alarmanlage einschalten konnten. Dann haben wir so lange gewartet, bis wir sicher sein konnten, daß die Wirkung des Schlafmittels eingesetzt hatte. Wir haben durch das Guckloch beobachtet, wie Sie die Tassen und die Kanne geholt haben, daher wußten wir, daß Sie davon getrunken hatten. Und dann haben wir Ernestina heruntergenommen und versteckt.«

»Das war sicher ganz schön schwierig«, meinte Max. »Wie habt ihr das denn angestellt?«

»Na ja, wissen Sie, wir wußten, daß es gar nicht so schlimm war, wie man normalerweise annehmen würde«, gab Parker zu. »Als Mrs. Kelling mal auf mich aufgepaßt hat, habe ich zugeschaut, wie ein Mann Ernestina gereinigt hat, und gesehen, daß sie nur mit ein paar Schrauben im Rahmen befestigt ist. Ich habe entdeckt, daß er sowohl kurze als auch lange Schrauben in seinem Kästchen hatte, und als er wegging, um eine Tasse Tee mit Mrs. Heatherstone zu trinken, habe ich die langen herausgenommen und durch kurze ersetzt. Ich dachte, es wäre bestimmt lustig zu sehen, wie Ernestina herausfällt, wenn sie versuchen, sie wieder aufzuhängen, aber dann ist gar nichts passiert. Ich wußte daher, daß die Schrauben viel zu kurz waren und wir das Bild nur von unten anzuheben und gar nicht abzunehmen brauchten, und daß man den Spannrahmen ganz leicht herunterziehen konnte.«

»Aber wir sind sehr vorsichtig gewesen«, betonte Jenicot. »Zuerst wollten wir sie in ein sauberes Laken einwickeln, aber ich hatte vergessen, eins mitzubringen, und wir hielten es für keine gute Idee, eins aus Ihrem Wäscheschrank zu nehmen, Mrs. Kelling, also haben wir Zeitungspapier benutzt.«

»Und dann mußten wir wieder zurück in den Keller, wo wir uns die ganze Nacht versteckt haben, bis Mrs. Heatherstone morgens die Alarmanlage abgestellt hat, um Guy hereinzulassen, als er die Kulissen abgeholt hat«, fuhr Parker fort. »Wenn uns jemand gesehen hätte, hätten wir behauptet, wir würden joggen, aber niemand hat uns bemerkt, und wir sind einfach wieder nach Hause gegangen.«

»Sarah«, sagte Max, »falls einer unserer Nachbarn dich irgendwann bitten sollte, auf seine Kinder aufzupassen, laß dich auf keinen Fall darauf ein. Okay, jetzt, wo wir dieses kleine Rätsel gelöst haben, möchte ich gern noch wissen, wie diese Gillian Bruges mitten in der Nacht in Daventers Wohnung gekommen ist. Hat sie seine Schlüssel gehabt?«

»Nein, Charlies Schlüssel waren alle da«, teilte Frederick ihm mit, »allerdings hatte Charlie einigen seiner Freunde Zweitschlüssel gegeben. Ich könte mir vorstellen, daß Gillian Mittel und Wege gefunden hat, einem von ihnen die Schlüssel abzunehmen.«

Frederick nannte keinen Namen, doch das war auch gar nicht notwendig. Martha drehte sich um und bedachte Jack Tippleton mit einem Blick tiefster Verachtung. Dann stand sie auf.

»Vielen Dank, Emma. Es war ein äußerst aufschlußreicher Abend. Gib mir einen Gutenachtkuß, Jenny.«

»Aber wir sehen uns doch zu Hause noch.«

»In dem Haus wirst du mich nie mehr sehen. Weder heute nacht noch sonstwann.«

Jack Tippleton starrte sie entgeistert an. »Martha, wovon sprichst du überhaupt?«

»Ich habe schon genug geredet, Jack. Es wird Zeit, endlich zu handeln. Falls du dich scheiden lassen möchtest, werde ich dafür sorgen, daß du Grund genug dazu hast. Und wenn nicht, ist es mir auch egal, denn das ist heutzutage sowieso nicht mehr wichtig. Bist du bereit, Fred?«

»Das bin ich schon seit vierzig Jahren. Vergiß die Schönheitsoperation, Jenny. Ich mag deine Mutter genau so, wie sie ist.«

»Du willst mich doch wohl nicht wegen Fred Kelling verlassen?« Jack schien nicht fassen zu können, was sich gerade vor seinen Augen abspielte. »Aber er ist doch –« Was war er denn? Kein junger Mann mehr? Das war Jack auch nicht. Reich, angesehen, und bestimmt sehr viel treuer, als er es je gewesen war? »Aber er ist doch häßlich!« stieß Jack schließlich hervor.

»Tatsächlich?« sagte Martha. »Das ist mir noch gar nicht aufgefallen. Gute Nacht, alle miteinander.«

Es war eine hervorragende Schlußzeile, aber natürlich wurde der dramatische Abgang mit Umarmungen und Küssen sowie mit Fredericks Versicherungen Jenicot gegenüber verwässert, daß sie in seinem Hause ebenso willkommen sein würde wie die Blumen im Mai, sobald Martha und er die momentanen Mieter losgeworden wären und alles ein bißchen in Schuß gebracht hätten. Nur um Jack Tippleton kümmerte sich niemand.

Doch Jack wäre nicht Jack gewesen, wenn er sich nicht zum Schluß doch noch ins Rampenlicht gedrängt hätte, was ihm mit Hilfe des letzten und besten Satzes gelang, den der Zauberer vor seinem Abstieg in die Unterwelt zu sprechen hatte: »Seid glücklich ihr, mein Leben ist nun ohne Sinn. Ich trete ab, gleichgültig ist's, mit wem und auch wohin.«

Er zog die Tür hinter sich ins Schloß. Emma Kelling kicherte. »Es ist vielleicht gleichgültig, mit wem, aber daß er jemanden findet, bezweifle ich keinen Moment. So, nach diesem prächtigen Finale könnten wir eigentlich den Vorhang fallen lassen. Ich weiß zwar nicht, wie es euch geht, aber ich für meine Person möchte jetzt ins Bett.«

Sarah und Max antworteten nicht. Sie waren bereits auf dem Weg nach oben.

Nachwort

Pleasaunce ist ein von viktorianischen Herrenhäusern geprägtes Städtchen in der Nähe von Boston. Reiche Neuengländer haben es im vorigen Jahrhundert als ruhige und angenehme Wohnstadt entdeckt, erinnert der Name doch nicht zufällig an das englische Wort für »angenehm«, »freundlich«. Zugleich erinnert er aber auch an den Schauplatz einer im englischen Sprachraum äußerst populären komischen Oper, »Die Piraten von Penzance«. Arthur Sullivan als Komponist und William Schwenck Gilbert als Librettist bildeten sozusagen unter der Firma »Gilbert & Sullivan« ein äußerst erfolgreiches Team, dem im letzten Drittel des 19. Jahrhunderts ein Riesenerfolg nach dem andern gelang. Ihre komischen Opern oder Operetten, Vorläufer der Musicals des 20. Jahrhunderts, zeichnen sich durch eingängige Melodik und in Reim und Rhythmus perfekte Texte aus, deren geringer Schwierigkeitsgrad auch von Amateursängern und -orchestern zu bewältigen ist. Bis tief in unser Jahrhundert hinein war es deshalb an vielen Colleges Sitte, daß die Abschlußklasse einen Gilbert & Sullivan aufführte.

In Pleasaunce hat sich dieser Brauch bis in die Gegenwart gehalten. Unter dem sprechenden Namen »Die Piraten von Pleasaunce« findet sich alljährlich eine Liebhabertruppe zusammen, die das Erbe von Gilbert & Sullivan pflegt. Kopf und Herz der Truppe ist die ebenso reiche wie liebenswerte wie unerschrockene Emma Kelling. Für die Monate der Vorbereitung dienen die vielen Räume ihres riesigen Herrenhauses, deren größter die Ausmaße einer Rollschuhbahn hat, als Werkstatt, Fundus, Garderobe, Cafeteria, Konzertsaal und Probebühne, bis man mit der Generalprobe endlich den städtischen Theaterbau bezieht.

Mit »Ein schlichter alter Mann« schreibt Charlotte MacLeod ihre Saga über den Kelling-Clan fort (»Die Familiengruft«, »Der Rauchsalon«, »Madam Wilkins' Palazzo«, »Der Spiegel aus

Bilbao«, »Kabeljau und Kaviar«, DuMont's Kriminal-Bibliothek Bände 1012, 1022, 1035, 1037, 1041). Von der weitverzweigten Dynastie, deren Reichtum und deren Stammbaum bis in die kolonialen Zeiten Neuenglands zurückreicht, lernen wir diesmal neben der untypisch großzügigen Emma vor allem die ständig ihr Gift verspritzende Mabel und den kauzigen Frederick kennen. Beiden gemeinsam ist die den typischen Yankees nachgesagte Sparsamkeit, besser: ein krankhafter Geiz. Während Mabel es jedoch genießt, auf ihrem Geld zu sitzen und es wachsen zu sehen, gibt Frederick, dem dasselbe nachgesagt wird, jeden Pfennig seiner Dividenden an ein Internat für behinderte Kinder, was nur seinen besten Freunden bekannt ist. Er verkörpert damit eine andere Yankee-Eigenschaft, die bei den Kellings ebenfalls erblich ist, eine großzügige Stiftergesinnung nach dem Motto: Wer reich stirbt, stirbt in Sünde.

Ob Mabel, Frederick oder Emma oder die aus früheren Bänden bekannten Appie und Dolph, die gegen Ende für sie charakteristische Kurzauftritte haben - sie alle sind Vettern und Cousinen, Tanten und Onkel der Heldin Sarah Kelling, deren Lebensweg wir durch die Saga hindurch verfolgen. Inzwischen ist aus der einem verarmten Zweig der Familie angehörenden Sarah Kelling Mrs. Kelling-Bittersohn geworden, die Frau des Kunstexperten Dr. Max Bittersohn, dessen Spezialität von Fälschung über Betrug bis Diebstahl die dunkleren Seiten des Kunstmarkts sind und der ihr bei den tragischen Geschehnissen in ihrer eigenen engsten Familie im ersten Band als Ritter und Retter zu Hilfe gekommen war.

Diesmal muß sie auf dessen Expertenwissen allerdings verzichten, da er gerade in Europa einem gestohlenen Picasso nachreist. An sich wollte die künstlerisch begabte und auch einschlägig ausgebildete Sarah ihre Strohwitwenschaft nur nutzen, um für Tante Emmas neueste Arbeit mit dem »Piraten«-Ensemble - die Oper *Der Zauberer,* natürlich von Gilbert & Sullivan - die Kulissen zu malen. Aber dann überschlagen sich die Ereignisse: Drei Nächte vor der Premiere, der alle fieberhaft entgegenarbeiten, verschwindet aus Emmas mit Alarmanlage gesichertem Haus spurlos ein Gemälde, das eigentlich zum Verschwinden höchst ungeeignet ist: Es handelt sich nämlich um das lebensgroße Porträt der schon im Original recht voluminösen Kelling-Ahnfrau Ernestina, als dezente Venus gemalt vom berühmten englischen Porträtisten George Romney, als ihr Gatte als Diplomat in London weilte. Trotz des hohen kunstgeschichtlichen und des beträchtlichen merkantilen Wertes ist

Emma Kelling alles daran gelegen, die Sache zu vertuschen: Ihre Operninszenierung, mit der sie sich aus Altersgründen von den Brettern, die so lange ihre Welt bedeuteten, zurückziehen will, ist ihr wichtiger. Sie darf auf keinen Fall gefährdet werden, und polizeiliche Ermittlungen täten das in höchstem Maße: Wie Sarah und Emma schnell herausfinden, müssen der - oder, denkt man an Ernestinas Format, die - Täter zum Ensemble des *Zauberers* gehören.

Daß der Sänger des Notars, ein alter Freund der Kellings, in derselben Nacht, in der Ernestina verschwindet, in seinem Bad tödlich verunglückt, ist schmerzlich, aber auch zu verschmerzen: Er spielte nur eine kleine Rolle. Nach der Aufführung wird man seiner gebührend gedenken, aber vorher geht die Show weiter. Doch als Frederick Kelling aufgrund seiner Vertrautheit mit den intimen Gewohnheiten des Verblichenen - wobei ein silberner Nachttopf mit Deckel, den schon General Lafayette benutzt haben soll, eine entscheidende Rolle spielt - seine Ermordung beweisen kann, wird zumindest bei diesem Teil des Geheimnisses die Polizei eingeschaltet.

Sarah weigert sich, daran zu glauben, daß die beiden Verbrechen nicht zusammenhängen. Da die Polizei aber vom Verschwinden Ernestinas nichts weiß und zudem aus Respekt vor Emma Kelling als Wohltäterin von Pleasaunce vor der Premiere auch im Mordfall nur sehr behutsam ermittelt, wird sie in den Fußstapfen ihres Mannes selbst als Detektivin tätig, soweit die immer hektischer werdenden Premierenvorbereitungen das erlauben.

Ihre Methode entspricht dabei der Peter Shandys, des anderen Seriendetektivs von Charlotte MacLeod: Im Prinzip scheint jeder verdächtig, es gibt keinen, dem es nicht zuzutrauen wäre, hinter dem raffinierten Mord und den eigentümlich dilettantischen Erpresserschreiben betreffs Ernestina zu stecken. Sarah konstruiert daher ständig Theorien, die selbst vor Tante Emma nicht Halt machen, zumindest was den Diebstahl des Romney angeht. Irgendwann beschleicht sie dann das Gefühl, sich selbst in einem der harmlosen Krimis zu befinden, die sie als Kind so gern aus Onkel Beddoes' Bibliothek entliehen und gelesen hat: In einem riesigen alten Herrenhaus mit vielen Gästen geschieht ein rätselhaftes Verbrechen ... Und die Erinnerung an einen dieser Romane läßt sie dann auch das Geheimnis um die verschwundene Ernestina aufklären - ein für die Werke Charlotte MacLeods als ironisch gebrochene Spätformen des klassischen Detektivromans bezeichnender Zug. Ebenso bezeichnend für die Autorin ist das Finale, bei dem sich detektivischer Showdown und komische Oper wortwörtlich durchdringen. Natürlich ist Sarah inzwischen auch zum Mitglied des Ensembles geworden, als eine Sängerin kurz vor der Premiere Opfer eines weiteren verbrecherischen Anschlags wird. Gottseidank läßt ihr das Libretto W. S. Gilberts zwischen zweien ihrer Auftritte eine Pause, die lang genug ist, um zum Haus ihrer Tante zu fahren und dort unter abenteuerlichen Umständen dem Detektivroman sein Finale zu bereiten und dennoch zum Finale der komischen Oper wieder auf der Bühne zu stehen.

Sarah hat als Amateurin ihren eigenen Fall gelöst, wie es ihr Ehemann als Profi nicht besser hätte tun können: Als der heiß Ersehnte nach dem doppelten Finale plötzlich auftaucht, kann sie ihm die komplette Lösung präsentieren. Max Bittersohn mag übrigens im Gegensatz zu seiner Frau keine Detektivromane: Er ist nicht bereit, um einer spannenden Geschichte willen seinen logischen Verstand auszuschalten ...

Mit diesem Satz macht Charlotte MacLeod deutlich, daß sie gerade dies von ihren Lesern erwartet. Und ihre weltweite Fan-Gemeinde ist hierzu im Gegensatz zu Max Bittersohn auch gern bereit. Nach dem Tod von Edmund Crispin und Michael Innes ist unsere Autorin die letzte Vertreterin der Detektivroman-Schule, für die, nach einem Wort Julian Symons, Verbrechen und Morde eine Quelle endlosen und ungebrochenen Amüsements sind.

Volker Neuhaus

DuMont's Kriminal-Bibliothek

»Knarrende Geheimtüren, verwirrende Mordserien, schaurige Familienlegenden und, nicht zu vergessen, beherzte Helden (und bemerkenswert viele Heldinnen) sind die Zutaten, die die Lektüre der DUMONT's ›Kriminal-Bibliothek‹ zu einem Lese- und Schmökervergnügen machen. Der besondere Reiz dieser Krimi-Serie liegt in der Präsentation von hierzulande meist noch unbekannten anglo-amerikanischen Autoren, die mit repräsentativen Werken (in ausgezeichneter Übersetzung) vorgelegt werden. Die ansprechend ausgestatteten Paperbacks sind mit kurzen Nachbemerkungen von Herausgeber Volker Neuhaus versehen.«

Neue Presse/Hannover

Band 1001	Charlotte MacLeod	**»Schlaf in himmlischer Ruh'«**
Band 1002	John Dickson Carr	**Tod im Hexenwinkel**
Band 1003	Phoebe Atwood Taylor	**Kraft seines Wortes**
Band 1004	Mary Roberts Rinehart	**Die Wendeltreppe**
Band 1005	Hampton Stone	**Tod am Ententeich**
Band 1006	S. S. van Dine	**Der Mordfall Bischof**
Band 1007	Charlotte MacLeod	**». . . freu dich des Lebens«**
Band 1008	Ellery Queen	**Der mysteriöse Zylinder**
Band 1009	Henry Fitzgerald Heard	**Die Honigfalle**
Band 1010	Phoebe Atwood Taylor	**Ein Jegliches hat seine Zeit**
Band 1011	Mary Roberts Rinehart	**Der große Fehler**
Band 1012	Charlotte MacLeod	**Die Familiengruft**
Band 1013	Josephine Tey	**Der singende Sand**
Band 1014	John Dickson Carr	**Der Tote im Tower**
Band 1015	Gypsy Rose Lee	**Der Varieté-Mörder**
Band 1016	Anne Perry	**Der Würger von der Cater Street**
Band 1017	Ellery Queen	**Sherlock Holmes und Jack the Ripper**
Band 1018	John Dickson Carr	**Die schottische Selbstmord-Serie**
Band 1019	Charlotte MacLeod	**»Über Stock und Runenstein«**
Band 1020	Mary Roberts Rinehart	**Das Album**

Band 1021	Phoebe Atwood Taylor	**Wie ein Stich durchs Herz**
Band 1022	Charlotte MacLeod	**Der Rauchsalon**
Band 1023	Henry Fitzgerald Heard	**Anlage: Freiumschlag**
Band 1024	C. W. Grafton	**Das Wasser löscht das Feuer nicht**
Band 1025	Anne Perry	**Callander Square**
Band 1026	Josephine Tey	**Die verfolgte Unschuld**
Band 1027	John Dickson Carr	**Die Schädelburg**
Band 1028	Leslie Thomas	**Dangerous Davies, der letzte Detektiv**
Band 1029	S. S. van Dine	**Der Mordfall Greene**
Band 1030	Timothy Holme	**Tod in Verona**
Band 1031	Charlotte MacLeod	**»Der Kater läßt das Mausen nicht«**
Band 1032	Phoebe Atwood Taylor	**Wer gern in Freuden lebt . . .**
Band 1033	Anne Perry	**Nachts am Paragon Walk**
Band 1034	John Dickson Carr	**Fünf tödliche Schachteln**
Band 1035	Charlotte MacLeod	**Madam Wilkins' Palazzo**
Band 1036	Josephine Tey	**Wie ein Hauch im Wind**
Band 1037	Charlotte MacLeod	**Der Spiegel aus Bilbao**
Band 1038	Patricia Moyes	**». . . daß Mord nur noch ein Hirngespinst«**
Band 1039	Timothy Holme	**Satan und das Dolce Vita**
Band 1040	Ellery Queen	**Der Sarg des Griechen**
Band 1041	Charlotte MacLeod	**Kabeljau und Kaviar**
Band 1042	John Dickson Carr	**Der verschlossene Raum**
Band 1043	Robert Robinson	**Die toten Professoren**
Band 1044	Anne Perry	**Rutland Place**
Band 1045	Leslie Thomas	**Dangerous Davies . . . Bis über beide Ohren**
Band 1046	Charlotte MacLeod	**»Stille Teiche gründen tief«**
Band 1047	Stanley Ellin	**Der Mann aus dem Nichts**
Band 1048	Timothy Holme	**Morde in Assisi**
Band 1049	Michael Innes	**Zuviel Licht im Dunkel**
Band 1050	Anne Perry	**Tod in Devil's Acre**
Band 1051	Phoebe Atwood Taylor	**Mit dem linken Bein**
Band 1052	Charlotte MacLeod	**Ein schlichter alter Mann**
Band 1053	Lee Martin	**Ein zu normaler Mord**

Band 1019

Charlotte MacLeod

»Über Stock und Runenstein«

Dieses ist der dritte Roman aus der ›Balaclava‹-Reihe, in dem Peter Shandy, Professor für Botanik am Balaclava Agricultural College und Detektiv aus Leidenschaft, mit analytischem Denkvermögen ein Verbrechen aufklärt.
Der Knecht Spurge Lumpkin wird von der Besitzerin der Horsefall-Farm, Miss Hilda Horsefall, tot aufgefunden. Für die Polizei ist der Fall klar: ein tragischer Unfall. Peter Shandy aber kommen bald die ersten Zweifel, und als ein Kollege und ein junger neugieriger Reporter ebenfalls fast die Opfer mysteriöser Unfälle werden, sieht er sein Mißtrauen bestätigt.

Band 1022
Charlotte MacLeod
Der Rauchsalon

Für eine Lady aus der Bostoner Oberschicht ist es auf jeden Fall unpassend, ihr Privathaus in eine Familienpension umzuwandeln, um ihren Lebensunterhalt zu verdienen. So ist der Familienclan der Kellings entsetzt, als die junge Sarah, die gerade auf tragische Weise Witwe geworden ist, ankündigt, sie werde Zimmer vermieten. Doch selbst die konservativen, stets die Form wahrenden Kellings ahnen nicht, daß Sarahs neue Beschäftigung riskanter ist, als man annehmen sollte – mit den Mietern hält auch der Tod Einzug in das vornehme Haus auf Beacon Hill . . . Kein Wunder, daß die junge Frau froh ist, daß ihr der Detektiv Max Bittersohn beisteht, der mehr als ein berufliches Interesse daran hat, daß wieder Ruhe und Ordnung in das Leben von Sarah Kelling einkehren.

Band 1031

Charlotte MacLeod

»Der Kater läßt das Mausen nicht«

Für Betsy Lomax, die erprobte Haushaltshilfe von Professor Peter Shandy, fängt der Tag wahrlich nicht gut an. Bestürzt muß sie feststellen, daß ihr Kater Edmund ihrem Untermieter Professor Herbert Ungley das Toupet geraubt hat. Ihre Bestürzung wandelt sich in Entsetzen, als sie Ungley tot hinter dem Clubhaus der noblen Balaclava Society findet... Da der Chef der Polizei sich weigert, den Tod Ungleys als Mord anzuerkennen, gibt es für Betsy Lomax nur einen, von dem sie Hilfe erwarten kann – Peter Shandy, seines Zeichens Professor für Botanik am Balaclava Agricultural College. Dieser stößt bei seinen Ermittlungen in ein Wespennest – einflußreiche Persönlichkeiten in Balaclava Junction schrecken offenbar auch nicht vor Mord zurück, wenn es um Geld und Politik geht.

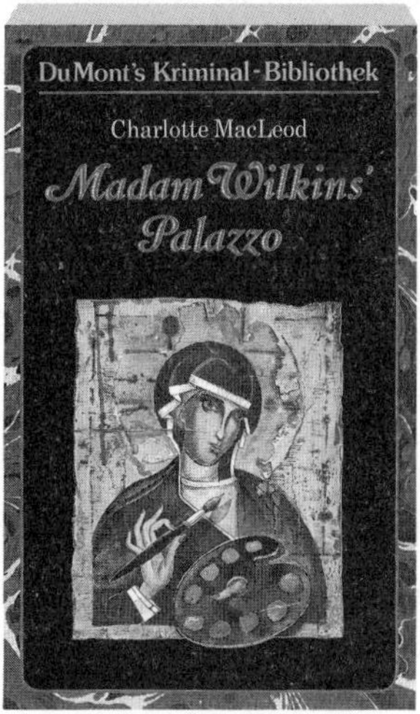

Band 1035
Charlotte MacLeod
Madam Wilkins' Palazzo

Sarah Kelling sagt nur zu gern zu, als der smarte Detektiv in Sachen Kunstraub und Fälschung, Max Bittersohn, sie zu einem Konzert in den Palazzo der Madam Wilkins einlädt, ein Museum, das für seine exquisite Kunstsammlung berühmt und für den schlechten Geschmack seiner Besitzerin berüchtigt ist. Doch Bittersohns Einladung steht unter keinem guten Stern: Die Musiker sind schlecht, das Buffet läßt zu wünschen übrig – und einer der Museumswächter fällt rücklings von einem Balkon im zweiten Stock des Palazzos. Als Bittersohn dann noch entdeckt, daß die berühmte Kunstsammlung mehr Fälschungen als Originale enthält, steht eines zumindest fest: Mord sollte eben nie nur als schöne Kunst betrachtet werden!

Band 1041

Charlotte MacLeod

Kabeljau und Kaviar

Nach seiner Hochzeit mit Sarah Kelling würde Detektiv Max Bittersohn am liebsten jede freie Minute mit seiner Frau verbringen. Doch Sarahs überspannte Verwandtschaft verwickelt ihn gleich in einen neuen Fall: Erst wird Sarahs Onkel Jem eine wertvolle Silberkette, das Wahrzeichen des noblen Clubs des ›Geselligen Kabeljaus‹ gestohlen, dann ereignet sich ein fast tödlicher Unfall, und schließlich stehen auf einer Party neben Champagner und Kaviar auch kaltblütiger Mord auf dem Programm . . .

Band 1046

Charlotte MacLeod

»Stille Teiche gründen tief«

Präsident Thorkjeld Svenson vom Balaclava Agricultural College nimmt es recht gelassen hin, als beim traditionellen Winterwendefest eine Leiche auftaucht. Und auch auf die Ermordung eines alten Ehepaares im nahen Dorf reagiert er gefaßt. Doch die Behauptung, der grundsolide Stifter des College habe vor 100 Jahren das Wasserreservoir von Balaclava, einen Teich, bei einer Wette verloren, geht entschieden zu weit! Peter Shandy, Professor für Botanik, steht eine aufregende Zeit bevor, bis er alle Verbrechen aufgeklärt und die Existenz des College gesichert hat.